자성록

자성록
Τὰ εἰς ἑαυτόν

마르쿠스 아우렐리우스 명상록 박민수 옮김

TA EIS HEAUTON
by MARCUS AURELIUS ANTONINUS (180)

일러두기

1. 번역 대본으로는 2009년 독일 레클람 출판사Reclam에서 출간된 『*Marc Aurel: Selbstbetrachtungen*』을 사용했으며, 2003년 독일 인젤 출판사Insel Verlag에서 출간된 『*Marc Aurel: Selbstbetrachtungen*』을 참조했다.
2. 가독성을 고려하여 펼친 면의 왼쪽에 각주를 수록하였다.

이 책은 실로 꿰매어 제본하는 정통적인 사철 방식으로 만들어졌습니다.
사철 방식으로 제본된 책은 오랫동안 보관해도 손상되지 않습니다.

자성록
7

역자 해설
황제 좌에 앉은 철학자
209
마르쿠스 아우렐리우스 연보
223

제1권

1 나는 할아버지 베루스[1]에게 온유하고 평정한 마음가짐을 배웠다.

2 아버지[2]가 남기신 명성을 듣고 나는 남자다우면서도 겸손한 성품을 배웠다.

3 어머니[3]에게 나는 경건함과 자애로움을 배웠으며, 그분을 본받아 사악한 행동은 물론 사악한 생각도 금하려 했고, 부유한 사람들의 사치스러운 습성을 멀리하여 검소하고 절제 있게 생활하려 했다.

4 증조부[4]의 뜻에 따라 나는 공공 학교를 다니는 대신 집에서 훌륭한 선생님들의 가르침을 받았으며, 배움에는 아무리 열성을 다해도 충분하지 않다는 것을 알게 되었다.

5 가정 교사 덕분에 나는 경기장의 시합에서 초록 옷이나

파란 옷 중 어느 쪽도 편들지 않고 검투 시합에서도 둥근 방패나 긴 방패[5] 중 어느 쪽도 편들지 않게 되었다. 또한 힘든 일을 견딜 줄 알고 적은 것에 만족하며 남의 일에 휘말리지 않고 중상모략에 귀 기울이지 않게 되었다.

6 디오그네토스[6] 덕분에 나는 무익한 일에 연연하지 않고

1 Marcus Annius Verus(?~138). 마르쿠스 아우렐리우스는 할아버지에게 양육되었다. 원로원 의원이었으며 세 차례 집정관을 역임한 인물이었다.
2 Marcus Annius Verus(?~124). 할아버지와 동일한 이름으로 불렸던 아버지 아니우스 베루스는 일찍 세상을 떠났다.
3 도미티아 칼빌라Domitia Calvilla 혹은 루킬라Lucilla. 어머니는 원로원 의원인 칼비시우스 툴루스Calvisius Tullus의 딸이었다.
4 루키우스 카틸리우스 세베루스Lucius Catilius Severus.
5 여러 황제들이 경기장에서의 검투 시합이나 전차 경주 등에 심취했다. 마르쿠스 아우렐리우스는 스승들 덕분에 그런 어리석은 짓들을 멀리하고 더 중요한 일들에 관심을 갖게 되었다고 말한다.
6 Diognetos. 가정 교사였으며 주로 미술을 가르쳤다. 마르쿠스 아우렐리우스는 제1권의 1~4절에서 조부모와 부모에 관해 언급한 뒤 5절 이하에서 가정 교사와 스승들에 관해 이야기한다.
7 당시에는 메추라기를 키워 놀음에 이용했다.
8 Bakcheios, Tandasis, Marcianus. 바키우스와 탄다시스에 대해서는 알려진 바가 없다. 마르키아누스는 마르쿠스 아우렐리우스에게 법률을 가르쳤다.
9 스토아학파의 철학자들을 가리킨다. 이들은 감각적 쾌락에 약해지지 않도록 육신의 단련을 강조했다.
10 Rusticus. 유명한 스토아 철학자 중의 한 사람이다.
11 Sinuessa. 로마 동남쪽에 있던 고대 국가 라티움Latium의 한 도시이다.
12 실제로 마르쿠스 아우렐리우스는 자신에게 반항한 카시우스Cassius 같은 인물을 관대하게 대했다.
13 Epictetus(50~120). 스토아 철학자로 노예로서 로마에 끌려왔으나 나중에 해방되었으며 그의 제자 아리아누스를 통해 펴낸 『인생 강의』가 전해지고 있다.

요술사나 마법사, 점쟁이 등을 믿지 않게 되었으며 메추라기를 키워 싸움을 붙이는 따위[7]의 엉뚱한 짓을 멀리하게 되었다. 또한 그 덕분에 나는 터진 입에서 나오는 말들을 참을 줄 알게 되었고, 철학에 완전히 빠져들었다. 그의 가르침에 따라 나는 바키우스와 탄다시스, 마르키아누스[8]를 차례로 공부했으며, 어린 시절부터 대화편을 쓰기 시작했고, 딱딱한 침대와 짐승 가죽 이불 이상의 잠자리를 바라지 않았으며 그 밖에 그리스 철학자들[9]의 생활 방식을 기꺼이 받아들였다.

7 루스티쿠스[10]는 항상 성격의 개선과 향상에 마음을 쏟아야 하고, 소피스트의 그릇된 가르침은 피해야 하며, 공허한 이론을 내세우지 말고, 갈채를 받기 위해 연설하지 말 것이며, 수련을 많이 쌓은 금욕주의자인 양 행동하지 말고, 남에게 보이기 위해 자선을 베풀지 않아야 함을 깨닫게 해주었다. 루스티쿠스 덕분에 나는 수사학적이고 시적인 미사여구나 그럴싸한 말들을 삼가고 옷차림 등에서 허영과 사치를 멀리하게 되었다. 또한 루스티쿠스는 그가 언젠가 시누에사[11]에서 우리 어머니에게 보낸 편지처럼 언제나 간소한 문체로 편지를 쓰라고 했으며, 기분을 상하게 한 사람이 말이나 태도에서 화해의 뜻을 보이면 얼른 묵은 감정에서 벗어나 화해의 마음을 가지라고 가르쳤다.[12] 책을 읽을 때는 정독을 하고 피상적인 이해에 만족해서는 안 된다고 가르쳤으며, 말이 많은 사람에게는 결코 성급히 찬동하지 말라고 가르쳤다. 더 나아가, 내가 에픽테투스[13]의 사상을 알게 된 것은 루스티

쿠스 덕분인바, 그는 자신의 장서 중에서 에픽테투스의 글을 소개해 주었다.

8 아폴로니우스[14] 덕분에 나는 정신의 자유를 알게 되었던 바, 이 자유는 일시적 기분에 좌우되지 않고 신중한 태도를 견지하면서 이성 아닌 것은 전혀 고려하지 않는 것이어야 했다. 나는 또한 극심한 고통을 겪거나 자식을 잃거나 오랜 병환에 시달리는 중에도 그에게서 한결같은 마음을 유지하는 법을 배웠다. 그는 아주 진지하면서도 사교적일 수 있음을 몸소 생활로 보여 주었고, 가르침을 베풀 때면 결코 까다롭고 성마르게 굴지 않았으며 자신의 교습 능력이나 재주를 뽐내지도 않았다. 마지막으로, 내 자존심도 다치지 않고 상대방을 홀대한다는 인상도 주지 않으면서 친구들의 거짓된 호의를 받아들이는 법을 배웠다.

9 섹스투스[15]에게서 나는 친절함과 참된 가장(家長)의 본보기를 보았으며, 자연의 순리에 따라 사는 것이 어떤 것인지 배

---

14 Apollonius. 칼키스 출신의 유명한 스토아 철학자. 안토니누스 피우스 황제에 의해 양자인 마르쿠스 아우렐리우스의 궁전으로 초빙을 받자 제자가 스승을 찾아오는 것이 도리라는 답장을 보냈다고 한다.
15 Sextus. 『영웅전』을 집필한 플루타르코스Ploutarchos의 손자로 어린 마르쿠스 아우렐리우스를 가르쳤던 철학자이다.
16 『자성록』은 스토아주의의 기본 원리가 바탕에 깔려 있다.
17 Alexandros. 소아시아 프리기아 지방 출신의 문법 학자로 마르쿠스 아우렐리우스에게 언어와 수사학을 가르쳤다.
18 Fronto. 로마의 유명한 웅변가로, 후일 황제가 된 제자에 의해 공직에 올랐다.

였다.[16] 그의 위엄에는 아무런 꾸밈이 없었으며, 친구들의 소망을 금세 알아차릴 만큼 배려심이 깊었고, 무지하거나 섣부르게 판단하는 사람들에게도 아량을 보였다. 그에게는 누구와도 잘 어울리는 재주가 있어서, 사람들은 그와의 교제를 어떤 아첨보다 즐기면서도 동시에 그에게 깊은 존경심을 품었다. 또한 그에게는 지혜로운 삶에 필요한 원리들을 명석하고 적확하게 발견하고 정리하는 재능이 있었다. 그는 분노나 그 밖의 격렬한 감정을 드러낸 적이 결코 없었지만 정감이 넘치는 사람이었으며, 명성은 중히 여겼지만 이목을 끌려 하지 않았고, 학식은 풍부했지만 사사로운 지식에 연연하지 않았다.

10 문법 학자 알렉산드로스[17]에게서 나는 다른 사람의 잘못에 배려심을 갖고 응해야 한다는 것을 배웠다. 그는 이국적이거나 터무니없거나 잘못된 언어 표현을 쓰는 사람을 만나도 결코 비웃고 나무라는 법이 없었으며, 담담히 올바른 표현을 알려 주었다. 이때도 상대방의 말을 교정한다는 인상을 주는 대신 상대방의 말에 대한 답변이나 확인의 형태로 넌지시 알려 주거나 말 대신 화제가 되는 사물을 문제 삼으면서 올바른 표현을 암시했고, 그가 교습에서도 활용하는 그 밖의 적절한 방식을 찾아냈다.

11 프론토[18] 덕분에 폭정이란 시기와 권모술수와 위선을 낳기 마련임을 알게 되었고, 귀족이라 불리는 자들에겐 대체로 인정미가 부족하다는 것을 알게 되었다.

12 플라톤 학파의 알렉산드로스는 불가피하지도 않으면서 말이나 편지로 〈시간이 없다〉고 해서는 안 되며, 바쁘다는 핑계로 사람들과의 공동생활에 요구되는 의무를 게을리해서는 안 된다는 것을 내게 가르쳤다.

13 카툴루스[19]에게서 나는 친구가 변변한 이유 없이 불평을 해도 무관심으로 대하는 대신 그의 신뢰감을 되찾으려 애써야 하며, 도미티우스와 아테노도투스[20]가 그랬듯 항상 스승들을 칭송하고, 자식들에게 자애로운 아버지가 되어야 한다는 것을 배웠다.

14 내 형제 세베루스[21] 덕분에 나는 친척을 사랑하고, 진리와 정의를 사랑하게 되었다. 그를 통하여 트라세아[22]와 헬비디우스[23]와 카토와 디온과 브루투스[24]를 알게 되었으며, 자유로운 국가의 개념, 즉 아무 차별 없이 모든 이에게 똑같은 법이 적용되며 지배를 당하는 시민의 자유보다 더 존중받아야

---

19 Catullus. 스토아 철학자이다.
20 Domitius. Athenodotus. 도미티우스는 마르쿠스 아우렐리우스의 선조이며, 아테노도투스는 프론토의 스승이다.
21 Severus. 마르쿠스 아우렐리우스의 친척 중 한 사람이다.
22 Thrasea. 원로원 의원이었으나 네로 황제에 의해 자살을 강요받았다.
23 Helvidius. 트라세아의 사위로 후에 추방되었다.
24 Cato, Dion, Brutus. 이들은 플루타르코스의 『영웅전』에 나오는 인물들이며 스토아적 성품을 지녔던 것으로 알려져 있다.
25 Claudius Maximus. 스토아 철학자 중 한 사람이다.
26 Antoninus Pius(86~161). 마르쿠스 아우렐리우스의 양부인 안토니누스 피우스 황제를 가리킨다.

할 것은 없어야 한다는 것도 알게 되었다. 또한 그에게서 철학에 대해 한결같은 존경심을 가지는 것, 선행을 베풀고 아낌없이 나눠 주는 생활 태도를 지니는 것, 친구들에게서 최선을 기대하고 그들의 사랑을 신뢰하는 것을 배웠다. 그리고 친구들에게서 뭔가 마땅찮은 점을 보게 되면 이를 솔직히 말하고 그들이 어리둥절해하지 않도록 내가 원하는 바를 분명히 표현해야 한다는 것도 나는 세베루스에게서 배웠다.

15 막시무스[25]는 내게 자제력이 중요하며 어떤 상황에서도, 특히 병이 들었을 때도 온유함과 위엄을 잃지 않고 쾌활함을 유지해야 하고, 또 자신에게 주어진 일을 불평 없이 완수해야 한다고 가르쳤다. 그는 소신대로 말하는 사람이며 그의 행동에는 언제나 최선의 의도가 있다는 점을 의심하는 사람은 아무도 없었다. 그는 무언가에 경탄하거나 놀라는 모습을 보인 적이 없고, 서두르거나 게으름을 피우는 법이 없으며, 당혹감 내지 절망에 빠지거나 이를 감추려 짐짓 즐거운 척하는 적도 없고, 분노나 불쾌한 기분에 사로잡히지도 않았다. 자애롭고 너그러우며 정직했던 그는, 오랜 수련 끝에 올바른 사람이 됐다기보다는 천성적으로 올바른 사람이었다. 그로부터 무시당했다고 느끼는 사람도 없었지만 그보다 우월하다고 생각하는 사람도 없었다. 게다가 그는 유머 감각도 아주 뛰어났다.

16 내 아버지[26]에게서 나는 온화한 품성과 더불어 충분히 숙

고한 일은 단호히 밀고 나가는 결단력을 보았다. 그분은 명예를 얻고자 하는 허영심을 품지 않았고, 노력과 근면을 높이 샀으며, 만인의 복리를 위한 제안이라면 기꺼이 귀를 기울였고, 누구든 공과에 따라 공정히 대우했으며, 엄격해야 할 때와 관대해야 할 때를 구별하는 감각이 뛰어났고, 미소년들에 대한 부자연스러운 호감을 억제했으며, 오로지 국가의 안위만을 염려했다. 그분은 친구들에게 식사에 동석하거나 여행을 수행하도록 강요한 적이 없었고,[27] 불가피한 사정으로 수행하지 못한 사람들을 변함없이 대해 주었다. 어전 회의에서 그분은 어떤 문제라도 철저하고 끈기 있게 다루었고 피상적인 논의로 만족하는 법이 없었다. 그분은 친구들을 지킬 줄 알았으니 그들에게 싫증을 내지도, 지나친 호감을 품지도 않았다. 그분은 어떤 상황에서든 만족할 줄 알았고 쾌활함을 잃지 않았으며, 늘 장래를 생각하여 사소한 일까지 대비했지만 그 때문에 소란을 떨지는 않았다. 또한 그분은 대중의 갈채를 비롯한 모든 종류의 아첨은 안중에 두지 않았고, 국가에 긴요한 일들을 쉼 없이 살폈으며, 공공 자금의 지출을 아꼈고, 그로 인해 불만이 야기돼도 꿋꿋이 버텼다. 그분은 미신적으로 신들을 섬기지 않았고, 인간들과 관련해서는 대중의 비위를 맞추거나 아첨하여 환심을 사려는 대신 모든 점에서 신중하고 단호했으며, 미풍양속을 존중했고, 이런저런 개혁을 되풀이하는 어리석음을 범하지도 않았다. 행운

---

27 황제의 신하들 중에는 로마의 궁전이 아니라 자기 집에 머물기를 원하는 사람들이 있었으며, 황제는 이를 전혀 나무라지 않고 허용해 주었다.

이 따라 주어 생활에 편리한 것들이 넉넉했지만, 그분은 그런 것들을 거리낌 없으면서도 절제 있게 사용했고, 있을 때는 미련 없이 누리고 없을 때는 아쉬워하지 않았다. 그분더러 궤변론자나 경박한 수다쟁이, 소인배라고 말할 사람은 아무도 없었고, 오히려 원숙하고 완벽하며 아첨에 넘어가는 법이 없고 자신의 일은 물론 남의 일도 잘 처리할 수 있는 인물임을 누구나 인정했다. 게다가 그분은 진정한 철학자들을 존경했으며, 철학자 흉내만 내려는 사람들을 무시하지는 않되 그들에게 우롱당하지도 않으셨다. 또한 사람들과의 교제에서 늘 유쾌한 대화와 농담을 즐겼지만 지나침은 없었다. 그분은 삶에 애착이 심하거나 외모 가꾸기에 관심이 크지는 않았지만, 건강에 완전히 무심하지는 않아 적절히 돌볼 줄 알았으며, 이런 조심성 덕분에 의사의 도움이나 내외용 약품을 거의 필요로 하지 않았다. 그분의 인물됨을 보여 주는 것 중 하나는 웅변술, 역사, 법률 혹은 윤리학 등에서 남다른 지식과 재능을 갖춘 사람들을 아무 시기심 없이 인정할 줄 안다는 점이었고, 또 그들이 저마다 적절한 명성을 누릴 수 있게 도와주었다. 그분은 매사에 선조의 전통을 따랐지만 수구적인 인상을 주는 것은 피하려 했다. 그분은 변화나 불안정을 좋아하지 않아 같은 장소에서 같은 일에 몰두하기를 좋아했으며, 이따금 두통을 앓았지만 증상이 사라지면 당장 활력을 되찾아 일상의 직무로 돌아가곤 했다. 그분에게 비밀이란 것은 거의 없었고, 있더라도 오직 국익과 관련된 것뿐이었다. 또한 그분은 축제를 열거나 공공건물을 짓거나 대중에게 하사품을 내릴 때면 늘 신중하고 검약했으며, 대중으로부터의 명성이 아니라 그들에 대한 의무만을 염두에 두었다. 그분은 때 아니게 목욕을 즐기지 않았고, 건물을 짓는 데 혈안이 되지도 않았으며, 맛난 음식이나 의복의 옷감과 색상 그리고 노예들의 미모에 관심을 두지 않았다. 로리움[28]에서 그분은 아주 간소한 정장을 입고 지냈는데, 이는 라누비움에서 만들어진 것이었다. 투스쿨룸[29]에서 그분은 입고 있던 외투가 초라해 손님들에게 사죄까지 한 적이 있었는데, 이런 검소함이 바로 그분다운 점이었다. 그분에게는 가혹하거나 무자비하거나 광포한 면, 흔한 말로 극단적인 면이 전혀 없었으며, 오히려 매사를 아주 느긋하게 숙고하고 빈틈없이 정리하였으며 확고하고 수미일관되게 처리하였다. 많은 사람들이 너무 나약해서 절제할 줄 모르고 지나치게 탐닉하는 반면, 소크라테스는 절제할 줄도, 즐길 줄도 알았다 하는데, 이는 그분에

---

28 Lorium. 로마 서쪽의 소도시로, 안토니누스 피우스 황제는 이곳의 시골집에서 성장했으며 후에도 자주 그곳에 머물렀다. 황제는 외국에서 들여온 값비싼 의복 대신 자신의 집에서 지은 옷을 즐겨 입었다.

29 Lanuvium. Tusculum. 로마의 동남쪽에 있던 고대 라티움의 작은 도시들이며 투스쿨룸은 로마인의 별장지로 알려져 있다.

30 마르쿠스 아우렐리우스는 부모에게서 물려받은 모든 유산을 누이인 안니아 코르니피키아Annia Cornificia에게 넘겨주었다.

31 그의 양아우인 루키우스 베루스Lucius Verus를 지칭하는 것이라면, 이런 평가는 너무나 호의적이다. 루키우스는 실제로는 난봉꾼이었기 때문이다.

32 마르쿠스 아우렐리우스에게는 몇몇의 딸과 아들 삼형제가 있었다. 아들 베루스Verus와 콤모두스Commodus와 안토니누스Antoninus 중에서 첫째와 막내는 일찍 세상을 떠났다. 콤모두스는 정부 요직에 임용되었지만 나쁜 친구들과 어울렸고 아버지와 닮은 점이라곤 없었다.

게도 적용되는 이야기이다. 한편으로 용기 있게 견딜 줄 알고, 다른 한편으로 절제할 줄 안다는 것은 불굴의 정신을 가진 사람의 특징인데, 내 아버지는 막시무스가 병들었을 때 바로 이런 면모를 보여 주었다.

17 신들 덕분에 나는 훌륭한 조부모와 부모, 훌륭한 누이[30]와 스승들 그리고 훌륭한 가솔과 친척과 친구들을 얻었다. 아니, 내 주위에는 온통 훌륭한 사람들뿐이어서 나는 성급한 기질에도 불구하고 이들 중 어느 누구에게도 잘못을 저지르지 않았다. 신들의 가호로 그런 과오를 범할 상황이 생기지 않았던 것이다. 또한 내가 할아버지의 소실 곁에서 너무 오래 양육되지 않아 내 청춘의 꽃을 지킬 수 있었고, 때 이르게 남성의 힘을 남용하는 대신 성숙한 나이까지 순결을 유지할 수 있었던 것도 신들 덕분이다. 그리고 내가 통치자이신 아버지 밑에서 가르침을 얻게 된 것도 신들 덕분이다. 아버지는 내게서 교만의 싹을 거두었으며, 궁정에서도 근위병을 두거나 화려한 옷을 입고 횃불이나 기념 동상을 두는 등의 사치를 부리는 대신 평민처럼 간소하게 살아갈 수 있고, 그렇다 해서 국가 수장으로서의 위엄과 권능이 줄어드는 것이 아님을 깨닫게 해주었다. 내가 아우[31]를 얻은 것도 신들 덕분인바, 아우는 존경과 애정으로 나를 기쁘게 했고, 그의 바른 몸가짐을 보며 나 자신의 행실도 조심하게 되었다. 내 자식들[32]이 우매하지 않고 육체적 장애가 없는 것도 신들 덕분이다. 그리고 내가 수사학과 문학 및 여타 학문에서 아주 커다

란 발전을 보이지 못한 것도 신들 덕분[33]이다. 만약 그런 학문에 커다란 재능을 보였다면 나는 거기에 완전히 사로잡혔을 테니 말이다. 내가 나중을 기약하면서 내 스승들의 희망을 무시하지 않고 그들이 원하는 명예로운 자리에 서둘러 그들을 앉힌 것도 신들의 이끎 덕분이었다. 내가 아폴로니우스와 루스티쿠스, 막시무스[34]를 알게 된 것도 신들의 섭리 덕분이며, 내가 자연의 순리에 따르는 삶이 어떤 것인지를 자꾸만 상상하고 생각하게 된 것도 신들 덕분이다. 또한 신들의 은혜와 도움과 영감이 있었기에 나는 자연에 순응하는 삶을 영위하고 있으며, 만일 내가 아직 이 목표에서 멀리 떨어져 있다면, 그것은 내가 신들의 훈계, 아니 차라리 계시라 부를 만한 것을 제대로 따르지 못했기 때문이다. 신들은 삶의 수많은 노고를 견딜 만한 힘을 내 육체에 주었으며, 내가 베네딕타나 테오도투스[35] 같은 사람들과 접하지 않게 해주었고 후일에도 내 불순한 욕정을 극복하게 도와주었다. 내가 루

---

33 스토아 철학자들은 문학을 진지한 사고와 진리의 깨우침에는 적합하지 못한 것으로 여겼다.

34 제1권 7, 8, 15절 참조.

35 Benedicta, Theodotus. 로마 황실의 노예로 추정된다.

36 Caieta. 로마의 동남쪽에 있던 고대 라티움의 항구 도시이다.

37 Granua. 지금의 그란 강으로 슬로바키아에서 발원해서 헝가리의 도나우 강으로 합류한다.

38 Quadi. 오늘날 체코 지역인 모라비아 지방에 살았던 게르만 부족이다.

39 제1권은 야전의 진영에서 집필된 것이다. 마르쿠스 아우렐리우스는 게르만 부족들인 마르코마니족 및 콰디족과의 싸움에서 살아남지 못하고 고국에 돌아갈 수 없을 거라 생각했다. 그래서 아들을 위해 『자성록』을 쓰기 시작했다.

스티쿠스에게 화가 난 적이 많았지만 나중이면 후회할 일을 그에게 하지 않은 것도 신들 덕분이며, 젊은 나이에 세상을 떠나야 했던 어머니가 최소한 생의 마지막 시간을 나와 함께 보낼 수 있었던 것도 신들 덕분이다. 그리고 궁핍 등의 고난을 겪는 사람에게 도울 여력이 없다는 말을 한 번도 할 필요가 없었던 것과 나 자신이 그런 곤란에 빠져 다른 이의 도움을 받을 필요가 없었던 것도 모두 신들 덕분이다. 또한 내 아내가 그토록 다정하고 헌신적이며 소박한 것도 신들 덕분이고, 내 자식들에게 훌륭한 스승들을 찾아 줄 수 있었던 것도 신들 덕분이다. 꿈속에서 신들은 갖가지 약재, 특히 각혈과 현기증을 치유할 수 있는 약제를 알려 주었으니, 카이예타[36]에서 꾼 꿈에서 신탁처럼 들은 것이 바로 그런 것이었다. 또 신들은 철학을 목말라하는 내 정신이 소피스트의 손아귀에 빠지는 것을 막아 주었으니, 내가 그들의 책을 읽거나 궤변에 휘말리거나 하늘과 별의 비밀을 탐구한답시고 시간을 낭비하지 않게 된 것은 신들 덕분이다. 그렇다. 이 모든 것은 신들의 도움과 자비로운 운명 덕분에 가능했다.

그라누아[37] 강변의 콰디족[38] 가까이에서 쓰다.[39]

제2권

1 아침마다 너 자신에게 이런 말을 하라. 오늘 나는 주제넘고 배은망덕하며 뻔뻔스럽고 정직하지 못하며 시기심이 많고 사교성도 없는 사람들과 만나게 될 거라고 말이다. 이런 모든 결점은 옳고 그름을 판가름하지 못하는 무지에서 비롯된다.[40] 그러나 나는 본질적으로 선은 아름답고 악은 추하다는 것을 알며,[41] 내게 잘못을 저지르는 사람일지라도 나와 피를 나누고 출신이 같아서가 아니라 신이 주신 이성을 똑같이 나누고 있으므로 나와 동족임을 알고 있다. 나는 죄악에 이끌리지 않으므로, 누구에게서도 해를 입지 않는다. 또한 나는 내 동족에게 분노하거나 증오를 품을 수 없다. 우리는 두 발과 두 손, 두 눈꺼풀과 위아래의 이처럼 서로 협력하도록

---

40 인간이 저지르는 잘못의 대부분이 무지에 근거한다는 것은 스토아학파의 근본 가르침 중 하나이다.
41 이 명제를 제시한 사람은 제논이지만, 이런 내용은 이미 플라톤의 사상에서도 발견된다.
42 마르쿠스 아우렐리우스는 통치자로서의 의무를 수행하느라 몹시 분주했기 때문에 독서 욕구를 자제할 수밖에 없었다.

창조되었기 때문이다. 그러므로 인간 사이의 불화란 자연에 어긋나는 것이며, 거부감과 혐오감은 바로 불화를 낳는다.

2 내 존재란 약간의 살덩이와 미약한 숨결 그리고 지배하는 이성으로 이뤄졌을 뿐이다. 책들은 놓아 버리라.[42] 시간이 많지 않으니 정신을 산란케 하지 말라. 죽음을 목전에 둔 사람처럼 육신을 멸시할지니, 육신이란 피, 뼈, 신경, 정맥 그리고 동맥으로 엮인 조직에 불과하다. 또 숨결이 무엇인지도 살펴보라. 그것은 공기에 불과하며, 더욱이 항상 같지 않고 매순간 들어왔다 할 뿐이다. 세 번째는 이성인바, 너는 이런 생각을 가지라. 이제 나이가 들었으니 더 이상 이성이 종 노릇을 하게 하지 말고 거친 충동에 놀아나게 하지 말며 현재의 운명에 불만을 품거나 미래의 운명에 떨게 하지 말라.

3 세상 모든 일은 신의 섭리로 가득 차 있다. 우연한 사건들도 자연의 순리와 무관한 것이 아니라 섭리에 인도되는 인과의 연쇄 속에 있다. 모든 것이 섭리에서 비롯된다. 섭리는 필연성과도 결부되며, 너 자신이 그 일부에 속하는 우주 전체의 조화에 유용한 모든 것은 섭리와 연결된다. 자연 전체와 조화를 이루고 그 존속에 도움이 되는 것은 자연의 모든 부분들에도 유익하다. 우주의 조화란 원소들 및 그 원소들로 이루어진 합성물들이 변화함으로써 유지된다. 너는 이런 사실에 만족하고, 이를 항상 원칙으로 받아들이라. 불평하지 않고 참된 영혼의 안식과 신들에 대한 감사의 마음을 안고

죽으려면 책에 대한 갈증[43]을 버리라.

4 네가 지금까지 얼마나 많은 일을 미뤄 왔고, 그토록 자주 신들에게서 좋은 기회를 얻었건만 그것을 이용하지 못했는지 생각해 보라. 이제야말로 네가 어떤 우주의 일부이고, 네 존재의 근원이 어떤 우주의 지배자에게 있는지 알아야 할 때이다. 네게 주어진 시간은 제한되어 있으니, 영혼의 청명함을 얻는 데 시간을 쓰지 않으면 시간은 흘러가고 너 자신도 사라지며, 시간은 다시 돌아오지 않는다.

5 매 순간 명심하여 어떤 행동을 하든 로마인답고 남자다운 성격의 확고함을 보여 주고, 꾸밈없지만 분명한 위엄을 갖추며, 인간과 자유와 정의를 사랑하는 마음을 유지하라. 그 밖의 다른 모든 생각은 떨쳐 버리라. 네가 모든 행동을 인생의 마지막 행동으로 간주한다면, 그리하여 온갖 조급함과 이성을 교란시키는 격정과 위선과 이기심에서 벗어나 운명의 뜻에 모든 것을 맡길 수 있다면, 너는 능히 그럴 수 있을

---

43 스토아 철학자 중 적지 않은 사람들이 너무 많은 책을 읽는 것은 유익하지 않다는 견해를 표명했다. 세네카Seneca는 많은 책을 읽기보다는 자신에 대한 성찰에 더 노력을 기울이라고 말했다.

44 스토아 철학에 따르면 우리는 자연에 맞는 삶을 존중하고 다른 사람의 판단은 무시해야 한다.

45 마르쿠스 아우렐리우스에 따르면, 인간이 분명한 목표 없이 모든 것을 우연에 맡기는 것은 스스로의 영혼에 수치스러운 짓이다. 제2권 16절 참조.

46 언제나 다른 사람만 신경을 쓰고 자기 자신에 주의를 기울이지 않는 사람은 끝내 스스로를 알지 못한다.

것이다. 보다시피 신들의 축복을 받은 평화로운 삶을 위해 지켜야 할 계율은 그리 많지 않다. 이 계율에 대한 순종이 신들이 우리에게 요구하는 전부이다.

6 영혼이여, 부끄러워하라. 자신을 부끄러워하라! 네겐 명예를 되찾을 시간이 더 이상 주어지지 않을 것이다. 우리 삶은 잠시뿐이고, 네 인생도 거의 목적지에 다다랐거늘, 너는 자신을 존중할 줄 모르고 그저 남의 영혼 속에서 행복을 찾고 있구나!⁴⁴

7 왜 바깥의 것들 때문에 정신을 산만하게 하는가? 차분히 좋은 것을 배우고, 우왕좌왕하기를 그만두라. 그것뿐 아니라 또 다른 잘못도 조심하라. 평생 지치도록 많은 일을 하지만 정작 목표가 없는 것이 또 다른 어리석음이니,⁴⁵ 자신의 모든 소망과 생각이 향하는 목표를 가지도록 하라.

8 타인의 영혼에서 일어나는 일을 돌보지 않아 불행하게 된 사람은 거의 없다. 그러나 자신의 영혼에서 일어나는 일에 주의를 쏟지 않는 사람은 반드시 불행해진다.⁴⁶

9 우주의 본성은 무엇이고 너의 본성은 무엇인지, 너의 본성은 우주의 본성과 어떤 관계가 있으며 너는 어떤 전체의 어떤 일부를 이루는지 항상 생각하라. 그리고 너 자신이 그 일부인 자연에 부합하는 바를 행하고 말한다면, 이를 막을

자 아무도 없음을 명심하라.

10 사람들이 일상적으로 그런 비교를 하듯,[47] 테오프라스투스[48] 역시 잘못된 행위들을 비교한 바 있다. 지당하게도 그는 욕망에서 비롯된 과오가 노여움에서 비롯된 과오보다 더 중하다고 말한다. 아닌 게 아니라, 노여움 때문에 죄를 짓는 자는 고통과 무의식적 불안으로 인해 이성에 등을 돌리는 반면, 욕망 때문에 죄를 짓는 자는 쾌락에 사로잡혀 있기에 더욱 무절제할 뿐 아니라 남자답지 못한 나약함마저 보여 준다. 따라서 그릇된 쾌락에서 비롯된 과오가 고통으로 인한 과오보다 더 비난받을 만하다는 테오프라스투스의 주장은 정당하며 철학자답다. 요컨대 노여워하는 자는 부당한 일을 당했기에 고통으로 화를 터뜨리는 사람이라 할 수 있고, 욕망에 사로잡힌 자는 자신의 욕망을 충족시키기 위해 자발적으로 불의를 저지르는 것이라 할 수 있다.

11 모든 일에서 지금 당장이라도 세상을 하직해야 할 사람처럼 생각하고 행동하라. 만약 신들이 존재한다면, 사람이 세상을 떠나는 것은 두려워할 일이 아니다. 신들이 너를 불행에 빠뜨릴 리는 없기 때문이다. 만약 신들이 인간의 일에 관심을 두지 않거나 아예 존재조차 하지 않는다면, 신도 없

---

47 스토아 철학에 따르면, 죄악이란 이성에 반하는 것이라는 점에서 모두 동일하다.
48 Theophrastus(B.C. 371~B.C. 287). 아리스토텔레스의 제자이자 후계자이다.

고 섭리도 없는 세상에서 산다는 것이 무슨 의미가 있겠는가? 하지만 신들은 존재하며, 인간에게 관심이 있고, 인간에게 악에 빠지지 않을 능력마저 주었다. 신들의 배려 덕분에 인간이 감당하지 못할 악이란 존재하지 않는다. 인간을 더 나쁘게 만들지 않은 것이 어떻게 인간의 삶을 더 불행하게 만들 수 있단 말인가? 우주가 무지하기에, 혹은 무지하지는 않아도 그런 것을 막아 내거나 개선할 능력이 없다는 이유로 태만함을 범할 리는 없다. 마찬가지로 우주가 무능하거나 미숙하여 선인과 악인이 아무 구별 없이 선과 악을 멋대로 범하도록 내버려 두는 커다란 실수를 범할 리도 없다. 하지만 죽음과 삶, 명예와 불명예, 고통과 쾌락, 부와 빈곤, 이 모든 것은 선인과 악인 모두에게 고르게 주어진다. 그것들은 아름다운 것도 아니고 추한 것도 아니며, 고로 선도 아니고 악도 아니기 때문이다.

12 모든 것이 얼마나 빨리 사라져 버리는지! 우주에서는 인간이 그렇고, 시간에서는 그들에 대한 기억이 그렇다! 감각적인 모든 것, 특히 우리를 쾌락으로 유혹하거나 고통으로 겁주는 모든 것은 결국 거짓된 광채로 경탄을 자아내는 것에 불과하다. 그런 것들은 얼마나 하찮고 경멸스러우며 저열하고 덧없고 생기 없는 것인가! 이런 점을 생각하는 것이야말로 진지한 사람의 할 일이다. 견해와 말에서 명성을 얻는 사람들은 과연 어떤 사람들인가? 죽음이란 무엇인가? 죽음에 대한 생각에서 상상과 결부된 모든 것을 덜어 내고 죽음 그

자체만을 바라본다면 우리는 거기서 자연의 작용 외에 다른 것을 발견하지 못할 것이다. 그런데 누군가 자연의 작용을 두려워한다면 그는 어린애이다. 그것뿐이 아니다. 죽음은 자연의 작용에 불과한 것이 아니라 자연에 유익한 작용이기도 하다. 인간이 어떻게 그리고 그의 어떤 부분이 신과 접촉하는지, 육신이 소멸하면 인간은 어떤 상태가 되는지를 생각해 보라.

13 시인이 말했듯,[49] 세상 만물을 돌아보고 땅 밑까지 탐구하며 주변 사람들의 마음속까지 꿰뚫어 보려 하지만, 정작 자기 내면의 신성과 어울리고 진심으로 그것을 섬기는 것으로 충분하다는 사실을 깨닫지 못하는 사람보다 더 가련한 존재는 없다. 신성을 섬긴다 함은 일체의 격정과 허영 그리고 신과 인간의 행위에 대한 불만에서 벗어나는 것을 뜻한다. 신들에게서 비롯되는 것들은 탁월하다는 점에서 우리의 존경을 받을 만하며, 인간에게서 비롯되는 것들은 인간 사이에 존재하는 동류성 때문에 사랑받을 만하지만 때로는 선악에 대한 무지로 인해 동정심을 사기도 한다. 선악을 구별하지

---

49 기원전 400년경 그리스 시인 핀다로스Pindaros가 한 말이며, 후일 플라톤이 이를 인용했다.
50 마르쿠스 아우렐리우스 시대에는 〈세상에 새로운 것이란 없으며 모든 것이 반복된다〉는 것이 명백한 사실로 받아들여졌다.
51 행복은 외적 조건에 좌우되지 않으며, 강인한 의지로 욕망을 억제함으로써 달성될 수 있다고 주장하는 학파이다.
52 Monimus(B.C. 4세기경). 디오게네스와 크라테스의 제자로, 모든 인식이란 견해에 불과하다고 주장했다.

못하는 무지는 흑백을 구별하지 못하는 무능함 못지않은 결함이다.

14 네가 3천 년, 아니 3만 년을 산다 한들 그 누구도 지금 살고 있는 삶 외에 다른 삶을 잃지 않으며, 지금 잃고 있는 삶 외에 다른 삶을 살지 않는다는 점을 잊지 마라. 고로 가장 긴 삶과 가장 짧은 삶은 서로 다를 바가 없다. 과거의 길이에서는 차이가 있을지언정, 현재의 시점은 누구에게나 동일한 길이이고, 또 상실된 시간은 한순간으로 여겨질 뿐이기 때문이다. 그 누구도 과거와 미래를 잃을 수는 없으니, 갖고 있지 않을 것을 어떻게 빼앗길 수 있는가? 따라서 다음의 두 가지 진리를 명심해야 한다. 첫째로, 모든 것은 영원하고 변함없는 순환 속에 있으니, 동일한 사물이 1백 년이나 2백 년, 아니 무한한 시간 동안 관찰된다고 해도 이는 중요한 것이 아니다.[50] 둘째로, 아주 오래 사는 사람이나 아주 일찍 죽는 사람이나 잃는 것은 동일하다. 이들이 잃는 것은 현재의 시점뿐이니, 이들이 가진 것은 그것뿐이고 또 갖지 않은 것을 잃을 수는 없기 때문이다.

15 모든 것은 견해에 불과하다. 견유학파[51] 모니무스[52]의 이런 결론은 아주 정당하며, 우리가 거기서 참된 핵심만 취한다면 분명 유용하기도 하다.

16 인간의 영혼이 자신을 포기하게 되는 것은 대개 스스로의

탓으로 우주의 종양 내지 부스럼이 될 때이다. 우리가 마주치는 어떤 사태에 불만을 품는 것이 모든 개별 사물의 본성을 포괄하는 보편적 자연으로부터 스스로 떨어져 나오는 행위이다. 인간의 영혼이 자신을 포기하는 또 다른 경우는, 다른 인간에게 거부감을 품거나 성난 사람이 그러듯 적개심에 차서 상대를 해치려 할 때이다. 더 나아가, 인간의 영혼은 쾌락이나 고통에 압도당할 때도 자신을 해친다. 그리고 인간의 영혼이 그럴듯한 위장을 하고서 행위와 말에서 거짓과 속임수를 부릴 때도 마찬가지이다. 마지막으로, 아무리 사소한 일에서라도 목적이 있어야 하거늘 행위와 노력에서 아무 목적을 갖지 못한 채 생각 없이 모든 것을 우연에 맡길 때, 인간의 영혼은 스스로를 해친다. 그런데 이성적 존재의 목적은, 가장 유서 깊은 국가와 가장 존중할 만한 통치 형태[53]의 이성적 법규를 준수하는 데 있다.

17 인간이 사는 시간은 한순간이며, 그 본성은 항구적 흐름이고,[54] 인간 지각은 모호하기 짝이 없고, 육체는 쉽게 썩어 없어지는 덩어리이며, 영혼은 쳇바퀴처럼 돌기만 하고, 운명은 수수께끼와 같고, 명성이란 불확실하다. 요컨대 육체에

---

53 우주는 모든 사람에게 타당한 통일적 법률에 의해 통치되는 (도시)국가에 비교되곤 한다.
54 고대 철학자들의 견해에 따르면 물체 세계는 부단히 변화하고 있다. 기원전 500년경의 그리스 철학자 헤라클레이토스는 인간이 같은 물에 두 번 들어갈 수 없다고 말했다.
55 Carnuntum. 지금의 오스트리아 수도 빈에서 40킬로미터쯤 떨어진 곳으로, 마르코마니 전쟁 때 마르쿠스 아우렐리우스의 진영이 있던 곳이다.

속하는 모든 것은 흐르는 강물이고, 영혼에 속하는 모든 것은 꿈이요 연기이며, 삶은 전쟁이자 나그네의 체류지이고, 후세의 명성이란 망각에 지나지 않는다. 그렇다면 우리를 확실하게 인도할 수 있는 것은 무엇인가? 그것은 오직 한 가지, 철학뿐이다. 철학이란, 우리 안의 신성을 일체의 모욕과 손상에서 지켜 내고 쾌락과 고통을 초월하며 그 무엇도 우연에 내맡기지 않고, 결코 거짓과 위선을 행하지 않고, 다른 사람의 행함과 행하지 않음에 좌우되지 않으며, 운명처럼 겪게 된 일은 자신의 원천과 같은 곳에서 비롯된 일로 받아들이고, 더 나아가 죽음은 모든 피조물을 이루는 요소들의 해체에 지나지 않는 것이라 여기면서 흔쾌히 기다리는 것을 뜻한다. 그런데 요소들 각각이 늘 다른 것으로 변화한다는 점은 그 요소들에게 전혀 두려운 일이 아닌데, 어째서 사람들은 모든 사물의 변화와 해체를 슬픈 눈으로 바라보는가? 그런 것은 자연의 순리에 따른 것이고, 자연과 일치하는 것에는 나쁜 것이 없다.

카르눈툼[55]에서 쓰다.

제3권

1 인생이 날마다 흘러가고 삶이 날마다 줄어든다는 점만 생각해서는 안 된다. 우리가 설령 장수를 누린다 할지라도 그때까지 우리 사고력이 한결같아 신과 인간의 일을 통찰하기 위한 정신적 활동을 계속할 수 있을지에 대해 생각해 봐야 한다. 노망이 들기 시작하면, 호흡하고 소화하고 상상하는 능력이나 욕구 등에는 변함이 없으나 자신의 능력을 자발적으로 발휘하고 주어진 의무를 정확히 수행하며 다양한 인상을 분명히 구분하고 세상을 떠날 시간을 정확히 판가름하는 능력,[56] 요컨대 훈련을 쌓은 이성에 요구되는 모든 것이 우리 안에서 사라져 버리기 때문이다. 그러므로 우리는 서둘러야 한다. 매 순간 우리는 죽음에 가까워질 뿐 아니라, 우리가 죽기도 전에 생각하고 파악하는 능력이 소멸되는 경우가

---

56 스토아 철학자들은 경우에 따라서는 자발적 죽음도 인정할 수 있다고 생각했다. 반면 소크라테스 등의 철학자는 신이 우리를 일정한 위치에 배치한 것이므로 신의 명령이 있기 전에 떠나서는 안 된다고 가르쳤다.

57 Hippocrates(B.C. 4세기경). 고대에 가장 유명했던 의사이다.

58 Chaldaioi. 천문학과 점성술에 능했던 고대의 부족이다.

허다하기 때문이다.

2 자연 사건에 우연히 수반되는 현상까지도 마음을 끌어 사로잡는 데가 있다는 점에 우리는 유의해야 한다. 예컨대 빵 표면의 갈라진 틈은 빵 굽는 사람이 의도한 것이 아니지만 묘하게도 흐뭇한 느낌을 주며 무엇보다 식욕을 돋운다. 무화과도 한창 익었을 때 갈라지고, 올리브도 썩기 직전에 묘한 아름다움을 발산한다. 깊숙이 고개 숙인 이삭, 사자의 험악한 표정, 멧돼지 입가의 거품 등은 그 자체로 떼어 놓고 보면 아름다울 것이 전혀 없지만 자연 사물의 본질에 수반되는 것들이기에 본질을 더욱 돋보이게 하고 그 나름의 매력도 있다. 그러므로 아무리 부수적 현상일지라도 우주에서 발생하는 모든 것은 감수성과 더 깊은 이해력을 갖추고 있는 사람에게는 거대한 전체와 조화를 이루지 않고 나타나는 것이 거의 없다. 그런 사람이라면 야수들의 쩍 벌어진 아가리를 보고도 화가나 조각가가 모방하여 만든 대상 못지않은 즐거움을 느낀다. 지혜에 열려 있는 그의 눈은 늙은 여자나 남자에게서도 아이들의 풋풋한 매력 못지않은 독특한 아름다움을 발견해 낸다. 이것은 모든 사람이 아닌, 자연과 자연의 산물에 참된 감각을 가진 사람만이 명쾌하게 느낄 수 있다.

3 히포크라테스[57]는 수많은 병자를 치료했지만 자신은 병이 들어 죽었다. 칼다이오이 사람들[58]은 많은 사람의 죽음을 예언했지만 결국은 자신들도 같은 운명에 속박되었다. 알렉

산드로스[59]와 폼페이우스[60] 그리고 가이우스 카이사르는 수많은 도시들을 송두리째 파괴하고 전투에서 무수한 기병과 보병을 베어 쓰러뜨렸지만 결국은 자신들도 생을 마감했다. 헤라클레이토스[61]는 불에 의한 세상의 몰락에 관해 자연 철학적 성찰을 거듭했지만 결국은 몸에 물이 차는 수종증에 걸려 쇠똥을 몸에 바른 채 죽었다.[62] 데모크리토스[63]는 해충 때문에 죽었고, 소크라테스는 또 다른 종류의 해충 때문에 죽었다.[64] 이 모든 사실에서 무엇을 배울 것인가? 너는 배를 타고 바다를 건넜고 항구에 닿았다. 이제 배에서 내리라. 거기에 또 다른 삶이 나타난다면 어딘들 신이 없는 곳은 없으리니 거기도 신은 있으리라. 하지만 다른 삶 대신 무감각의 상태에 있게 된다면 네 고통과 쾌락은 그칠 것이고, 안에 담겨 봉사하는 것의 존엄함으로 인해 그 무가치함을 더욱 분명히 드러내는 그릇[65]에 머무는 일도 그치게 될 것이다. 전자는 너의 정신이며, 후자는 흙과 부패이다.

---

59 Alexandros(B.C. 356~B.C. 323). 그리스, 페르시아, 인도에 이르는 대제국을 건설한, 알렉산더 대왕이라 불리는 마케도니아의 왕이다.
60 Pompeius(B.C. 1세기경). 고대 로마 공화정 말기의 장군이다.
61 Heraclitos(B.C. 6세기~B.C. 5세기경). 소크라테스 이전 시기의 주요 철학자로 꼽힌다. 만물의 근원을 불이라고 주장했다.
62 당시 의사들은 수종증에 걸린 환자의 몸에 쇠똥을 바르면 그 열기 때문에 몸 안에 물이 마를 것이라고 생각했다.
63 Democritos(B.C. 5세기~B.C. 4세기경). 원자론을 확립한 그리스 최대의 자연 철학자이다.
64 여기서 〈해충〉은 비유적 표현이다. 에픽테투스는 인간을 짐승에 비교했고 사기꾼이나 배반자 등은 뱀, 벌레, 해충이라 불렀다.
65 고대 문헌에서는 신체를 그릇에 비교하는 경우가 자주 발견된다.

4 공공의 이익과 관련된 경우가 아니라면 다른 사람을 생각하느라 남은 인생을 허비하지 말라. 이 사람이나 저 사람이 무엇을 하고 왜 그렇게 하며 무엇을 말하고 생각하며 의도하는지에 골몰하다 보면, 즉 지배하는 이성의 관찰로부터 너를 떼어 놓는 일들에 골몰하다 보면 정작 다른 의무들은 수행할 수 없기 때문이다. 그러므로 너는 모든 우연한 것과 무익한 것, 모든 호기심과 악의를 네 생각의 흐름에서 몰아내야 한다. 그리고 누군가 네게 무슨 생각을 하는지 갑자기 물어도 주저 없이 대답할 수 있는 것만 생각하도록 하라. 이러이러한 생각이라고 곧바로 대답함으로써, 네가 소박하고 선량한 것만을 생각하고 있는 사회적인 인간이며 한갓 쾌락이나 향락 그리고 증오나 시기나 의심처럼 솔직히 고백하고 나면 낯을 붉히게 될 것들은 전혀 마음에 두고 있지 않았음을 상대방이 곧바로 인식할 수 있게 해주어야 한다. 그처럼 완전한 덕을 갖추려 애쓰는 사람은 내면에 깃든 신성과 내밀히 교류하며, 그런 점에서 신들의 사제이자 종복이라 할 수 있다. 내면의 신성은 그로 하여금 쾌락에 물들지 않게 해주고, 고통에 상처받지 않게 해주며, 온갖 모욕에도 굴하지 않게 해준다. 또한 그 신성은 어떤 악행도 견딜 수 있게 해주고, 어떠한 정염에도 압도당하지 않도록 가장 위대한 싸움의 투사로 만들며, 내면을 정의감으로 가득 채우고, 스스로에게 일어나거나 주어지는 모든 것을 진심으로 받아들이게 만든다. 그런 사람은 아주 드물게만, 즉 공공의 이익과 관련이 있을 때만 다른 사람의 언행이나 생각하는 것에 마음을 쓴다. 그는 오

로지 자신의 일에만 총력을 기울이고 영원한 자연의 법칙이 자신에게 부여한 것만을 생각의 대상으로 삼는다. 그는 자신의 일에 최선을 다하며, 자연의 법칙이 부여한 것을 선한 것이라 굳게 믿는다. 우리 각자에게 할당된 운명은 각자에게 적합한 것이기 때문이다.[66] 그는 또한 모든 이성적 존재란 자신과 동족이며, 동족을 사랑하는 것은 인간 본성에 어울리는 것이고, 우리가 추구해야 할 것은 만인의 인정이 아니라 자연에 걸맞게 사는 사람들의 존경임을 기억한다. 더 나아가 그는 그렇게 살지 않는 자들이 집 안과 집 밖에서 그리고 밤이고 낮이고 어떻게 처신하며 어떤 자들과 어울리는지 알고 있다. 따라서 그는 그런 자들의 칭찬에 혹하지 않으며 가치를 두지도 않는다.

5 무슨 일이든 마지못해 행하지 말며 공공의 이익을 무시하지도 말며 성급하게 그리고 정염에 이끌려 행하지 말라. 네 생각을 미사여구로 치장하지 말라. 쓸데없이 떠벌리지 말고 지나치게 일을 벌이지도 말라. 그보다는 네 안의 신으로 하여금 신중하고 원숙하며 정치에 밝은 사람이 되고, 황제이든 병사이든 제 위치를 지키고 있는 로마인이 되라. 그 어떤 맹세나 타인의 증언도 필요 없이 이 세상에서 소환하는 신호를 담담히 기다리는 사람의 주인이 되라. 네가 외부의 도움을 필요로 하지 않으며 타인의 도움 없이도 안식을 취할 수 있다면 네 영혼은 즐거움으로 가득 찰 것이다. 너는 스스로 똑

66 플라톤도 선과 미는 항상 유익하다고 말한다.

바로 서야지, 누군가에 의해 똑바로 세워져서는 안 된다.

6 인간의 삶에서 네가 정의와 진리와 절제와 용기보다 더 훌륭한 무엇을 발견한다면, 요컨대 이성적 행동 방식에 스스로 만족하고 자신의 힘으로 제어할 수 없는 사건은 운명으로 받아들이고 만족하는, 그런 마음보다 더 훌륭한 무엇을 발견한다면 전력을 다하여 그것을 향하고 그 지고한 선을 향유하라. 하지만 자신의 욕구를 제어할 줄 알고 자신의 모든 생각을 검토할 줄 알며 소크라테스가 말했듯 감각의 지배를 물리칠 줄 알고 신들의 가르침에 복종하며 인간을 돌볼 줄 아는 네 내면의 정신보다 더 훌륭한 무엇을 발견하지 못한다면, 그리고 그 밖의 모든 것이 가치 없고 하찮은 것으로 여겨진다면, 그런 하찮은 것 중 어떤 것에도 자리를 내주지 말라. 네가 일단 그쪽으로 쏠리면 거기서 벗어날 수 없을 것이며, 네 유일한 선이자 네 고유한 것에 대해 우위를 부여할 수 없기 때문이다. 이성과 행위에 결부된 그러한 선을 대중의 찬사나 지배력, 재산 혹은 향락처럼 이질적인 것들과 경쟁시켜서는 안 된다. 이러한 것들은 잠시라도 틈을 주면 불시에 우리를 덮쳐 올바른 길에서 벗어나게 하기 때문이다. 그러니 주저하지 말고 자진하여 지고한 선을 택하고 온 힘을 다해 그것을 꼭 붙들라. 지고한 선은 유익한 것이기도 하다.[66] 그렇다. 너는 이성적 존재로서 유익한 것을 간직해야 한다. 하지만 동물적 존재로서의 네게 유익한 것이라면, 그에 대한 관심을 끊고 네 판단을 선입견에서 풀어내어 모든 것을 철저

히 검토하라.

7 언젠가 너로 하여금 약속을 깨뜨리게 하고, 명예를 잃게 하고, 누군가를 미워하거나 의심하거나 저주하게 하고, 위선자가 되게 할 만한 것들은 결코 유익한 것으로 간주하지 말라. 벽이나 휘장으로 감추어야만 할 것들은 결코 소망하지 말라.[67] 자신의 이성과 내면의 신성 그리고 덕에 대한 존중심에 우위를 부여하는 사람은 비극적 종말을 맞지도, 탄식에 빠지지도 않을 것이며 고독하지도, 군중을 갈구하지도 않을 것이다. 무엇보다도 그런 사람은 삶에 연연하지도, 삶을 회피하지도 않을 것이며, 자신의 영혼이 몸이라는 거죽에 싸여 있는 기간이 길지 짧을지에 대해 전혀 관심을 두지 않을 것이다. 그렇다. 그런 사람은 지금 당장 세상과 작별해야 한다 해도 그것 역시 처리해야 할 다른 일인 양 품위 있고 점잖게 그리고 담담히 떠날 것이다. 그가 평생 조심하는 것이 있다면, 그것은 자신의 영혼이 이성적이고 공동체적인 존재에 어울리지 않는 방향으로 나아가는 것뿐이다.

8 수련을 쌓아 정화된 사람의 마음에서는 농양 같은 것, 즉 불순하고 간사한 것을 전혀 찾아 볼 수 없다. 그리고 맡은 역을 채 끝내기도 전에 무대에서 내려온 배우처럼 운명에 의해 완성되지 않은 삶에서 쫓겨나는 일도 없다. 그런 사람에게서는 비굴하거나 가식적인 구석, 다른 것에 너무 속박되거나

67 떳떳하지 못한 일을 행하는 자들은 이를 감추려 한다는 뜻이다.

너무 동떨어진 구석, 비난당할 만하거나 숨겨야 할 만한 구석을 전혀 찾을 수 없다.

9 네 판단력을 주의 깊게 발달시키라. 자연과 이성적 존재의 본성에 어긋나는 상상에서 너를 지켜 주는 것은 오로지 판단력뿐이다. 하지만 판단력은 신중함과 사람에 대한 호의, 신들에 대한 복종을 요구한다.

10 다른 것은 모두 제쳐 두고 이 몇 가지만 꼭 붙들라. 무엇보다 우리는 현재라는 지극히 짧은 순간만을 살고 있음을 명심하라. 나머지 시간은 이미 지나갔거나 불확실하게 남아 있을 뿐이다. 고로 우리의 삶이란 지극히 짧은 시간이고, 우리가 머무는 대지는 지극히 좁은 구석이며, 우리가 사후에 누리는 명성도 짧기는 매한가지다. 아무리 오래가는 명성이라 해도, 머지않아 죽어 버릴 후손들이나 오래전에 죽은 사람은 고사하고 자기 자신도 알지 못하는 후손들에 의해 전승될 뿐이다.

11 지금까지 이야기한 삶의 규칙들에 한 가지를 덧붙이지 않을 수 없다. 머릿속에 표상으로 자리 잡은 모든 대상을 분석하고 정의하여 정확하게 규정된 개념을 얻도록 하라. 그렇게 해서 꾸밈없는 실제적 속성에 따라 인식하고 전체적으로는 물론 그 구성 성분들에 따라서도 분명하게 인식하라. 또한 대상 자체는 물론 그것이 해체되었을 때 나타나는 징표

들, 즉 그것을 구성하는 개별 징표들에도 올바른 명칭을 붙이도록 하라. 우리가 삶에서 마주치는 대상 하나하나를 올바르게 이성적으로 탐구하는 능력 그리고 그 대상이 어떤 연관 속에 있고 어떤 이익을 주며 전체에 대해 어떤 가치가 있는지, 또 지고한 국가[68]의 시민인 개별 인간, 즉 그에 비하면 다른 모든 국가는 한 채의 가옥에 불과한 그런 국가의 시민인 인간에게 어떤 가치가 있는지를 파악하는 능력만큼 인간을 숭고하게 만드는 것은 없다. 이제 너 자신에게 물으라. 지금 네 머릿속에 표상을 불러일으키는 것은 무엇인가? 그것은 어떤 요소들로 구성되어 있는가? 본성상 그것은 얼마나 오랫동안 존속할 수 있는가? 자신의 어떤 본성을 끌어내어 그것에 대응해야 하는가? 온유? 용기? 지혜에 대한 사랑? 진실? 소박함? 아니면 자족감? 그것도 아니라면? 어떤 경우든 우리는 이렇게 말해야 한다. 그것은 신에게서 비롯된 것이고, 운명적인 인과 관계와 우연적인 인연에 의해 일어난 것이며, 또한 나의 동족, 친척, 친구에게서 야기된 것이다. 하지만 정

68 제2권의 16절에서와 마찬가지로 여기서는 우주가 국가에 비교되고 있다.
69 선악의 구별이 없는 사물은 〈중간물〉이라고도 불린다. 스토아 철학자들에 따르면 어떤 사물, 예컨대 힘이나 부유함 혹은 지식 등은 이용될 때, 즉 지고한 선의 획득에 이용되거나 덕의 훈련에 이용될 때만 유익함을 갖는다. 즉 원래는 선악의 구별이 없는 사물은 그런 매개 역할을 통해서만 어떤 가치를 갖게 되는 것이다.
70 인간적인 것이란 이성적인 것이며, 이는 도덕적으로 선한 것이란 의미이다. 마르쿠스 아우렐리우스에 따르면 종교와 도덕은 공존하며, 하나가 없으면 다른 하나는 불가능하다.

작 그들은 무엇이 자신의 본성에 맞는지 알지 못한다. 그러나 나는 분명히 알고 있다. 그러므로 나는 공동체 의식이라는 자연적 본성이 명하는 대로 호의와 정의로써 그들을 대한다. 그리고 동시에 나는 선악의 구별이 없는 대상들[69]조차 그 참된 가치에 따라 평가하려 애쓴다.

12 만약 네가 건전한 이성의 부름에 답하여 지금 해야 할 일을 열성과 호의를 갖고 한눈 팔지 않은 채 전력을 다해 행하며 네 안의 신성을 당장이라도 돌려주어야 할 것처럼 순결한 상태로 유지한다면, 그리고 만약 네가 그 무엇에 대한 기대나 두려움 없이 매번 본성에 따라 행하는 현재의 행동에 만족하고 네 발언에 담긴 영웅적인 진리애에 만족한다면, 너는 행복한 삶을 살게 될 것이다. 그리고 네가 그렇게 사는 것을 막을 자는 아무도 없다.

13 의사들이 예기치 않은 수술에 대비해 도구와 메스를 가까이 두듯, 너도 네 나름의 원칙이 있어야 신에 관한 일과 인간에 관한 일을 올바로 통찰하고, 사소한 일이라도 이 양자 사이의 관계를 생각하면서 처리할 수 있다. 인간적인 것[70]은 신적인 것과 결부시키지 않은 채 처사하기 어렵고, 신적인 것은 인간적인 것과 결부시키지 않은 채 처사하기 어렵기 때문이다.

14 더 이상 방황하지 말라! 너 자신의 회고록이든 고대 로마

인과 그리스인들의 행적이든 혹은 노후에 읽기 위해 마련해 둔 저술 발췌본이든, 네게는 그것을 읽을 시간은 없을 것이다. 그러니 목표를 향해 내달리라. 헛된 희망을 버릴 것이며, 너 자신을 조금이라도 사랑한다면 아직 여력이 있을 때 너 자신을 돕도록 하라.

15 사람들은 훔친다든가 씨를 뿌린다든가 구입한다든가 휴식을 취한다든가 의무를 안다든가 하는 말에 얼마나 많은 의미가 있는지 알지 못한다. 그런 것들을 육체의 눈뿐만이 아니라 또 다른 감각에 의해 통찰될 수 있기 때문이다.

16 육신과 영혼과 이성. 육신에는 감각이 속하고, 영혼에는 충동이 속하며, 이성에는 원칙이 속한다. 대상을 감각으로 인지하는 능력은 가축에게도 있다. 욕망의 충동에 이끌리는 것은 들짐승 또는 팔라리스[71]나 네로처럼 짐승 같은 인간의 공통된 속성이다. 이성의 인도를 받아들여 겉으로나마 점잖은 행동을 하는 것은 신을 부정하는 자나 조국을 배신한 자, 잠긴 방 안에서 못된 짓을 일삼는 자들도 능히 할 수 있는 일이다. 이런 모든 것이 앞서 언급된 자들의 공통점이라면, 선한 사람의 고유한 특성으로 남는 것은 오직 다음과 같다. 그들은 의무로 여겨지는 모든 일에서 이성의 인도에 따르고, 운명의 작용으로 맞닥뜨리는 모든 것을 기꺼이 받아들이며,

---

71 Phalaris(B.C. 6세기경). 시칠리아의 아크라가스를 다스렸던, 잔인한 폭군으로 악명이 높았던 인물이다.

가슴속에 자리 잡은 신성을 어지러운 상상으로 더럽히지 않고, 오히려 신에게 겸허히 복종하여 진리가 아닌 것은 말하지 않고 정의가 아닌 것은 행하지 않음으로써 신성을 보존한다. 선한 사람은 자신이 소박하고 올바르며 유복한 삶을 살고 있음을 세상 모두가 믿지 않더라도 결코 화내지 않으며 삶의 목표에 이르는 길에서 벗어나지 않는다. 그는 순결하고 조용하게 그리고 기꺼운 마음으로 운명에 순응하면서 그 길을 간다.

제4권

1 우리 내면에서 지배하는 힘이 자연적 속성을 따른다면 그 힘은 삶에서 어떤 사건이 일어나든 간에 가능한 것과 허용된 것을 언제라도 쉽게 구별한다. 그 힘은 특정한 대상을 선호하지 않으며 소망할 가치가 있는 것[72]이라면 무엇이든 추구의 대상으로 삼는다. 게다가 그 힘은 앞을 가로막는 것이 생기면 그것마저 자신을 위한 재료로 삼아 버리니, 이는 화염이 자신을 잠재우기 위해 던져진 것을 제압할 때와 같다. 작은 불꽃이라면 던져진 것들 때문에 꺼지겠지만, 환한 불길은 그것을 순식간에 집어삼켜 더욱 세차게 타오를 뿐이다.

2 어떤 행동도 즉흥에 맡기지 말 것이며, 삶의 지혜가 제시한 규칙에 의하지 않고서는 행하지 말라.

---

72 제3권 11절 참조.
73 마르쿠스 아우렐리우스는 바꿀 수 없는 일들에 괴로워하지 말 것을 가르친다.

3   사람들은 시골이나 바닷가, 산속 같은 곳에 은둔하기를 갈망한다. 너 또한 늘 그런 곳을 그리워한다. 하지만 이런 소망은 짧은 생각에서 비롯된 것이다. 은둔하고 싶다면 언제라도 스스로의 내면으로 은둔할 수 있기 때문이다. 인간에게 자신의 영혼보다 더 고요하고 한적한 은신처는 없다. 자신의 내면을 들여다보기만 해도 즉시 완전한 평정을 누릴 줄 아는 사람들에게는 특히 그렇다. 이러한 마음의 평정은 고귀하며 양심적인 품성과 다르지 않다. 그러니 가급적 자주 내면으로 은둔하여 너 자신을 새롭게 하라. 그리고 네 영혼을 밝게 해주며 네가 돌아가야 할 세상을 선선히 받아들이게 해줄 단순하고 짧은 원칙들을 마음속에 떠올리라. 네가 무엇에 불만을 느껴야 한단 말인가? 인간의 사악함에 대해서인가? 그렇다면 이런 원리, 즉 이성적 존재들은 서로를 위해 태어났고, 대인 관계를 원만히 하는 것도 정의의 일부이며, 인간이란 본의 아니게 과오를 범하기도 한다는 원리를 기억하라. 그리고 이미 얼마나 많은 사람들이 쓸데없이 서로 악의를 품고 의심하고 증오하고 싸우다가 죽어서 재가 되었는지를 생각하라. 그러니 이제 그런 불만은 접어 두라. 그런 게 아니라면 혹시 우주의 질서가 네게 할당한 운명에 불만스러운 것인가? 그렇다면 두 가지 가능성을 생각하라. 모든 것은 섭리에 의한 것이거나 원자들의 우연적 충돌의 결과이다.[73] 혹은 이 세계란 하나의 국가와 같다는 증거들을 떠올려 보라. 그런 것도 아니라면 혹시 네 육신이 너를 힘들게 하는가? 그렇다면 이성적 정신이란 일단 분리되어 스스로의 힘을 깨닫게 되

면 부드러운 것이든 거친 것이든 우리 감성의 작용과 무관해진다는 점을 명심하라. 또한 고통과 쾌락에 관하여 네가 듣고 깨달은 모든 원리들을 기억해 보라. 그것도 아니라면 명성에 대한 욕심이 너를 괴롭히고 있는가? 그렇다면 모든 것이 얼마나 빠르게 망각되고, 우리 앞과 뒤에 얼마나 거대한 시간의 심연이 있으며, 찬사란 것이 얼마나 공허한 것이고, 네게 갈채를 보내는 자들이 얼마나 변덕스럽고 분별력 없는 인간들이며, 네 명성이란 것이 얼마나 비좁은 범위에 국한된 것인지 생각해 보라! 지구 전체가 우주 안의 한 점에 불과한데, 네가 머무는 곳은 그 얼마나 작은 구석인가! 너를 찬양하는 자들이 많아 봤자 얼마나 많겠으며, 또 그들은 어떤 자들인가? 그러니 너 자신이라는 작은 영역으로 은신할 생각을 하라. 그리고 무엇보다 불안해하거나 긴장하지 말고 자유로운 마음이 되어 인간으로서, 시민으로서, 죽어야 할 존재로서 두려움 없이 사물을 보라. 네가 새겨 두어야 할 진리들 중에서 무엇보다 두 가지를 명심하라. 첫째, 사물은 바깥세상에 꼼짝없이 머물고 있어 네 영혼에 영향을 주지 못하니 네 영혼의 불안은 오로지 네 상상에서 기인한다. 둘째, 네가 보는 모든 것은 일순간에 변하여 더 이상 존재하지 않게 될 것이다. 그리고 너 자신이 얼마나 많은 변화를 경험했는가! 우주란 변화이고, 삶이란 상상에 불과함을 늘 명심하라.

4 생각하는 능력이 우리 모두에게 공통된 것이라면, 우리를 이성적 존재로 만들어 주는 이성 또한 우리에게 공통된 것이

다. 그렇다면 우리에게 해야 할 일과 하지 말아야 할 일을 알려 주는 내면의 목소리도 공통된 것이다. 그렇다면 우리에게는 공통된 법도 존재한다. 그렇다면 우리는 형제 시민들이며 한 공동체의 구성원이다. 그렇다면 우주는 우리의 국가인 셈이다. 그도 그럴 것이 인류 전체로 구성된 다른 어떤 국가 공동체가 존재하겠는가? 바로 거기서, 즉 이 국가 공동체로부터 우리의 사유 능력과 이성 그리고 법을 만드는 능력이 비롯된 것이다. 그렇지 않다면 어디서 비롯되겠는가? 내게서 흙으로 이루어진 부분은 어떤 흙에서 비롯된 것이고, 물로 이루어진 부분은 어떤 원천에서 비롯된 것이며, 내 호흡 또한 그러하고, 불로 이루어진 따뜻한 부분 역시 그 나름의 원천에서 비롯된 것과 같은 이치이다. 그 무엇도 무로 소멸되지 않듯 무에서 생겨나는 것은 없다. 마찬가지로 생각하는 능력도 어딘가에서 비롯되었을 것이다.

5 태어남과 마찬가지로 죽음은 자연의 신비이다. 태어남이 여러 요소들의 결합이라면, 죽음은 그 요소들의 해체이다. 고로 죽음은 곤혹스러워할 일이 전혀 아니다. 그것은 이성적 존재의 본성에 어긋나지 않으며 자연적 체질과도 모순되지 않기 때문이다.

6 특정한 유형의 사람이 필연적으로 특정하게 행동하는 것은 지극히 자연스러운 일이다. 그렇지 않기를 바라는 것은 무화과나무에 수액이 없기를 바라는 것과 같다. 그러나 무엇

보다 명심해야 할 것은, 너도 그도 곧 죽게 될 것이며 얼마 후면 이름조차 남지 않으리라는 사실이다.

7 네 상상을 버리라. 그러면 네가 피해를 입었다는 느낌도 사라질 것이다. 네가 피해를 입었다는 느낌이 사라지면 피해도 사라질 것이다.

8 어떤 사람을 본래보다 더 나쁘게 만들지 못하는 것은 그의 삶도 더 나쁘게 만들지 못하며, 외면에서나 내면에서나 그에게 해를 입히지 못한다.

9 자연이 필연적으로 이러저러하게 운행되는 것은 그것이 유익하기 때문이다.

10 모든 일은 정당하게 일어난다. 세심히 관찰해 보면 이를 알 수 있다. 내 말은, 자연의 질서뿐 아니라 정의의 원리에 따라서도 그러하며, 마치 어떤 존재가 공적에 따라 모든 것을 배분하는 것과 같다는 뜻이다. 그러니 무엇을 하건 간에 처음 시작했을 때처럼 주의를 기울이고 진정한 의미에서 선한 사람이 되고자 애쓰면서 행하라. 무슨 일을 하던 이를 확고한 원칙으로 삼으라.

11 너를 모욕하는 자가 이해하는 방식으로 사물들을 판단하지 말며, 그가 원하는 방식으로 판단하지도 말라. 사물들을

있는 그대로 보라.

12 두 가지 규칙만은 항상 염두에 두어야 한다. 첫째, 법을 세우는 지배적 능력인 이성이 만인의 복리를 위해 네게 권한 것만을 행하라. 둘째, 너를 그릇된 견해에서 벗어나게 해줄 만한 사람의 조언이 있으면 네 견해를 바꾸도록 하라. 하지만 견해를 바꿀 때는 언제나 그것이 정당하거나 모두에게 유익하다는 확신에 근거해야 하며, 즐거움이나 명성을 가져다주리라는 기대에 근거해서는 안 된다.

13 네게 이성이 있는가? 그렇다. 그렇다면 왜 이성을 사용하지 않는가? 네 이성이 제 할 일만 한다면 더 이상 바랄 게 뭐가 있겠는가?

14 지금까지 너는 전체의 한 부분으로 살았고, 너를 낳아 준 것 속으로 사라질 것이다. 아니, 너는 새로운 생명의 씨앗으로 변모하여 다시 등장할 것이다.

15 같은 제단 위로 수많은 유향 방울이 떨어진다. 먼저 떨어지는 것이 있고 나중에 떨어지는 것이 있지만, 거기에는 아무 차이도 없다.

16 네가 원칙을 지키고 이성에 복종한다면, 지금 너를 야수나 원숭이로 여기는 자들이 열흘 안에 너를 신으로 모실 것이다.

17 수천 년을 살 것처럼 행동하지 말라. 죽음이 목전에 와 있다.[74] 살아 있는 동안, 그리고 할 수 있는 동안 올바른 사람이 되려고 하라.

18 이웃 사람이 말하거나 행하거나 생각하는 것에 개의치 않고 오직 자신의 행위가 올바르고 순수한지만 생각하는 사람, 또는 아가톤[75]이 말하듯 주변 사람의 나쁜 습성에 개의치 않고 흔들림 없이 자신의 길만을 올곧게 가는 사람은 얼마나 많은 수고를 덜겠는가.

19 사후의 명성에 연연하는 사람은, 자신을 기억하는 사람 모두가 곧 죽을 것이고 그 다음 세대도 마찬가지이며 결국 명성이란 죽을 수밖에 없는 존재들에 의해 잠시 이어지다가 이들과 함께 사멸하는 것임을 생각하지 못하는 것이다. 설령 너를 기억하는 사람들이 불멸하여 네 이름에 대한 기억 또한 불멸하다 한들 네게 무슨 이로움이 있단 말인가? 네가 죽지 않고 살아 있다 해도 마찬가지이다. 일시적인 이득을 얻을 수 있는 것 외에 살아 있는 사람에게 명성이 무슨 가치가 있단 말인가? 그러니 타인의 잡담에 좌우되는 무익한 선물에는 마음을 두지 말라.

74 인간은 어느 순간에라도 죽음의 희생물이 될 수 있다는 뜻이다.
75 Agathon(B.C. 5세기경). 수많은 비극을 쓴 아테네의 시인이다.
76 영혼 불멸에 관한 스토아 철학자들의 견해는 단일하지 않다. 선한 사람의 영혼만이 죽음 후에 살아남는다고 주장하는 사람들이 있는가 하면, 모든 영혼이 불멸하다고 주장한 사람들도 있다.

20 아름다운 것은 어떤 것이든 그 자체로 아름답고 완전하다. 찬사는 그것의 본질적 성분을 이루지 못한다. 고로 어떤 대상은 찬사에 의해 더 나아지지도, 더 나빠지지도 않는다. 이는 무엇보다 일상에서 아름답다 불리는 것들, 예컨대 자연의 산물이나 예술 작품에 해당되는 말이다. 진실로 아름다운 것에 무엇이 더 필요하겠는가? 법이나 진리나 선의 혹은 겸손이 그렇듯 거기에는 아무것도 더 필요하지 않다. 그것들 중 어떤 것이 찬사에 의해 더 나아지고 비난에 의해 더 나빠지겠는가? 에메랄드가 찬사를 받지 못하면 가치를 잃는가? 황금과 상아, 자줏빛 의복, 칠현금, 단검과 꽃 한 송이 그리고 작은 나무는 또 어떤가?

21 영혼들이 죽지 않고 계속 존재한다면, 아득한 과거부터 지금까지의 모든 영혼이 어떻게 대기 중에 모여 있을까? 다르게 묻는다면, 대지는 아득히 먼 옛날부터 매장된 시신을 어떻게 모두 끌어안고 있는 것일까? 대지에서 시신들이 얼마간 머물다 변질되고 해체되어 다른 시신들에게 자리를 내주듯, 대기로 옮겨진 영혼들도 얼마 후면[76] 변질되고 해체되고 정화되어 우주의 원소로 수용됨으로써 뒤따르는 영혼들에게 자리를 내준다. 영혼이 계속 존재하는가라는 물음에는 대략 이렇게 답할 수 있을 것이다. 그런데 여기서 우리는 매장되는 인간의 시신뿐 아니라 날마다 인간과 야수가 먹어 치우는 동물들의 시체도 생각해 봐야 한다. 얼마나 많은 동물들이 잡아먹혀 이를테면 다른 육체 속에 매장되는가? 그처럼 동

물의 시체들이 일부는 피로 변하고 일부는 공기와 불로 변하기 때문에 그것들을 수용할 공간이 확보되는 것이다. 이러한 모든 현상은, 변화하는 물질과 변화하지 않는 본질적 형식의 구분을 통해서 설명된다.

22 우왕좌왕하지 말고, 행동할 때면 무엇이 올바른지 생각하고, 생각할 때면 명백한 것에 의지하라.

23 오, 우주여! 그대와 조화를 이루는 것은 나와도 조화를 이룬다.[77] 그대에게 알맞은 때라면 내게도 너무 이르지도 늦지도 않다. 오, 자연이여! 결실의 계절이 그대에게 준 것은 나를 위한 열매이기도 하다. 만물이 그대에서 비롯되고 그대 안에 있으며 그대에게 돌아간다. 시인 아리스토파네스가 〈오, 사랑스러운 케크롭스의 도시여!〉[78]라 했으니, 그대는 〈오, 사랑스러운 신의 도시여!〉라 말해야 하지 않겠는가?

24 마음이 평안하길 원한다면 일을 적게 하라고 데모크리토스가 말한다. 하지만 이렇게 말하는 게 더 낫지 않을까? 반드시 필요한 일, 즉 공동체적 본성을 가진 존재의 이성이 명하는 일을 이성이 요구하는 방식대로 행하라. 그렇게 하면 올바른 일을 행한 데서 오는 마음의 평안뿐 아니라 일을 적

---

77 소재(물질)와 형식(본질)의 결합으로서의 세계는 스토아 철학자들에 의해 흔히 신성과 동일시된다.
78 케크롭스는 아테네를 건설한 인물이며, 이 구절은 아리스토파네스 Aristophanes의 어느 희극에 나온다. 〈신의 도시〉란 우주 전체를 가리킨다.

게 한 데서 오는 마음의 평안 또한 누릴 것이다. 우리의 말과 행동 대부분은 불필요한 것이니 그런 것을 피하면 여가는 늘고 마음의 동요는 줄 것이다. 그러니 모든 경우에 이것은 불필요한 일들 가운데 하나가 아닐까 자문해 보라. 그런데 우리는 불필요한 행동뿐 아니라 불필요한 생각도 금해야 한다. 그럴 때만이 불필요한 행동이 뒤따르지 않게 되기 때문이다.

25 우주에 의해 주어진 운명에 만족하고 올바른 행동 방식과 자애로운 성품에 만족하는 사람, 그런 선한 사람의 삶을 살아 보면 어떨지 한번 시험해 보라.

26 그 점을 명심했는가? 그렇다면 이제 이런 것도 생각해 보라. 네 마음을 불안케 하지 말라. 단순한 마음을 가지라. 누군가 네게 잘못을 저지르는가? 그는 자신에게 잘못을 저지르는 것이다. 네게 어떤 일이 일어났는가? 그건 잘된 일이다. 네게 일어나는 모든 일은 우주가 처음부터 네게 정해 놓은 것들이다. 간단히 말해서, 인생은 짧다. 신중한 생각과 올바른 행동을 통해 현재에서 무언가를 얻으려 하라. 긴장을 풀 때도 정신은 맑게 하라.

27 우주는 훌륭하게 정돈된 것이거나, 온갖 것이 우연히 뒤섞였으면서도 질서를 갖춘 것이다. 네 안에도 질서가 있는데 하물며 우주 안이 온통 무질서와 혼란뿐이겠는가? 서로 모순되고 분열된 온갖 힘들이 조화롭게 통일을 이루고 있지 않은가?

28 음험한 성격의 사람이 존재한다. 남자답지 못하고 완고하며 야수 같고 어린애 같고 나태하며 추잡하고 허영심이 강하고 야비하며 폭군 같은 성격의 사람이 존재한다.

29 우주 안에 무엇이 있는지 알지 못하는 자가 우주의 이방인이라면, 우주 안에서 무슨 일이 일어나는지 알지 못하는 자도 우주의 이방인이다. 공동체적 법칙에서 벗어나는 자는 도망자이다. 정신의 눈을 감고 있는 자는 맹인이다. 삶에 필요한 것을 스스로 갖추지 못하고 남에게 의존하는 자는 거지이다. 주변에서 일어나는 일들에 불만을 느낌으로써 우주의 이성적 법칙에서 떨어져 나가는 사람은 우주의 종양이다. 세상 만물을 야기하고 너 또한 탄생시킨 것이 바로 우주이기 때문이다. 모든 이성적 존재를 아우르는 단 하나의 영혼에서 자신의 영혼을 분리시키는 자는 국가의 반역자이다.[79]

30 저고리를 걸치지 않은 철학자가 있는가 하면,[80] 책이 없는 철학자가 있고, 반쯤 벌거벗은 철학자도 있다. 철학자가 말한다. 나는 빵이 없지만 내 사상에 충실하다! 나 또한 학문으로 생계를 꾸리지는 못하지만 학문에 충실하다.

---

79 스토아 철학자들에 의하면 우주는 단 하나의 영혼으로 움직이며, 모든 영혼은 이 영혼을 조금씩 나눠 갖는다.
80 견유학파 철학자들을 가리킨다.
81 Vespasianus(9~79, 재위 69~79). 로마의 황제이다.
82 Traianus(53~117, 재위 98~117). 로마의 황제이다.

31 네가 익힌 기술을 사랑하고 그것에 만족하라. 영혼의 모든 일은 신들에게 맡기고 그 누구에게도 폭군이나 노예가 되지 않는 사람으로 여생을 보내도록 하라.

32 예를 들어 베스파시아누스[81] 치하의 시대를 생각해 보라. 그때도 지금처럼 모든 것이 있었음을 알게 될 것이다. 자유로운 자들, 자식을 키우는 자들, 병들고 죽어 가는 자들, 전쟁을 벌이는 자들, 잔치를 벌이는 자들, 장사를 하는 자들, 땅을 일구는 자들, 아첨하는 자들, 잘난 체하는 자들, 의심하는 자들, 신을 믿지 않는 자들, 누군가 죽기를 바라는 자들, 자신의 처지를 불평하는 자들, 사랑하는 자들, 값진 재물을 긁어모으는 자들, 고위 직책이나 왕위를 탐하는 자들. 하지만 지금은? 그들 중 남아 있는 자들이 있는가? 이번에는 트라야누스 치하[82]의 시대로 돌아가 보자. 모든 것이 꼭 같고, 그들의 삶도 지나가 버렸다. 어느 시대, 어느 민족이든 살펴보라. 얼마나 많은 사람들이 위대한 일을 수행하다가 쓰러져 원소들로 분해되어 버렸는가? 그러나 무엇보다도 네가 친히 알았던 사람들을 기억에 떠올려 보라. 자신의 본성에 맞는 일을 행하는 대신, 부단히 노력하고 그것에 만족하는 대신, 헛된 것을 좇느라 시간을 보냈던 그 사람들을 생각해 보라. 여기서 한 가지 더 유의해야 할 것은, 무슨 일에서든 정성과 열의는 적당해야 한다는 점이다. 사소한 일에 과도한 노력을 기울이지 않는다면 너의 모든 불만은 사라질 것이다.

33 전에 사용되었던 말이 이제는 낡아 빠진 표현이 되었다. 한때는 높이 찬양받던 이름들도 마찬가지 신세이다. 카밀루스,[83] 케소,[84] 볼레수스, 레오나투스[85]가 그러하며, 얼마 뒤에는 스키피오와 카토가 그렇고, 그 다음에는 아우구스투스, 또 그 다음에는 하드리아누스[86]와 안토니누스가 그렇다. 모든 것이 사라져 옛이야기가 되고 결국은 완전히 망각된다. 여기서 언급된 것은 한때 놀랍도록 빛을 발하던 사람들의 운명이다. 나머지 사람들은 숨결을 잃자마자 〈이름 없이 사라져 들리지도 보이지도 않게 된다〉.[87] 그렇다면 영원한 사후의 명성이란 대체 무엇인가? 그야말로 아무것도 아니다. 그렇다면 우리가 열의를 쏟아야 할 대상은 무엇인가? 오직 한 가지뿐이니, 올바른 생각, 공익을 염두에 둔 행동, 거짓 없는 말, 그리고 우리에게 일어나는 모든 일을 필연적이고 친근하며 우리와 같은 원천과 근원에서 비롯된 것으로 흔쾌히 받아들이는 마음가짐이 그것이다.

34 너 자신을 기꺼이 운명의 여신에게 맡기고, 여신이 좋을 대로 네 운명을 짓게 하라.

---

83 Camillus. 갈리아족의 침략에서 로마를 지킨 인물이다.
84 Caeso. 집정관을 역임한 로마인이다.
85 Volesus. Leonnatus. 볼레수스에 대해서는 알려진 바가 없다. 레오나투스는 알렉산드로스의 친구이자 사령관이었던 인물이다.
86 Hadrianus(76~138, 재위 117~138). 로마의 황제이다.
87 호메로스, 『오디세이아』, 제1권 242행.

35 칭송하는 자나 칭송받는 자나 모두 하루를 살 뿐.

36 세상 만물은 변화에 의해 생성하고 소멸하는 것임을 부단히 지켜보고, 우주란 존재하는 것을 변화시켜 비슷한 종류의 새것을 만들어 내는 일을 가장 즐긴다는 생각에 익숙해지라. 존재하는 모든 것은 그로부터 생겨날 무언가의 씨앗이라 할 수 있다. 그런데 너는 대지나 자궁에 뿌려지는 씨앗만을 생각하니, 이는 피상적인 발상이다.

37 너는 곧 죽을 것이다. 하지만 너는 아직도 소박하지 못하고, 담담하지 못하며, 외적 대상들에 의해 해를 입을지 모른다는 의심을 떨치지 못하고, 모든 사람에게 자애롭지 못하며, 지혜란 올바른 행동에서만 발견될 수 있음 역시 깨닫지 못하고 있다.

38 사람들의 심성이 어떤지 면밀히 관찰하고, 현인들은 무엇을 피하고 무엇을 추구하는지 살펴보라.

39 네 불행은 다른 사람의 심성에서 비롯되는 것이 아니고, 육신이라는 네 껍질의 변화나 이상에서 비롯되는 것도 분명 아니다. 그렇다면 어디서 비롯되는 것인가? 그것은 너 자신의 일부, 불행에 관해 이런저런 생각을 하는 네 능력에 자리 잡고 있다. 그 능력이 그릇된 생각을 품지 않게 하면 만사가 잘 될 것이다. 설령 그 능력과 아주 긴밀히 연결된 것인 육신

이 잘리고 불타고 곪고 썩더라도, 그 능력 즉, 그런 것들에 관해 이런저런 생각을 하는 네 일부는 잠자코 있게 하라. 달리 말해, 악한 자와 덕 있는 자 모두에게 일어날 수 있는 일에 관해 행인지 불행인지를 판단하지 않게 하라. 자연에 어긋나게 사는 사람과 자연에 맞게 사는 사람에게 똑같이 일어나는 것은 자연에 맞는 것도 아니고 자연에 어긋나는 것도 아니기 때문이다.

40 항상 우주를 하나의 실체와 하나의 영혼을 가진 생명체로 간주하라. 어떻게 모든 것이 이 우주의 단 하나의 감각에 의해 전달되는지, 어떻게 모든 것이 단 하나의 힘에 의해 형성되는지, 어떻게 모든 것이 모든 사건에서 원인으로 함께 작용하는지, 그리고 이런 긴밀한 연관과 상호 작용이 어떤 종류의 것인지 살펴보라.

41 에픽테투스가 말했듯, 〈너는 시신을 짊어지고 다니는 작은 영혼에 불과하다〉.

42 사물이 변화를 겪는다는 것이 나쁜 일은 아니고, 변화에 의해 사물이 존재하게 된다는 것이 좋은 일은 아니다.[88]

43 시간이란 사건들의 강, 모든 것을 휩쓸고 가는 급류이다.

<small>88 죽음은 재앙이 아니며, 삶도 대단한 선은 아니라는 뜻이다.
89 그 무엇도 죽지 않으며 단지 다른 것으로 변할 뿐이라는 뜻이다.</small>

무엇이든 나타나자마자 휩쓸려 떠내려가고, 다른 것을 몰고 오지만 그것도 곧 휩쓸려 사라진다.

44 우리에게 일어나는 모든 일은 봄날의 장미나 제철의 과일처럼 친숙하고 잘 알려진 것들이다. 질병과 죽음, 비방과 배신, 그 밖에 바보들을 기쁘게 또는 슬프게 하는 모든 것이 다 마찬가지이다.

45 뒤따르는 것은 앞선 것과 늘 유기적으로 연결되어 있다. 이는 숫자의 우연적 계열 같은 것이 아니라 합리적인 연결이다. 이미 존재하는 것들이 조화롭게 결합되어 있듯, 발생하는 것들에서도 단순한 연속이 아니라 놀라운 유기적 관계가 나타난다.

46 〈흙의 죽음은 물이 되는 것이고, 물의 죽음은 공기가 되는 것이며, 공기의 죽음은 불이 되는 것이고, 그 역도 성립된다.〉[89] 헤라클레이토스의 이 말을 항상 기억하라. 더불어 〈자신이 걷는 길이 어디로 향하는지 잊어버린 사람〉이란 말도 기억할 것이며, 또 〈날마다 마주치는 것도 종종 낯설게 여겨지기에 우리는 모든 것을 관장하는 이성과 하루하루를 함께 하면서도 그와 사이가 좋지 못하다〉는 말도 기억하라. 더 나아가 〈잠든 사람도 행동하거나 말하는 듯 보일 때가 있으니, 잠든 사람처럼 말하거나 행동해서는 안 된다〉는 말도 기억하라. 마지막으로 〈우리 엄마가 시킨 대로 할 테야〉밖에 모

르는 응석받이 아이처럼 굴지 말라는 말도 명심하라.

47 만약 어떤 신이 내일 아니면 모레 네가 죽을 것이라 말한다면, 비겁한 자가 아닌 한 너는 내일보다는 모레 죽게 해달라고 조르지 않을 것이다. 그 차이가 너무 짧기 때문이다. 마찬가지로 네가 여러 해 뒤에 죽든 내일 죽든 별 차이가 없는 일이라 여기라.

48 항상 생각해야 할 것은 이런 것이다. 얼마나 많은 의사들이 병상의 환자를 굽어보며 진지한 표정을 짓곤 하다 결국은 죽음을 맞았으며, 얼마나 많은 점성가들이 놀라운 일인 양 타인의 죽음을 예언하다 결국 죽음에 이르렀는지! 또 얼마나 많은 철학자들이 죽음과 불멸에 관해 수없이 토론하다 죽음을 맞았고, 얼마나 많은 영웅들이 수많은 사람을 죽인 뒤 죽었으며, 얼마나 많은 폭군들이 불멸의 존재라도 되는 양 오만하게 권세를 휘두르며 다른 사람의 목숨을 좌지우지하다 결국은 죽었는지! 그리고 얼마나 많은 도시들, 예컨대 헬리케[90]와 폼페이와 헤르쿨라네움[91] 그리고 그밖에 무수한 도시들이 통째로 종말을 맞았는지! 이제 네가 알았던 사람들도 하나씩 떠올려 보라! 이 사람은 저 사람을 묻었고, 그 사람은 또 다른 사람을 묻은 뒤 자신도 묻혔으니, 그 모든 것

---

90 Helike. 펠로폰네소스 반도 북안의 한 도시였으나 지진이 일어나서 바다에 잠겼다.

91 Pompeii, Herculaneum. 베스비오 화산의 폭발로 매몰된 이탈리아 남부에 위치한 도시들이다.

은 일순간의 일이었다! 요컨대, 어느 시대이고 간에 인간의 삶이란 게 얼마나 덧없고 하찮은 것인가! 어제는 하나의 싹이었다가 내일은 미라나 재가 된다. 그러니 이 짧은 순간을 자연에 걸맞게 살아가고 흥겨운 마음으로 떠나라. 다 익은 올리브가 자신을 낳아 준 자연을 축복하고 길러 준 나무에 감사하면서 땅에 떨어지듯.

49 파도가 끊임없이 밀려와 부딪히는 바위처럼 되어라. 바위는 동요할 줄 모르며, 거친 바닷물은 그의 발치에서 잠든다. 누군가 말한다. 〈이런 일이 내게 일어나다니, 나야말로 불행하구나!〉 아니, 그보다는 이렇게 말하라. 〈이런 일을 당했는데도 근심이 없고, 현재의 불운에도 꺾이지 않으며, 미래의 불운도 두렵지 않으니, 나야말로 행운아로구나!〉 불운은 누구에게나 일어날 수 있지만, 모두가 담담하게 불운을 견뎌낼 수 있는 것은 아니기 때문이다. 어째서 후자를 생각하며 행운을 느끼기보다 전자를 생각하며 불운을 느끼는 것인가? 인간 본성에 어긋나지 않는 것이 인간에게 불운한 것이란 말인가? 아니면 인간 본성의 의지에 어긋나지 않는 것을 인간 본성에 어긋나는 것이라 여기는가? 이 의지란 것이 무엇인가? 너는 그것을 알고 있다. 네게 일어난 일이 너로 하여금 정의롭고 관대하지 못하게 하며, 신중하고 현명한 판단에서 조심스럽지 못하게 하며, 거짓 없고 겸손하고 자유롭지 못하도록 막으며, 인간 본성에 어울리는 그 밖의 모든 미덕을 갖지 못하도록 막던가? 고로 너를 슬프게 할 수 있는 일이 생

길 때면 다음과 같은 원칙을 떠올리라. 〈이것은 불운이 아니다.[92] 그리고 이것을 용기 있게 참고 견디는 것은 행운이다.〉

50 삶에 집요하게 매달렸던 자들을 떠올려 보는 것은, 죽음을 멸시하기 위한, 평범하지만 효과적인 방법이 될 수 있다. 그런 자들이 일찍 죽은 자들보다 무엇이 더 우월했던가? 그들도 결국은 무덤에 눕지 않았던가? 카디키아누스, 파비우스, 율리아누스, 레피두스,[93] 그리고 이와 비슷한 사람들 모두가 수많은 사람을 무덤으로 날랐지만 결국은 자신들도 운구되지 않았던가? 그렇듯 차이란 미미하다. 게다가 살아 있는 동안 얼마나 많은 애를 써야 하고, 얼마나 많은 종류의 인간들과 부딪쳐야 하며, 몸뚱이는 또 얼마나 고생을 하는가! 그러니 삶에 너무 많은 가치를 두지 말라! 네 뒤의 무한한 시간과 네 앞의 무한한 시간을 보라! 그것을 생각한다면 3일을 산 아이와 3세대를 산 노인 사이에 무슨 차이가 있겠는가?

51 언제나 가장 짧은 길을 택하라. 가장 짧은 길은 자연스러운 길이다. 그러면 말과 행동에서 건강한 이성을 따르게 될 것이다. 이런 결심을 하면 수많은 근심과 다툼, 온갖 위선과 허세에서 벗어날 수 있을 것이다.

---

92 죽음은 불운이 아니니 죽음을 두려워하지 말라는 뜻이다.
93 Cadicianus, Fabius, Iulianus, Lepidus. 고령까지 살았던 인물들이다.

제5권

1 아침에 일어나기 싫으면 이런 생각을 하라. 나는 인간으로서 일하기 위해 일어난다. 그것을 위해 내가 세상에 태어난 것인데 어째서 거기에 불만을 갖는단 말인가? 내가 따듯한 침상에 누워 있기 위해 태어났단 말인가? 〈하지만 그러면 편안한걸.〉 그렇다면 너는 활동하고 일하기 위해서가 아니라 쾌락을 위해 태어났단 말인가? 너는 식물과 참새, 개미, 거미 그리고 꿀벌들이 분주히 일하면서 제 나름대로 우주의 질서를 구성하는 것을 보지 못하는가? 너는 인간으로서 네게 주어진 일을 행하고 네 본성에 따른 일을 서둘러 행하지 않겠다는 것인가? 〈하지만 휴식도 필요하다.〉 물론 그렇다. 하지만 자연은 먹고 마시는 데 한계를 정하듯 휴식에도 한계를 정해 놓았다. 너는 이 한계를 넘어서서 필요 이상을 원하고 있다. 게다가 행동에서는 반대로 네 능력을 충분히 발휘하지 않고 있다. 너는 너 자신을 사랑하지 않는 것이다. 자신을 사랑한다면, 네 본성과 본성이 원하는 바도 사랑할 것이기 때문이다. 자신의 기술을 사랑하는 다른 사람들은 목욕과 식

사도 잊은 채 자신의 일에 전력을 쏟고 있다. 그런데 너는 조각가가 청동상을, 무희가 무용술을, 수전노가 돈을, 허영기 있는 사람이 하찮은 명성을 소중히 하는 것만큼도 너 자신의 본성을 존중하지 않겠다는 것인가? 이런 자들도 자신들이 관심을 쏟는 일을 성사시키기 위해서라면 침식도 포기할 만큼 열정을 보인다. 그런데 너는 공동체를 위한 행동이 그보다도 하찮고 노력할 가치도 적다고 생각하는 것인가?

2 성가시거나 부적절한 상상을 지우거나 억누르고 당장 완전한 평정의 마음을 되찾기란 얼마나 쉬운 일인가.

3 모든 자연스러운 말과 행동은 네게 어울리는 것이라 여기라. 그에 대한 남들의 비난이나 험담에는 개의치 말며, 행하거나 말하기에 옳은 것이라면 네게 부적당한 것으로 여기지 말라. 저들은 나름의 줏대가 있고 나름의 충동에 따른다. 그런 것일랑 둘러보지 말고 네 본성에 따라 그리고 공통의 본성에 따라 곧장 걸어가라.[94] 이 두 길은 결국 하나이다.

4 나는 자연의 순리에 따라 내 길을 걷다가, 종내는 쓰러져 휴식을 얻을 것이며, 날마다 숨 쉬던 대기 속에 내 정신을 흘려보내고는 대지로 돌아갈 것이다. 대지는 내 아버지가 씨를, 내 어머니가 피를, 내 유모가 젖을 얻은 곳이고, 나 또한 여러 해 동안 날마다 먹고 마실 것을 얻은 곳이며, 내가 온갖

94 제1권 9절 참조.

목적으로 남용하고 짓밟았는데도 나를 지탱해 준 것이다.

5 네가 총명함으로 남들의 경탄을 자아내지 못한다면? 그래도 네게는 소질이 없다고 말할 수 없는 다른 많은 재능이 있다. 그러니 전적으로 네 노력에 달려 있는 자질들, 즉 진실성과 위엄, 끈기, 향락에 대한 무관심, 운명에 대한 만족, 관대함, 소박함, 진지함과 대범함을 발전시키도록 하라. 너는 타고난 재능이나 소질이 없다고 변명하는 대신 얼마나 다양한 네 자질을 보여 줄 수 있는지 모르겠는가? 그런데도 너는 자진하여 이런 덕성을 완성시키기를 포기하겠다는 것인가? 아니면 너는 타고난 천성이 빈약한 까닭에 불평이 많고 게으르고 아첨을 잘하며 가련한 육신을 탓하고 변덕스럽고 잘난 체를 좋아하며 그런 탓에 자주 마음이 불안할 수밖에 없다는 것인가? 신들에 맹세코 그렇지 않다! 오히려 너는 이미 오래전에 그런 결함들에서 벗어날 수 있었다. 설령 네가 정말로 이해가 느리고 아둔하다 해도, 너는 훈련을 통해 그런 결함들을 극복해야지 외면하거나 태만에 빠져서는 안 된다.

6 어떤 사람은 남에게 선행을 베푼 후 즉시 계산서를 내민다. 또 어떤 사람은 계산서는 내밀지 않더라도 마음속으로 상대방을 채무자로 여기며 자신의 선행을 늘 의식한다. 그러나 어떤 사람은 자신이 무엇을 했는지조차 알지 못하니, 그는 아무것도 원하는 바 없이 열매를 내주면서 흡족해하는 포도나무와 같다. 달리는 말이나 사냥감을 쫓는 개 혹은 꿀을

모으는 꿀벌처럼 그는 선행을 베푼다. 그는 큰소리로 떠벌리지 않으며, 철이 돌아오면 다시 열매를 맺는 포도나무처럼 그저 다음 선행으로 넘어간다. 〈그렇다면 우리는 무엇을 했는지조차 알지 못하는 사람처럼 되어야 하는 것인가?〉 그렇다. 〈하지만 우리는 자신이 무엇을 하는지 알아야 하지 않는가? 그리고 자신이 공동체를 위해 행동함을 아는 것과 공동체가 알아주기를 바라는 것이야말로 공동체적 인간의 특징이 아닌가?〉 그야 물론이다. 하지만 너는 내 말을 제대로 이해하지 못한 것이며, 그래서 앞서 언급한 자들의 부류에 포함된다. 그럴듯해 보이지만 잘못된 것에 현혹되어 길을 잃은 사람들 말이다. 하지만 네가 내 말의 참된 뜻을 이해한다면, 공동체를 위한 행동을 소홀히 하게 될까 봐 걱정할 필요가 없다.

7 아테네 사람들이 기도를 올린다. 〈비를 내리소서. 오, 사랑하는 제우스여, 아테네인들의 경작지와 풀밭에 비를 내리소서!〉 기도는 아예 올리지 말거나, 그게 아니라면 이렇게 단순하고 솔직하게 올려야 한다.[95]

8 의사가 이러저러한 사람에게 승마나 냉수욕 혹은 맨발 걷기를 처방했다는 말을 듣곤 한다. 마찬가지로 우리는 자연

---

95 마르쿠스 아우렐리우스는 개인적 소망을 위해 기도를 올려서는 안 된다고 생각했다. 아테네인들의 기도는 공익과 관련되었다. 더욱이 그들은 아테네만이 아니라 그리스 전체를 위해 기도했다.

이 이러저러한 사람에게 질병 혹은 사지의 절단이나 상실을 처방했다고 말할 수 있다. 전자에서 〈처방했다〉는 표현은 이러저러한 사람에게 건강상 유익한 것을 알려 주었다는 뜻인 반면, 후자에서의 그 표현은 사람 각자에게 일어난 일은 운명에 의해 유익한 것으로 할당되었다는 뜻이다. 이와 유사한 것으로서, 석공이 성벽이나 피라미드를 쌓을 때 석재들이 서로 잘 결합되면 〈잘 맞는다〉는 말을 하듯, 우리는 〈어떤 일이 우리에게 잘 맞는다〉는 표현을 쓰곤 한다. 전체적으로 보아 우주에는 단 하나의 조화가 지배하며 모든 물체가 결합하여 하나의 완전한 세계를 이루듯, 모든 원인이 결합하여 하나의 완전한 원인, 즉 운명을 이룬다. 이런 말은 무지한 사람들도 이해할 수 있다. 그런 사람들도 〈그것이 운명이다〉라는 말을 하기 때문이다. 즉 그것이 우리에게 보내진 것, 달리 말해 처방된 것이다. 그러니 우리는 운명을 의사의 처방처럼 받아들이기로 하자. 개중에는 맛이 쓴 약도 많지만, 우리는 건강을 기대하며 그것을 받아들인다. 그러니 우주적 자연이 자신의 목적을 이루기 위해 일으킨 일은 네 건강에도 유익한 것이라 여기고, 네게 가혹하다 할지라도 흔쾌히 받아들이도록 하라. 그 일은 우주의 건강 그리고 지고한 신의 행복과 자유로운 창조에 이바지하는 것이기 때문이다. 우주 전체에 이익이 되지 않는다면 지고한 신은 한 인간에게 그런 것을 보내지 않을 것이다. 또한 그 어떤 평범한 존재도 자신에게 종속된 다른 존재에게 이롭지 않은 것을 보내지 않는다. 그러므로 너는 네게 일어나는 일에 만족해야 하니, 이는 두 가지 이유에서이다. 첫째, 그것은 네게 지정되고 처방되었으며, 거슬러 올라가는 원인들의 길고 긴 연쇄 작용과 어떻게든 연결되어 있기 때문이다. 둘째, 일개인에게 일어나는 일도 우주의 지배자가 활동하고 완전성을 가지며 존속하는 근거와 무관하지 않기 때문이다. 만약 전체 성분들의 결합이나 원인들의 연결에서 어떤 부분을 아주 조금만 잘라 내어도 전체는 훼손되고 말 것이다. 그런데도 너는 불만을 느낄 때마다 가진 힘을 다해 그것을 잘라 내고 제거하려 드는구나.

9 매사를 네 원칙에 따라 처리하는 데 완전히 성공하지 못한다 해도 싫증을 내거나 용기를 잃거나 시기심을 품지 말라. 실패하면 처음부터 다시 시작할 것이며, 네 행동의 대부분이 인간 본성에 맞는다면 그것으로 만족하라. 네가 돌아가야 할 대상을 사랑하라. 철학으로 돌아가되, 겁먹은 학생이 엄한 교사에게 다가가듯 하지 말고, 눈병 환자가 해면이나 달걀[96]을 찾듯, 혹은 다른 환자가 고약이나 물찜질을 찾듯 돌아가라. 그러면 이성에 복종하는 것이 괴롭지 않을 것이며, 오히려 너를 흡족히 맡길 수 있을 것이다. 그리고 철학은 네 본성이 원하는 것만을 요구한다는 것을 명심하라. 그런데 너는 자연을 거스르는 다른 것을 원하는가? 둘 중 어느 것이 더 좋겠는가? 쾌락은 흔히 공허하고 거짓된 것으로 너를 속이지 않는가? 고매한 마음과 자유로운 정신, 소박함, 공정함과 경건함이 더 좋지 않을지 생각해 보라. 달리 말해, 매사에

---

96 고대에는 달걀을 눈병 치료에 사용했다.

즐겁게 목적을 이룰 수 있는 지식과 통찰력을 지혜라 한다면, 지혜보다 더 좋은 것이 어디 있겠는가?

10 세상 사물들은 어떤 의미에서는 어둠에 가려져 있어 소수의 철학자, 비범한 철학자들조차 그것들을 전혀 이해할 수 없는 것으로 여긴다. 스토아 철학자들조차 사물들을 이해하기가 어렵다고 생각한다. 아닌 게 아니라, 우리가 획득한 모든 관념은 언제라도 변할 수 있다. 자신의 판단을 바꿔 본 적 없는 사람이 어디 있겠는가? 이번에는 인식되는 대상들 자체로 주의를 돌려 보자. 그것들은 얼마나 덧없고 무가치한가! 게다가 그것들은 악한이나 창녀, 도둑들도 얼마든지 가질 수 있다. 다음으로, 너와 같은 시대를 사는 사람들의 정신으로 시선을 돌려 보라. 자기 자신은 말할 필요도 없고, 우리는 가장 선량한 사람들조차 참고 견디기가 어렵다. 그처럼 어둡고 역겨운 상황, 사물과 시간, 변화와 변화하는 사물들의 급속한 흐름 속에서 숭상하고 추구할 가치를 가진 것이 무엇인지 나로서는 알지 못한다. 그와 달리, 우리가 해야 할 일이 있다면, 그것은 자신의 자연스러운 해체를 담담히 기다리는 것이며 또 그것이 지체된다 불평하지 않고 다음과 같은 생각으로 스스로를 위로하는 것이다. 첫째, 우주의 본성에 어긋나는 일은 그 무엇도 내게 일어날 수 없다. 둘째, 신과 내면의 신성에 거역하지 않는 것은 전적으로 내 재량에 달려 있다. 그 누구도 내게 그런 거역을 강요할 수 없기 때문이다.

11 지금 나는 내 영혼을 어디에 쓰고 있는가? 매사에 너는 그렇게 자문하고, 다음과 같이 계속 따져 봐야 한다. 지배하는 이성이라 불리는 내 본성의 일부에서는 지금 어떤 일이 일어나고 있는가? 그리고 지금 나는 어떤 영혼을 갖고 있는가? 어린아이의 영혼인가? 소년의 영혼인가? 여자의 영혼인가? 폭군의 영혼인가? 가축의 영혼인가? 아니면 들짐승의 영혼인가?

12 대중이 좋다고 여기는 것들에 어떤 가치가 있는지는 다음과 같은 방식으로 파악할 수 있다. 만약 지혜나 절제, 정의, 용기처럼 진실로 좋은 것들을 좋다고 생각하는 사람이 있다면, 그는 이런 것들에 관심이 가 있으므로 흔히들 좋다고 하는 것들에 관해서는 들으려 하지도 않을 것이다. 양자는 서로 맞지 않기 때문이다. 그에 반해, 대중이 좋다고 여기는 것에 관심을 가진 사람은 귀를 쫑긋 세우고 저 희극 작가의 말, 즉 〈그 부자는 소유한 것이 너무 많아 대소변 볼 자리도 없다〉[97]는 말을 적절한 표현이라 여기며 반길 것이다. 대중 또한 이런 방식으로 차이를 인지한다. 그렇지 않다면 그런 풍자적 익살에 반감이나 불쾌감을 느끼기는커녕 사치와 명성을 증진하는 재물과 부에 적용될 수 있는 적절하고 재치 있는

97 아리스토파네스의 희극 작품에 비슷한 구절이 나온다.
98 영혼과 육신을 뜻한다.
99 스토아 철학자들의 생각에 따르면, 우주와 역사는 일정 주기가 지나면 다시 모든 것이 반복되며, 우주의 변화는 일정한 규칙에 의해 반복적으로 수행된다.

말이라 간주할 것이기 때문이다. 그러니 그것들을 생각하면 방금 인용한 희극 시인의 말이 떠오르는 그런 대상들을 가치 있고 좋은 것이라 간주할 수 있을지 자문해 보도록 하라.

13 나는 이성적 요소와 물질적 요소로 이루어져 있다.[98] 이 두 가지 중 어느 것도 무에서 생성되지 않았듯 무로 소멸되지 않을 것이다. 고로 나를 이루는 모든 부분은 변화를 겪어 우주의 어떤 부분으로 옮겨질 것이며, 그 부분도 우주의 다른 부분으로 옮겨질 것이고, 이런 변화는 무한히 계속될 것이다. 이런 변화에 의해 나도 생겨났고 내 부모도 생겨났으며, 이런 과정은 무한히 과거로 소급될 것이다. 비록 우주가 정해진 순환 주기[99]에 의해 다스려진다 해도, 우리가 이렇게 말하는 것을 막을 수 있는 것은 없다.

14 이성과 이성적으로 사는 기술은 그 스스로 충분함은 물론 스스로 기능을 발휘하는 힘이다. 이것들은 스스로 갖춘 원리에서 출발하여 설정된 목표로 올곧게 나아간다. 그래서 이성적인 행위들을 올바른 행위라 하는데, 그 행위들이 올곧은 길을 가기 때문이다.

15 인간의 속성이라는 면에서 인간에게 속하지 않는 것은 결코 인간적 특징으로 간주되어서는 안 된다. 인간에게 속하지 않는 것들은 인간에게 필요한 것이 아니고, 인간의 본성이 약속하는 것도 아니며, 인간의 본성을 완성시키는 것도 아니

다. 인간의 지고한 목표나 그 목표의 성취를 돕는 것, 즉 선한 것은 그런 것들에 근거하지 않는다. 더욱이, 그런 것들 중 하나가 정말로 인간의 속성이라면, 인간은 그것을 경멸하거나 그에 반발하는 것을 꺼리게 될 것이며, 그런 것들이 필요 없는 척하는 사람은 칭찬받지 않을 것이고, 또 그런 것들이 정말로 선이라면 그중 어떤 것을 포기하는 사람은 덕 있는 사람이 되지 않을 것이다. 하지만 실제를 보면, 그런 많은 것들이나 그와 유사한 것들을 스스로 금하거나 거절당해도 개의치 않는 사람일수록 더 훌륭한 사람이지 않은가.

16 네가 어떤 대상을 자주 떠올릴수록 네 마음은 그 대상의 속성을 닮아 간다. 영혼이란 생각에 물들기 때문이다. 그러니 다음과 같은 생각을 잇따라 떠올려 영혼을 물들이라. 자신이 살아야 하는 곳에서 우리는 행복을 찾을 수 있다. 그런데 너는 궁전에서 살아야 하니, 궁전의 삶에서 행복을 찾을 수도 있을 것이다. 더 나아가 개개의 사물이 생성되는 이유는 그것이 생성된 목적이기도 하며, 그 사물은 그것을 지향한다. 개개 사물이 지향하는 것에는 그것의 지고한 목표 또한 있다. 그리고 지고한 목표가 있는 곳에는 개개 사물의 이익과 선이 있다. 그런데 이성적 존재에게는 공동체가 곧 이익과 선이다. 우리가 공동체를 위해 태어났다는 것은 이미 앞에서 밝힌 바 있다. 열등한 존재들은 우월한 존재들을 위해

---

100 스토아 철학자들에 의하면, 미덕은 유일하게 지켜야 할 최고의 선이며, 다른 모든 것에는 선악의 구별이 없는 것 즉, 〈중간물〉이다.

있고, 우월한 존재들은 서로를 위해 있다는 것은 분명한 사실이 아닌가? 생명 있는 것이 생명 없는 것보다 우월하며, 생명 있는 것 중에서는 이성적인 것이 가장 우위에 있다.

17 불가능한 대상을 추구하는 것은 미친 짓이다. 그런데 사악한 자들이 사악하지 않은 행동을 하기란 불가능하다.

18 어느 누구에게도 그의 본성이 견딜 수 없는 일은 일어나지 않는다. 그런데 똑같이 불행한 일을 당하고도, 자신에게 무슨 일이 일어났는지 깨닫지 못해서든 자신의 힘을 과시하기 위해서든 꿋꿋이 견뎌 내고 피해를 입지 않는 사람들이 있다. 무지와 허영이 지혜보다 강할 수 있다니, 경악할 노릇이 아닌가?

19 사물들은 결코 영혼에 닿지 못한다. 그것들은 영혼에 들어갈 길을 갖지 못하며 영혼을 변화시키거나 움직일 수 없다. 영혼은 스스로 움직이고 변화하며, 자기 자신에게 내리는 판단에 근거해서 외부의 사물을 평가한다.

20 우리가 인간에게 선행을 베풀고 그를 참아 내야 하는 한, 어떤 점에서 인간은 우리에게 가장 가까운 존재이다. 하지만 어떤 인간이 나의 의무 수행을 방해한다면, 그는 태양이나 바람 혹은 짐승과 마찬가지로 내게 아무래도 상관없는 존재[100]가 될 것이다. 물론 이런 자들은 나의 행동에 방해가 될

수는 있지만 내 의지나 마음가짐에는 아무런 장애가 되지 못한다. 의지는 예외적인 일에 적응할 수 있고, 마음가짐은 내 뜻대로 달라질 수 있기 때문이다. 이성은 자신의 활동에 방해가 되는 모든 것을 오히려 자신을 돕는 것으로 전환시킨다. 그리하여 활동을 방해하려던 것이 오히려 보탬이 되고, 내 길을 가로막았던 것이 오히려 길을 열어 준다.

21 우주 안에 있는 것들 중 가장 완전한 것을 섬기라. 이는 바로 만물을 이용하고 만물을 지배하는 존재이다.[101] 마찬가지로, 네 안에 있는 것들 중 최선의 것을 섬기라. 그것은 우주에서 가장 완전한 것과 동족이다. 네 안에서도 최선의 것은 다른 모든 것을 이용하는 것이며, 네 삶은 그것의 지배를 받는다.

22 국가[102]에 해가 되지 않는 것은 시민에게도 해가 되지 않는다. 네가 해를 입었다고 생각될 때면 언제나 다음의 원칙을 생각하라. 국가가 그로 인해 해를 입지 않는다면 나도 해를 입지 않는다. 그러나 국가가 해를 입은 경우에는 해를 가한 자에게 분노를 보이지 말라.

23 존재하고 생성되는 모든 것이 얼마나 빨리 흘러가고 사라지는지를 종종 생각하라. 사물의 본질은 끊임없는 흐름이

---

101 신을 뜻한다.
102 우주를 가리킨다.

고 그 활동은 부단히 달라지며 그 원인은 무수한 변화에 근거한다. 변함없이 존속하는 것은 거의 아무것도 없다. 그리고 우리 곁에는 모든 것이 사라져 버리는 과거와 미래의 심연이 입을 벌리고 있다. 그러니 이런 사물 때문에 우쭐하거나 그 때문에 괴로워하거나 오랫동안 지속될 고통이라도 되는 양 우는소리를 하는 자는 바보가 아니겠는가?

24 네가 지극히 작은 일부를 구성하는 전체 자연을, 네가 아주 짧은 일부를 할당받은 전체 시간을, 그리고 네 운명이 단지 한 조각에 불과한 전체 운명을 생각하라.

25 누군가 내게 나쁜 짓을 범한다고 하자. 그것은 그 사람의 문제이다. 그에게는 그 나름의 마음가짐과 행동 방식이 있다. 지금 나는 우주의 본성이 나로 하여금 갖기를 바라는 것을 갖고 있으며, 내 본성이 나로 하여금 행하기를 바라는 것을 행한다.

26 네 영혼의 지배하고 주도하는 부분이 완만하든 격렬하든 네 육신 안의 움직임에 의해 동요되지 않게 하라. 그 부분이 육신의 것과 뒤섞임 없이 제 영역에만 머물게 할 것이며, 육신의 자극들도 그것들이 속하는 영역에 국한시키라. 하지만 정신과 육신의 공감 작용으로 또 다른 전달 능력을 발휘해 사유의 능력으로 파고든다면, 그 감정 역시 자연스러운 것이니 그와 싸우려 하지 말라. 네 지배적인 부분이 그런 감정을

두고서 선이니 악이니 하는 판단을 덧붙이지 않게 하라.

27 신들과 함께 살라! 그러나 주어진 몫에 만족하며 신성이 원하는 대로 늘 행동하는 영혼을 보여 주는 사람만이 신들과 함께하는 것이다. 그런데 신성이란 제우스가 모든 인간에게 인도자의 역할을 하도록 나눠 준 것인바, 그것은 각자의 정신과 이성이다.

28 너라면 땀 냄새를 풍기거나 입에서 악취를 풍기는 사람에게 화를 내겠는가? 화를 낸다고 무슨 소용이 있겠는가? 그에겐 그런 입과 겨드랑이가 있어 냄새를 풍길 수밖에 없는 것을. 하지만 누군가 이렇게 말할 수도 있을 것이다. 그에겐 이성이 있으니 조그만 주의하면 자신이 남에게 어떤 피해를 주는지 깨달을 수 있을 거라고 말이다. 옳은 말이다. 그런데 네게도 이성이 있다. 그러니 네 이성으로 그의 이성을 일깨워 어떻게 해야 할지를 알리고 타이르라. 그가 귀를 기울인다면 너는 그를 바로잡을 수 있으니, 화를 내거나 앓는 소리를 하지 않아도 되고, 필요 이상으로 참을 이유도 없다.

29 이 세상을 떠난 후 택하고픈 삶의 방식이 있다면 지금 당장이라도 그런 삶을 살 수 있다. 그러나 주변 여건이 그렇지 못하다면 조용히 삶을 버리되,[103] 어떤 불운을 겪는 것처럼

---

103 제3권 1절 참조.
104 호메로스, 『오디세이아』, 제4권 690행.

굴지 말라. 어딘가에서 연기가 피어나니 나는 떠난다. 그것이 대수로운 일인가? 하지만 어떤 것도 나를 내쫓지 않는다면, 나는 자유인으로 머물 것이며 아무도 내가 행하는 것을 막지 못할 것이다. 그리고 나의 의지는 이성적이고 공동체적인 존재의 본성을 따른다.

30 우주의 정신은 공동체적이다. 그래서 그것은 우월한 것들을 위해 열등한 것들을 만들어 냈고, 우월한 것들이 서로 조화를 이루도록 해놓았다. 네가 볼 수 있듯, 우주는 만물을 서로 종속시키고 결합시켰으며, 각자에게 제 몫의 존재를 나누어 주었고, 가장 고귀한 것들이 서로 융화를 이루게 해놓았다.

31 너는 지금까지 신들과 부모, 형제, 아내와 자식, 스승들과 개인 교사들, 친척과 하인들을 어떻게 대했는가? 너는 이렇게 말할 수 있는가? 〈어느 누구에게도 못 할 말이나 못 할 짓을 한 적이 없다.〉[104] 또 기억해 보라. 네가 얼마나 많은 것을 겪었으며 얼마나 많은 것을 견뎌 냈는지. 그리고 네 인생의 역사는 이미 완성되었으며, 네 복무도 끝났다는 것을 말이다. 더불어 네가 아름다운 것을 얼마나 많이 보았고, 얼마나 많은 쾌락과 고통을 멸시했으며, 얼마나 많은 허영을 무시했고, 얼마나 많은 못된 자들에게 친절을 베풀었는지도 말이다.

32 어째서 조야하고 무지한 자들이 교양 있고 지혜로운 자들을 당황하게 할 수 있을까? 그런데 어떤 것이 교양 있고 지혜로운 영혼인가? 사물의 기원과 목표를 알고, 전체 우주에 가득 차서 정해진 주기에 따라 영원토록 우주를 관장하는 정신을 알고 있는 영혼이 그것이다.

33 머지않아 너는 재나 유골로 변하고, 이름만 남거나 그조차 남지 않을 것이다! 이름은 공허한 소리나 울림에 불과하다. 살아 있는 동안 무척 소중히 여겨지는 것들은 공허하고 부패하고 하찮은 것들이니 서로 물어뜯는 강아지들이나 다투다가 웃고 곧 다시 울음을 터뜨리는 아이들과 같다. 그러나 성실과 겸손과 정의와 진리에 대한 사랑은 〈광활한 대지를 떠나 올림포스로 향할 것이다〉.[105] 그렇다면 너를 이 세상에 붙드는 것이 무엇인가? 감각의 모든 대상은 쉽게 변하여 무상하며, 감각 자체는 무디고 쉽게 속임을 당한다! 또한 네 가련한 영혼은 피의 증발에 불과하며, 그런 인간들 사이의 명성이란 무의미한 것이다! 그렇다면 어째서 너는 담담히 너의 소멸 내지 다른 것으로의 변신을 기다리지 않는가? 그 시점이 올 때까지 네가 할 수 있는 일은 무엇이겠는가? 신들을 공경하고 찬양하며, 사람들에게 선행을 베풀고,[106] 사람들을

105 헤시오도스, 『일과 날』, 197행.
106 마르쿠스 아우렐리우스는 신을 공경하고 인간을 사랑하는 것을 최고의 계율로 여겼다.
107 출전과 의미가 분명치 않으나, 인간들이 종종 아이들 놀이보다 나을 것이 없는 것들 때문에 괴로워한다는 뜻인 듯하다.

견뎌 내거나 멀리하는 것 외에, 그리고 네 육신과 정신 바깥에 놓인 것은 모두 네 것도 아니고 네게 종속된 것도 아님을 명심하는 것 외에 더 무엇이 남아 있겠는가?

34 만약 네가 올바른 길만을 가고 올바르게 판단하고 행동하려 한다면, 행복하고 평안한 삶을 사는 것은 네 손에 달려 있다. 신과 인간 그리고 모든 이성적 존재의 영혼에는 두 가지 공통된 속성이 있기 때문이다. 첫째, 이런 영혼들은 다른 무엇에 의해서도 방해를 받으려 하지 않는다. 둘째, 이들의 행복은 올바른 마음가짐과 행동 방식에 있으며 그것을 추구하는 데 국한된다.

35 어떤 것이 내 잘못 때문이 아니고 그 잘못에서 유발된 결과 때문도 아니며 공동체에 아무런 해도 입히지 않는다면, 어째서 내가 그 때문에 마음의 안정을 잃는가? 그리고 우주의 질서가 그로 인해 어떤 해를 입을 수 있단 말인가?

36 네 상상에 놀아나지 말고, 사람들을 네 능력껏 그리고 그들에게 적합하게 도와라. 그러나 그들이 당한 손실이 도덕적으로 선하지도 악하지도 않은 것이라면, 그들이 정말로 손실을 입었다고는 생각하지 말라. 그것은 좋지 못한 습성이기 때문이다. 이런 경우에는 팽이에 불과한 줄 알면서도 양자에게 팽이를 달라고 조르다가 떠났다는 노인처럼[107] 행동하라. 그렇지 않으면, 너는 연단에 올라가 대중에게 말한다는 것이

어떤 것인지 잊은 것인가? 〈알고 있다. 하지만 사람들은 그런 것을 꽤나 중요하게 여긴다.〉 그래서 너도 바보가 되겠다는 것인가? 차라리 언제라도 이렇게 말하라. 비록 홀로 버려져도 나는 어디서든 행복할 수 있다. 행복한 사람이란 스스로 행운을 마련하는 사람이기 때문이다. 그리고 행운이란 좋은 마음가짐과 좋은 성향 그리고 좋은 행동이다.

제6권

1 우주를 이루는 소재는 유연하며 쉽게 변화한다. 그리고 모든 것을 지배하는 우주의 이성은 악을 행할 이유를 전혀 품고 있지 않다. 이성은 악의가 없고, 악을 행하지도 않으며, 그 무엇도 이성에 의해 해를 입지 않기 때문이다. 오히려 만물은 이성에 의해 생성되고 완성된다.

2 네 의무를 수행할 때는 춥든 따뜻하든, 졸리든 잠이 충분하든, 비난을 듣든 칭찬을 받든, 거의 죽을 지경이든 그와 유사한 다른 고통을 겪든 전혀 개의치 않아야 한다. 죽음 또한 우리 삶의 과제 중 하나이다. 그러니 죽음이 닥쳤을 때도 이를 즐겁게 수행하면 그것으로 충분하다.

3 사물의 내면을 보라. 어떤 사물을 보든 그 고유한 특성과 가치를 놓치지 말라.

4 우주의 모든 사물은 아주 빨리 변화한다. 만약 물질세계

가 단 하나로 존재한다면, 그것들은 증기처럼 발산될 것이며, 그렇지 않다면 흩어져 사라질 것이다.

5   만물을 지배하는 이성은 우주에서 자신의 위치가 어디이며 자신이 어떻게 작용하고 어떤 소재에 작용하는지 잘 알고 있다.

6   복수하는 최선의 방법은 악을 악으로 대하지 않는 것이다.

7   항상 신을 생각하고, 공동체를 위한 행동에서 그것을 위한 또 다른 행동으로 나아가는 것, 오로지 여기서 네 기쁨과 만족을 구하라.

8   인간 안의 지배적 이성이란, 자신을 일깨우고 인도하며 자신의 본성과 의지에 따라 자신을 만들고 또 세상에서 일어나는 모든 사건을 자신이 원하는 대로 보는 무엇이다.

9   모든 일은 우주의 본성에 따라 일어나는 것이지, 이를테면 사물을 바깥에서 에워싸거나, 사물 안에 포함되어 있거나, 사물과 완전히 분리된 다른 본성에 따르는 것이 아니다.

---

108 마르쿠스 아우렐리우스 자신은 신의 섭리가 지배한다는 생각에 동조한다.
109 호메로스, 『일리아스』, 제7권 99행.

10 우주란 때로는 서로 뒤섞이고 때로는 서로 분리되는 것들의 우연한 집합이거나, 통일성과 질서와 섭리가 지배하는 하나의 전체이다.[108] 만약 전자라면, 그런 무질서한 혼잡과 뒤범벅 안에 내가 머물기를 바랄 이유가 어디 있겠는가? 나로선 언젠가 다시 흙이 되는 것 외에 다른 무엇을 소망할 수 있겠는가?[109] 내가 안절부절못할 이유가 어디 있겠는가? 내가 무슨 일을 하던 결국 나는 분해되어 버릴 테니 말이다. 만약 우주가 후자라면, 나는 편안한 마음으로 우주의 지배자를 공경하고 그에게 전적인 신뢰를 보낼 것이다.

11 주변 상황에 의해 어쩔 수 없이 마음이 산란해진다면, 얼른 너 자신 속으로 되돌아가고, 필요 이상으로 허둥대지 말라. 네가 항상 영혼의 평정으로 되돌아간다면, 너는 평정을 점점 더 쉽게 얻을 것이다.

12 네게 계모도 있고 생모도 있다면, 너는 계모에게 도리를 지키겠지만 자꾸만 생모에게 찾아가 안식을 취할 것이다. 지금 네게는 궁전과 철학이 그런 경우이다. 그러니 기회만 있으면 철학으로 돌아가 안식을 얻도록 하라. 철학으로 인해 궁전 생활도 견딜 만해지는 것이며, 궁전 생활을 하는 너 자신도 견딜 만해지는 것이다.

13 고기 요리나 그와 비슷한 음식들을 보면, 그것은 물고기의 시체거나 새의 시체거나 돼지의 시체라고 생각하라. 팔레

르노 포도주를 보면 포도즙에 불과하다 생각하고, 자줏빛 천을 보면 달팽이 피에 담갔던 양모에 불과하다 생각하라. 그리고 남녀의 접합이란 것도 장기의 마찰과 체액의 발작적 분비라고 생각하라. 이런 발상은 사물들의 본질과 속성에 부응하는 것이며 사물들을 있는 그대로 볼 수 있게 해준다. 우리는 평생 이렇게 생각해야 하며, 어떤 사물이 너무 갈채를 받는 외양을 취하거든 그것이 걸친 멋진 옷을 벗겨 내어 그 무가치함을 여실히 드러내야 한다. 외양이란 무서운 사기꾼이며, 우리가 세상에서 가장 중요한 사물을 대하고 있다고 믿을 때 가장 강력하게 우리를 속이기 때문이다. 그러니 크라테스가 크세노크라테스에 관해 한 말을 명심하라.[110]

14 대중이 탐하는 대부분의 것들은 세상에서 가장 흔한 것들이다. 자연의 단단한 응집의 산물인 이런 것에는 돌이나 무화과나무, 포도나무, 올리브 나무 같은 수목류가 속한다. 좀 더 격이 있는 사람들은 크고 작은 가축의 무리처럼 영혼을 지닌 대상들을 좋아한다. 좀 더 높은 소양을 지닌 사람들은 세련된 영혼을 지닌 것, 즉 우주와 교감하는 영혼이라기보다 숙달된 기예 등과 결부된 영혼에 관심을 기울인다. 이런 부류의 사람들은 흔히 많은 노예를 소유하는 것에 높은 가치를 부여하곤 한다. 그러나 이성적이며 세계 및 공동체와 교

---

110 크세노크라테스Xenocrates는 플라톤의 제자로 후일 아카데미아 학파의 수장이 되었다. 그는 공정한 인물로 명망이 높았지만, 견유학파 철학자인 크라테스Krates는 그를 가리켜 오만하고 위선적인 자라고 비난했다.

감하는 영혼을 높이 평가하는 사람들은 그 외의 다른 것에는 관심이 없다. 그런 사람은 오로지 자신의 영혼이 이성적이고 공동체적인 소질과 활동을 견지하는 것에만 그리고 거기 덧붙여 자신의 동족에게 도움을 주는 것에만 관심이 있다.

15 어떤 것들은 존재를 시작하려 하고, 어떤 것들은 소멸하려 하며, 또한 생성 중에 있는 것들 중 일부는 이내 다시 소멸해 버린다. 흐름과 변화는 부단히 우주를 새롭게 하는데, 이는 시간의 부단한 흐름이 무한한 영겁의 기간을 항상 새롭게 하는 것과 같다. 버티고 서 있을 수도 없는 이 흐름 안에 있다면, 흘러가는 사물 중 그 무엇에 특별한 가치를 부여할 수 있겠는가? 그것은 날아가는 참새에게 마음을 빼앗기는 격이니, 참새는 이미 시야에서 사라지고 없다. 모든 인간의 삶은 그러한 것이니, 피를 발산하고 공기를 마시는 것에 불과하다. 우리가 매 순간 그러하듯 공기를 한 번 들이마셨다가 다시 내뱉는 것이나 네가 엊그제 출생과 더불어 얻은 모든 호흡 능력을 처음 그것이 비롯된 곳에 되돌려 주는 것이나 사실은 똑같은 것이다.

16 식물과 같이 숨을 내쉬는 것이나 동물과 같이 숨을 들이쉬는 것 모두 우리를 가치 있게 만들지는 못한다. 우리가 감각 능력으로 외부 세계의 인상을 받아들이는 것이나 충동에 의해 움직이는 것, 모여 사는 것과 음식물을 섭취하는 것도 마찬가지이다. 이런 것은 소화된 음식물을 다시 배설하는 것

만큼이나 하찮은 일이기 때문이다. 그렇다면 우리를 가치 있게 만드는 것은 무엇인가? 박수를 받는 것? 아니다. 혀로 박수를 받는 것도 아니다. 대중의 갈채란 혀로 박수 치는 것과 다름없는 것이기에 하는 말이다. 그러니 네가 얻은 대단찮은 명성에 마음을 두지 말라. 그렇다면 존중할 만한 것으로서 남는 것은 무엇인가? 내 생각에는 자신이 타고난 소질에 따라 행동하고 다른 모든 것은 자제하는 것이다. 이는 모든 직업과 기술이 추구하는 목표이기도 하다. 모든 기술이란 어떤 사물로 하여금 그것을 생성시킨 목적에 부응하게 하는 것을 목표로 삼기 때문이다. 포도나무를 돌보는 정원사나 말을 길들이는 사람, 개를 훈련시키는 사람 모두가 그런 목표를 추구한다. 젊은이를 교육하고 가르치는 목표 또한 다르지 않다. 그리고 바로 이것이 존중할 만한 것이다. 이것이 진리라고 확신한다면, 다른 것에는 마음을 쓰지 않을 것이다. 그런데 어째서 너는 다른 많은 것까지 존중하는 짓을 그만두려 하지 않는가? 그렇다면 너는 자유롭고 자족적이며 욕심 없는 사람이 되지 못할 것이다. 그도 그럴 것이 너는 네게서 그런 것들을 빼앗아 갈 수 있는 자들을 시기하고 질투하고 의심할 수밖에 없으며, 네가 가치 있게 여기는 것들을 소유한 자들을 상대로 계략을 꾸밀 수밖에 없기 때문이다. 요컨대 그런 것 중 무엇이라도 부족한 사람은 안정을 얻지 못하고 신을 원망하기 마련이다. 그러나 네가 너 자신의 사유하는 영혼, 즉 이성을 존중하고 명예롭게 생각한다면, 너는 스스로에게 만족하고 다른 사람에게 친절하며 신들과 의좋게 지낼 것인바, 달리 말해 신들이 원하여 네게 정해 놓은 모든 것을 감사의 마음으로 받아들이게 될 것이다.

17 물질적 원소들은 올라가기도 하고 내려가기도 하며 원을 그리며 돌기도 한다. 하지만 미덕의 움직임은 방향이 전혀 다르다. 그것은 신성한 것이며, 파악하기 어렵지만 올바른 길을 택해 목표로 전진한다.

18 인간의 행동이란 얼마나 우스꽝스러운가! 자신과 같은 시대를 사는 사람들은 칭찬하려 하지 않으면서 자신이 본 적도 없고 볼 수도 없을 후세인들의 칭찬은 대단하게 여긴다. 하지만 이는 선조들이 자신에게 칭찬의 말을 남기지 않았다 하여 슬퍼하는 것과 거의 다름없는 태도이다.

19 어떤 일이 네게 어렵다고 해서 그것이 인간에게 불가능한 일이라 생각하지 말고, 그것이 인간에게 가능하고 인간 본성에도 맞는다면 너도 능히 해낼 수 있다고 생각하라.

20 경기장에서 누군가 우리를 손톱으로 할퀴고 머리로 받았다고 하자. 우리는 그 때문에 노여워하거나 장차 그가 우리의 목숨을 노릴지 모른다고 의심을 품지는 않을 것이다. 우리는 그를 경계하되 적이나 의심스러운 사람으로까지 여기지는 않을 것이며, 그저 조용히 피하기만 할 것이다. 인생의 어떤 상황에서도 우리는 그런 태도를 취해야 한다. 즉 인생

의 경기장에서 우리와 시합하는 사람들의 많은 점을 너그러이 보아 넘겨야 한다. 앞서 말했듯, 의심하거나 증오를 품지 않고 피해 버리는 것도 얼마든지 가능하기 때문이다.

21 누군가 내 판단이나 행동이 옳지 못하다는 점을 분명하게 깨우쳐 준다면 기꺼이 내 결점을 고칠 것이다. 나는 진리를 추구하는 사람이며, 진리로 인해 해를 입은 사람은 없기 때문이다. 그러나 자신의 오류와 무지를 고집하는 사람은 화를 입게 될 것이다.

22 나는 내 의무를 수행할 뿐, 다른 모든 것에는 관심이 없다. 다른 모든 것은 영혼이 없거나, 이성이 없거나, 길조차 모르고 헤매는 것들이기 때문이다.

23 이성 없는 동물과 감각 세계의 모든 사물은 이성을 가진 인간처럼 관대하고 너그럽게 대하라. 인간들은 이성을 지녔으니 우애로써 대하라. 그리고 모든 일에서 신들에게 기도를 올려 도움을 청하되, 얼마나 오랫동안 그래야 하는지에 관해서는 생각하지 말라. 세 시간 정도면 충분할 것이다.

24 마케도니아의 알렉산드로스와 그의 노새 몰이꾼은 죽은 뒤에 똑같은 운명을 겪었다. 두 사람 모두 우주의 똑같은 씨앗들로 되돌아갔거나 원자들로 분해되었으니 말이다.

25 동일한 순간에 우리들 각자에게서 육신과 정신에 관계되는 일들이 얼마나 많이 일어나는지 생각해 보라. 그러면 우주라 불리는 하나의 전체에서 훨씬 더 많은 것, 아니 생성하고 사멸하는 모든 것이 동시에 존재한다는 사실이 더 이상 놀랍지 않을 것이다.

26 누군가 네게 〈안토니누스〉란 이름을 어떻게 쓰느냐고 묻는다면, 한 글자 한 글자 소리를 질러 대며 알려 주겠는가? 그리고 그 때문에 누군가 네게 화를 낸다면 너도 덩달아 화를 내겠는가? 오히려 너는 침착하게 한 글자 한 글자 불러 주지 않겠는가? 그처럼 모든 의무란 것도 몇 개의 요소들로 구성된 것임을 기억하라. 그런 요소들에 유의할 것이며, 화를 내며 비난하는 사람들에게 흥분하여 덩달아 화내지 말고 그런 요소들을 올바르게 이행하라.

27 사람들로 하여금 자신의 본성에 맞고 이로운 것들을 추구하지 못하게 막는 것은 얼마나 잔혹한 일인가! 만약 사람들의 실수에 대해 네가 화를 낸다면, 어떤 의미에서 너는 그들의 그러한 추구를 막는 것이다. 그들은 자신들의 본성에 맞고 유익한 듯 보이는 것에 마음을 빼앗긴 것일 테니 말이다. 그것은 그들의 착각이라고 너는 말하리라. 그렇다면 화내지 말고 그들을 가르치고 올바른 것을 일러 주어라.

28 죽음이란 감각적 인상이 낳는 모순들의 종말이고, 충동

의 흥분과 생각의 지속적 작업의 휴식이며, 육신에 대한 봉사로부터의 해방이다.

29 삶에서 육신이 아직 지치기도 전에 영혼이 먼저 지친다면 얼마나 수치스러운 일인가.

30 폭군이 되지 않게 조심하고, 그런 기미조차 막아 내라. 그렇게 되기란 너무나 쉽기 때문이다. 그러니 소박하고 선하며 순수하고 진지하고 허식이 없으며 정의를 사랑하고 신을 두려워하며 너그럽고 친절하고 의무에 충실한 사람이 되도록 하라. 철학이 네게서 기대하는 그런 사람이 되려고 노력하라. 신들을 공경하고 사람들의 복리를 위해 애쓰라! 인생은 짧다. 그리고 지상에서의 삶이 결실을 가질 수 있다면, 그것은 오로지 고귀한 성품과 공동체를 위한 행동뿐이다. 모든 일에서 안토니누스[111]의 제자답게 처신하라. 그분처럼 한결같이 이성에 복종하고, 매사에 침착하고, 온화하고 명랑한 표정을 가지며, 자애롭고, 명성에 대한 욕심을 버리고, 사물의 본질을 이해하기 위해 애쓰라! 그분은 어떤 일이든 정확한 검토와 충분한 생각 없이는 그냥 넘기는 법이 없었으며, 부당하게 비난하는 자들을 비난으로 대응하지 않고 묵묵히 참아 냈다. 그분은 서두르는 법이 없었고, 중상모략에 귀 기울이지 않았으며, 자신의 성격과 행동을 꼼꼼히 검토했으니,

---

111 마르쿠스 아우렐리우스의 양부이며 로마 황제였던 안토니누스 피우스를 가리킨다. 제1권 16절 참조.

남을 비방하거나 공연히 불안에 떨거나 의심을 품거나 궤변을 늘어놓는 사람과는 거리가 멀었다. 거처든 잠자리든 옷이듯 음식이든 시중이든, 그분은 지극히 간략한 것에 만족했으며, 너무나 근면하고 참을성이 많은 분이었다. 그분은 먹는 것이 변변치 않아도 저녁까지 버틸 수 있었고, 먹는 것이 적은 까닭에 정해진 시간 외에는 용변의 필요를 느끼지 않았다. 그분은 친구들에게 충직하고 한결같았으며, 자신의 견해에 공공연히 반대하는 사람들을 인내로 대했고, 누군가 더 나은 것을 가르쳐 주면 기쁨을 감추지 못했다. 그분은 신을 공경했지만 미신에 빠지지는 않았다. 네 마지막 때가 되었을 때, 너 또한 그분처럼 떳떳한 양심이고 싶지 않은가!

31 깨어나서 너 자신을 되찾으라! 그리고 다시 깨어나 너를 괴롭히던 일들이 꿈에 불과함을 알았다면, 이제 깨어 있는 지금 불편한 삶의 현실 또한 꿈처럼 간주하라.

32 나는 육신과 영혼으로 이루어져 있다. 육신에게는 어떤 것이든 선하지도 악하지도 않다. 육신은 그 차이를 지각할 수 없기 때문이다. 영혼에게는 자기 활동의 산물이 아닌 것만이 선하지도 악하지도 않다. 영혼의 모든 활동은 영혼의 지배만을 받는데 이는 현재 순간에 결부된 활동에만 해당되는 이야기이다. 영혼에게 자신의 미래 활동과 과거 활동은 선하지도 악하지도 않기 때문이다.

33 발이 제 할 일을 하고 손이 제 할 일을 하는 한, 손이나 발은 그 어떤 일을 하더라도 자연에 어긋나지 않는다. 마찬가지로 인간이 제 할 일을 하는 한, 인간이 하는 그 어떤 일도 자연에 어긋나지 않는다. 그리고 자연에 어긋나지 않는 인간의 일이라면 인간에게 악이 아니다.

34 도둑들과 음란한 자들과 아버지를 살해한 자들과 폭군들은 그 얼마나 관능적인 쾌락에 탐닉했던가?[112]

35 기술자들은 어느 정도까지는 무지한 자들의 취향을 존중해 주지만 기술의 원칙만은 고수하며 결코 거기서 벗어나지 않음을 너는 알지 못하느냐? 신들과 공유하는 자신의 이성 원칙에 대해 스스로 갖는 존중심이 건축가나 의사가 자신의 기술적 원리에 대해 갖는 존중심보다 못하다면 이는 수치스러운 일이 아니겠는가?

36 아시아와 유럽은 우주의 한 귀퉁이고, 바다 전체는 우주 속의 물방울 하나이며, 아토스 산[113]은 우주의 한 줌 흙이고, 모든 현재란 영원 가운데의 한순간이다. 만물은 왜소하고 변화하며 종내는 사라진다. 만물은 하나의 근원에서 비롯되는 바, 이 공통의 지배자에게서 직접적으로든 부수적으로든 유

---

112 감각적 쾌락과 부유함은 악인들도 누릴 수 있으므로 참된 선이 아니라는 뜻이다.
113 Mount Athos. 마케도니아 지방에서 가장 높은 산이다.

래한다. 고로 사자의 아가리, 독, 가시나 늪처럼 유해한 모든 것이 장엄하고 아름다운 우주의 부속물이다. 그러니 그런 모든 것을 네가 공경하는 존재와 무관한 것이라 오해하지 말고 만물의 근원을 생각하라.

37 지금 존재하는 것을 본 사람은 아득한 옛날부터 존재했고 영원토록 존재하게 될 모든 것을 본 것이다. 만물의 본성과 본질은 동일하기 때문이다.

38 우주 만물의 연쇄와 그 상호 관계를 자주 생각해 보라. 어떤 면에서 만물은 서로 얽혀 있고, 따라서 그 무엇도 낯설지 않다. 만물은 협력과 결합 및 통일 작용에 의해 인과 관계의 연쇄를 이룬다.

39 운명이 네게 부여한 상황에 적응하고, 운명이 너와 연결한 사람들에게 참된 사랑을 보이라.

40 도구나 연장이나 용기는 그것들이 만들어진 목적만 수행하면 모두 훌륭한 것이며, 제작자는 그와 상관이 없다. 그러나 자연에 포괄된 사물들에서는 그것들을 형성하는 힘이 내재하여 작용한다. 따라서 그만큼 더 너는 그 힘을 존중해야 하며, 네가 그 힘의 의지에 따라서만 살아간다면 만사가 네 뜻대로 되는 것이라고 생각해야 한다. 우주에서는 만사가 우주 영혼의 뜻에 따라 진행되기 때문이다.

41 네가 뜻대로 좌우할 수 없는 것들 가운데 어떤 것을 선한 것이나 악한 것으로 여긴다면, 어느 날 네게 그런 악한 것이 닥치거나 선한 것이 결여될 경우 너는 필연적으로 신을 원망할 것이며 또 그에 대해 책임이 있거나 장차 책임을 지게 될 거라고 의심되는 사람들을 미워할 것이다. 그처럼 우리는 그런 것들에 선과 악의 가치를 부여함으로써 많은 부당한 짓을 저지른다. 하지만 우리의 뜻대로 좌우할 수 있는 것들만을 선한 것이나 악한 것으로 여긴다면, 신을 탓하거나 그 누구에게 적의를 품을 이유가 사라진다.

42 우리 모두 하나의 목표를 위해 협력한다. 이를 깨닫고 의식하는 사람이 있는가 하면 의식하지 못한 채 있는 사람도 있다. 이런 의미에서 헤라클레이토스가 〈잠자는 자들도 우주에서 일어나는 일들에 관여하는 일꾼이자 협력자〉라고 말한 것 같다. 그러나 각자가 협력하는 방식은 다르며, 일어나는 사건을 비방하고 막으려 드는 자들조차 적잖은 기여를 한다. 우주는 그런 자들도 필요로 하기 때문이다. 그러니 너는 어떤 자들에게 속할 것인지를 결정하라. 물론 우주의 지배자는 어쨌거나 너를 목적에 맞게 활용할 것이며 무수한 조력자

114 Chrysippos(B.C. 3세기경). 스토아 철학을 처음으로 체계화한 학자로서 〈크리시포스가 없었더라면 스토아의 존재는 없었을 것이다〉라는 평을 들었다.
115 크리시포스는 희극에서 그 자체로 아무 가치가 없으면서 전체에 속해 있는 우스꽝스러운 부분을 세상의 악덕과 비교한 바 있다.
116 Asklepios. 신들 중 하나로 생각되던 별의 이름이다.
117 사람은 누구나 공동체의 이익을 위해 일해야 한다는 뜻이다.

와 협력자들 사이에 네 위치를 정해 줄 것이다. 그러나 너는 크리시포스[114]가 지적한 것처럼 연극 속의 무의미하고 한심한 시행 같은 위치를 차지하지 않도록 조심하라.[115]

43 태양이 비의 역할을 대신하겠다고 나서던가? 아이스클레피오스[116]가 대지의 여신이 하던 일을 맡겠다고 나서던가? 각각의 별은 서로 다르지만 하나의 목표를 향해 협력하지 않던가?[117]

44 신들이 나와 내 운명에 관해 어떤 결정을 내렸다면, 그것은 나를 위한 최선의 결정일 것이다. 지혜 없는 신을 생각하기란 쉽지가 않기 때문이다. 그리고 신들이 어떤 이유에서 내게 해를 끼치려 하겠는가? 그런다고 해서 신들 자신이나 그들이 각별히 보살피는 우주에 무슨 보탬이 되겠는가? 만약 신들이 내린 결정이 특별히 나를 위한 게 아니라면, 최소한 우주 전체를 위해 그 결정을 내린 것이다. 따라서 나는 그런 결정에서 파생될 내 운명을 흔쾌히 받아들여야 한다. 그러나 신들이 어떤 것에 관해서도 결정을 내리지 않는다면 — 이렇게 믿는 것은 불경한 일이지만 — 우리가 바치는 제물이나 우리의 기도와 맹세 그리고 신들이 존재하며 우리와 함께 한다는 믿음에서 비롯된 우리의 모든 행동이 무슨 소용이 있겠는가? 신들이 우리와 관계된 일에는 전혀 개의치 않는다 해도, 나는 나에 관해 어떤 결정을 내릴 수 있고 내게 유익한 것을 궁구할 수 있다. 각각의 존재는 자신의 소질과 본성에 어

울리는 것에서 이익을 얻는다. 내 본성은 이성적이고 공동체적이다. 내 도시와 내 조국은 안토니누스로서의 내게는 로마이고 인간으로서의 내게는 우주이다. 이런 공동체에 유익한 것만이 내게 선이다.

45 각각의 존재에게 일어나는 일은 전체에 유익하다. 그것만으로도 충분하리라. 더 자세히 관찰해 본다면, 한 사람에게 유익한 일은 다른 사람들에게도 유익하다는 점을 깨닫게 될 것이다. 여기서 〈유익하다〉는 표현은 선한 것과 악한 것의 가치 구별과는 무관한 의미[118]로 이해되어야 한다.

46 원형 극장이나 그와 유사한 장소에서의 공연은 늘 똑같은 탓에, 그 따분함과 단조로움을 보고 있노라면 싫증이 절로 난다. 네 인생 전체도 마찬가지이다. 네 위와 아래의 모든 것이 똑같은 본성이고 똑같은 원천에서 비롯되기 때문이다. 언제까지나 이럴 것인가?

118 선도 악도 아닌 것이라는 뜻이다.
119 마르쿠스 아우렐리우스 시대에나 알려졌던 인물들이다.
120 Eudoxos(B.C. 408?~B.C. 355?). 플라톤의 제자이며 유명한 천문학자였다.
121 Hipparchos(B.C. 190~B.C. 124). 학문적인 천문학을 창시했다.
122 Archimedes(B.C. 287?~B.C. 212). 고대의 가장 유명한 수학자로 시라쿠스가 정복되자 스스로 목숨을 끊었다.
123 Menippos(B.C. 3세기경). 디오게네스의 제자로 견유학파 철학자이자 풍자 시인이었다.

47 온갖 신분과 온갖 직업과 온갖 민족의 사람들이 이미 얼마나 많이 죽었는지를 항상 생각하라. 그리고 필리스티온과 포이보스와 오리가니온 같은 사람들[119]을 따라서 내려가 보라. 그 다음에는 다른 부류의 사람들로 옮겨 가보라. 또한 우리가 가보아야 할 곳은, 대단한 웅변가들, 헤라클레이토스나 피타고라스나 소크라테스 같은 고귀한 철학자들, 더 나아가 먼 옛날의 영웅들과 후일의 장군들 및 폭군들이 머무는 곳, 그 외에도 에우독소스[120]와 히파르코스[121]와 아르키메데스[122]와 그밖에 명민하고 고매하고 근면하고 다재다능하고 교만했던 인물들, 심지어 메니포스[123]나 유사한 무리들처럼 인간의 덧없는 하루살이 인생을 조롱했던 사람들이 있는 곳이다. 이들 모두가 이미 오래전 무덤 속에 누웠다는 사실을 명심하라. 그런 사실은, 그리고 이제는 아무도 그들의 이름조차 모른다는 사실은 그들에게 끔찍한 일이 아니다. 이 세상에 높은 가치를 지닌 것이 있다면, 그것은 평생을 진리 및 정의와 더불어 살고 거짓말쟁이와 의롭지 못한 자들조차 호의로 대하는 것뿐이다.

48 너 자신을 기쁘게 하고 싶다면, 너와 같은 시대를 사는 사람들의 장점을 생각하라. 어떤 사람에게서는 활동력을, 또 어떤 사람에게서는 겸손을, 다른 사람에게서는 관대함을 생각하고, 또 다른 사람에게서는 또 다른 미덕을 생각하라. 우리와 함께 사는 사람들의 행동에서 넉넉히 나타나는 미덕의 본보기들만큼 우리를 즐겁게 하는 것은 없기 때문이다. 그러

니 항상 그런 것들을 바라보라.

49 네 몸무게가 3백 파운드가 아니고 그보다 적게 나간다 해서 화를 내지는 않을 것이다. 그렇다면 네가 일정한 시간보다 더 오래 살지 못한다 해서 화를 내지 말라! 네게 주어진 몸무게에 만족하듯, 네게 주어진 수명에도 만족하라.

50 설득에 의해 사람들을 움직이려 하라! 그러나 정의와 이성이 명한다면, 그들의 마음에 거슬릴 행동도 불사하라. 누군가 네게 힘으로 맞선다면, 만족과 평정을 얻으려 하고 그런 저항을 또 다른 미덕을 발휘할 기회로 삼으라. 너는 조건부로만 어떤 것을 추구하는 것이며 불가능한 것을 추구하는 것이 아님을 명심하라. 그렇다면 무엇을 추구할 것인가? 다름 아닌 무엇을 추구하는 의지 자체이다. 추구하는 목표에는 이르지 못한다 해도 의지만은 획득할 수 있다.

51 명성을 추구하는 사람은 타인이 이룬 것을 자신의 선이라 여기고, 쾌락을 탐하는 사람은 자신의 정념을 선이라 여기지만, 이성적인 사람은 자신의 행동을 선이라 여긴다.

52 이러저러한 사물에 의견을 갖지 않음으로써 공연히 영혼을 들볶지 않는 것은 네 힘으로 가능한 일이다. 사물 자체는 그 본성상 우리에게 판단을 강요할 수 없기 때문이다.

124 전체에게 유익하지 않은 것은 개체에게도 유익하지 않다.

53 다른 사람의 얘기를 경청하는 습관을 들이고, 가능한 한 얘기하는 사람의 입장이 되어 보라.

54 전체 벌떼에게 유익하지 않은 것은 한 마리 벌에게도 유익하지 않다.[124]

55 선원들이 키잡이를 비방하고 환자들이 의사를 욕하려 든다면, 그들이 다른 누구의 말은 듣겠는가? 또한 그렇다면 어떻게 키잡이가 승선자들의 안전을 도모하고, 의사가 환자들의 건강을 지켜 주겠는가?

56 너와 함께 세상에 태어난 사람들 가운데 이미 얼마나 많은 사람들이 세상을 떠났는가?

57 황달 환자는 꿀이 쓰고, 미친개에 물린 사람은 물이 무섭고, 아이들에게는 공이 무엇보다 좋다. 그런데 너는 왜 흥분하는 것인가? 너는 황달 환자 몸속의 담즙이나 광견병 환자 몸속의 독보다 그릇된 견해의 영향력이 더 약하다고 생각하는가?

58 네가 네 본성의 법칙에 따라 사는 것을 그 누구도 막을 수 없다. 우주적 본성의 법칙에 어긋나는 일은 결코 네게 일어날 수 없다.

59 사람들은 어떤 이익을 얻기 위해, 어떤 수단을 사용해서, 어떤 사람들의 환심을 사려 드는가? 시간이 얼마나 빠르게 모든 것을 집어삼킬 것이며, 이미 얼마나 많은 것을 삼켜 버렸는가?

제7권

1 악이란 무엇인가? 네가 이미 자주 보아 온 것에 불과하다. 무슨 일이 생기든 그 즉시 네가 이미 자주 보아 온 것에 불과하다고 생각하라. 그러면 너는 고대사와 중세사와 현세사를 다룬 책들에 가득하고 이제는 도시들과 가정들에도 가득한 모든 것이 완전히 똑같음을 알게 될 것이다. 그 무엇도 새롭지 않으며, 모두가 익숙하고 무상한 것들이다.

2 편견을 낳는 생각들이 사라지지 않는데 어떻게 편견이 근절될 수 있겠는가? 그런 생각들이 자꾸만 활기를 띠는 것은 전적으로 네 책임이다. 나는 사물에 관해 마땅한 판단을 내릴 수 있다. 내게 그럴 능력이 있는데, 마음이 동요할 이유가 무엇인가? 내 생각하는 능력 밖에 있는 것은 내 사유하는 영혼에 아무 의미도 없다. 이런 것을 느낀다면, 너는 이미 꿋꿋이 서 있는 것이다. 새로운 삶을 시작하는 것은 너 자신에게 달려 있다. 네가 지금까지 보아 온 것과는 다른 측면에서 사물들을 보도록 하라. 다름 아닌 그것이 새로운 삶을 시작하

는 것이기 때문이다.

3 화려한 치장을 위한 공허한 노력, 무대 위의 연극, 크고 작은 가축의 무리, 개들에게 던져진 뼈 한 조각, 양어장에 던져진 빵 한 조각, 개미들의 힘든 노역, 겁에 질려 우왕좌왕하는 생쥐, 실로 조종되는 꼭두각시. 이런 혼잡한 가운데서 친절하고 담담한 마음으로 서 있으라. 그리고 인간 각자의 가치는 그가 추구하는 대상의 가치와 일치함을 깨달으라.

4 대화에서는 표현에 유의해야 하고, 행동에서는 결과에 유의해야 한다. 후자에서는 목적하는 바가 무엇인지 즉시 알아야 하고, 전자에서는 의미하는 바가 무엇인지 검토해야 한다.

5 내 이성의 힘은 이 일을 하기에 충분한가, 그렇지 못한가? 충분하다면, 그 이성의 힘을 우주가 내게 부여한 도구로서 쓸 것이다. 그러나 충분하지 못하다면, 그것이 내 의무가 아닌 한 나는 그 일을 더 잘할 수 있는 다른 사람에게 맡길 것이다. 혹은 최선을 다해 그 일을 수행하되 바로 공동체에 도움이 되고 유익한 일을 해낼 수 있는 다른 사람의 도움으로 내 이성적 능력을 지원토록 할 것이다. 나 혼자서든 다른 사람의 도움을 받아서든 내가 수행하는 일은 언제나 공동체에 유익한 것만을 목표로 삼아야 한다.

6 높은 명성을 누리던 얼마나 많은 사람들이 이미 망각에

묻혔는가! 또한 그들을 찬양하던 얼마나 많은 사람들이 이미 오래전에 사라져 버렸는가!

7 도움받는 것을 부끄러이 여기지 말라. 너는 돌격하는 병사처럼 네 의무를 다해야 하기 때문이다. 네가 한쪽 다리를 쓰지 못해 혼자서 성벽을 오르지 못한다 해도 다른 사람의 도움을 받아 오를 수 있다면 어찌하겠는가?

8 미래의 일로 근심하지 말라! 그것이 정해져 있는 일이라면, 네 현재의 이성과 같은 이성으로 그 일을 겪게 될 것이기 때문이다.

9 만물은 성스러운 유대에 의해 서로 엮여 있다. 서로 낯선 것은 거의 없다. 모든 것이 서로 연관되어 한 우주의 조화에 기여한다. 그것은 만물로 이루어진 하나의 우주, 만물을 지배하는 하나의 신, 하나의 원소, 하나의 법, 모든 사고하는 존재에 공통된 하나의 이성, 하나의 진리가 존재하기 때문이며, 또한 동일한 이성을 나눠 갖고 있는 이 모든 친족적 존재들을 포괄하는 하나의 완전성이 존재하기 때문이다.

10 물질적인 모든 것은 순식간에 우주의 원소 속으로 다시 사라지며, 작용하는 모든 힘은 순식간에 우주 전체로 다시 흡수된다. 마찬가지로 만물에 대한 기억은 영원한 시간의 흐름 속에 묻혀 버린다.

11 이성적 피조물에게는 자연에 맞는 행위가 곧 이성에 맞는 행위이기도 하다.

12 스스로, 아니면 도움을 받아서라도 꿋꿋이 서라.[125]

13 하나의 유기체에서 개개 기관들이 그렇듯, 이성적 존재들은 서로 떨어져 있어도 연관되어 있다. 그들도 서로 협력하도록 되어 있다. 〈나는 이성적 존재들로 이루어진 전체의 한 기관이다〉라는 말을 자주 되뇐다면 너는 이런 통찰에서 더욱 커다란 감명을 받게 될 것이다. 그러나 네가 너 자신을 그저 전체의 한 부분일 뿐이라 여긴다면, 너는 인간들을 아직 진심으로 사랑하는 것이 아니며, 선행은 네게 아직 확신에 찬 기쁨을 가져다주지 못한다. 너는 마땅히 해야 할 일을 하는 것일 뿐, 너 자신을 위해 선행을 하는 것이 아니다.[126]

14 외부의 영향을 받는 부분들은 그 영향을 받도록 내버려두고 원한다면 불평도 하게 놔두라. 내가 그 일을 재앙으로 여기지 않는 한, 나는 아직 거기서 해를 입지 않은 것이다. 그리고 내게는 그렇게 여기지 않을 능력이 있다.

15 누가 내게 무슨 짓을 하고 무슨 말을 하든, 나는 참돼야

---

125 제3권 5절 참조.
126 공동체의 이익을 위해 최선을 다하는 자는 그로 인해 개인의 이익도 얻는다.

한다. 아마 황금이나 에메랄드라면 늘 이렇게 말할 것이다. 〈누가 무슨 짓을 하고 무슨 말을 하든 나는 에메랄드로 머물 것이고 내 색깔을 지킬 것이다.〉

16 이성은 스스로 흔들리지 않으니, 예컨대 스스로를 두려움이나 고통에 몰아넣지 않는다. 그러나 누군가 이성에 두려움이나 고통을 주려 한다면, 제멋대로 하게끔 내버려 두라. 이성 자체는 스스로 판단하여 그런 상태로 가지 않을 것이기 때문이다. 그러나 가능하다면 육신은 해를 입지 않도록 스스로 조심하게 하고, 만약 해를 입으면 이를 말하게 하라. 그렇지만 두려움과 고통과 그에 부속된 상념들의 원래 자리인 영혼은, 스스로 그런 판단을 내리도록 유인되지만 않는다면 아무 해를 입지 않을 것이다. 이성은 스스로가 어떤 욕구를 만들어 내지 않는 한 욕구 자체가 없기 때문이다. 바로 같은 이유에서 이성은 스스로를 동요시키고 방해하지 않는 한 동요하지도 방해받지도 않는다.

17 행복하다는 것은 선한 신성을 갖고 있거나 선하다는 것을 뜻한다. 그러니 상상력이여, 네가 여기서 무엇을 하겠는가? 신들의 이름으로 간청하노니, 네가 왔던 길로 떠나라. 나는 네가 필요 없으니 말이다. 너는 오랜 습관대로 여기 온 것이다. 네게 화내지는 않을 테니 떠나기만 하라.

18 변화를 두려워하는가? 변화가 없다면 무슨 일이 가능하

겠는가? 우주의 본성 중에서 변화보다 사랑스럽고 적합한 것이 무엇이겠는가? 나무가 변하지 않는다면 네가 더운 물에 목욕을 할 수 있겠는가? 음식물이 변하지 않는다면 네가 영양분을 섭취할 수 있겠는가? 그 밖에 유익한 모든 것이 변화 없이 이루어질 수 있겠는가? 너의 변화도 똑같은 것이며[127] 우주의 본성에 필요한 것임을 너는 깨닫지 못하는가?

19 모든 육신은 급류에 쓸려 가듯 우주의 물질 사이로 흘러가며, 우리 몸통의 기관들이 서로 그러하듯 우주와 결합되어 서로 협력한다. 시간의 흐름은 이미 얼마나 많은 크리시포스와 얼마나 많은 소크라테스와 얼마나 많은 에픽테투스를 삼켜 버렸는가! 사람이나 사물을 볼 때마다 너는 이 점을 생각하라.

20 내가 추구하는 것은 오직 하나뿐이니, 이는 인간의 자연적 소질이 전혀 원하지 않는 것을 지금 당장 자진하여 행하지 않는 것이다.

21 머지않아 너는 모든 것을 잊을 것이며, 머지않아 너 또한 모두에게서 잊힐 것이다.

22 실수를 범한 자들까지 사랑하는 것이 인간의 특성이다. 인간들이란 너와 한 종족이고, 무지로 인해 본의 아니게 실

---

127 죽음을 통해 해체된다는 뜻이다.

수를 범하며, 너나 그들이나 머지않아 죽을 것이고, 무엇보다 그들이 너를 해치지 못했다는 점을 생각한다면 그 인간의 특성을 분명히 깨닫게 될 것이다. 그들이 네 안에서 지배하는 이성을 전보다 못하게 만든 것이 아니기 때문이다.

23 예술가가 밀랍을 다루듯, 우주는 전체를 이루는 물질로 금세 말을 만들었다가 다시 녹여 같은 소재로 나무를, 그다음에는 소년을, 그다음에는 또 다른 존재를 만들어 낸다. 그렇지만 각각의 것은 아주 잠깐씩만 존재한다. 상자에게는 조립되는 것이나 해체되는 것이 전혀 끔찍한 일이 아니다.

24 성난 얼굴은 자연에 크게 어긋나는 것이다. 내면에서 온화함이 사멸하면 다정한 표정도 완전히 사라져 다시는 되살릴 수 없다. 이런 점만 봐도 노여움은 이성에 반하는 것이라고 나는 생각한다. 우리가 잘못을 저지른다는 의식마저 사라져 버린다면 더 이상 살아갈 이유가 무엇이겠는가?

25 만물을 관장하는 자연은 네가 보는 모든 것을 머지않아 변화시킬 것이며, 그 소재로 다른 것을 만들고, 그 다른 것의 소재로 또 다른 것을 만들 것이다. 그렇게 해서 우주는 영원한 젊음을 유지한다.

26 누군가 네게 어떤 잘못을 저질렀다면, 너는 그가 선과 악에 관해 어떤 견해를 가졌기에 그런 잘못을 범했을지 당장

생각해 보라. 그 점이 명확해지면 너는 그에게 동정을 느낄 뿐 놀라지도 화내지도 않을 것이다. 너도 선과 악에 관해 그와 똑같거나 비슷한 견해를 갖고 있을 것이기 때문이다. 그렇다면 너는 그를 용서해야만 한다. 그러나 네가 선과 악에 관해 그와 같은 견해를 갖고 있지 않다면, 잘못을 저지른 자에게 호의를 갖기가 그만큼 더 쉬울 것이다.

27 네가 갖지 못한 것을 생각하기보다는 네가 지금 가진 것을 생각하라. 그리고 소유한 재물 가운데 가장 마음에 드는 것을 골라 그것이 네게 없다면 얼마나 아쉬울지 생각해 보라. 하지만 마음에 드는 재화를 과대평가하는 버릇은 갖지 않도록 조심하라. 그러지 않으면 언젠가 그것을 잃게 될 경우 마음의 평정을 잃고 말 것이다.

28 너 자신의 내면으로 침잠하라. 우리 안에서 지배하는 이성은 그 본성상 올바른 행동에서 평정과 만족을 찾는다.

29 상상일랑은 씻어 버리라. 정념의 분출을 막으라. 너 자신을 현재의 시간에 묶어 놓으라. 너 자신이나 다른 사람들에게 일어나는 일들을 명확히 파악하라. 어떤 대상이든 그것을 근원적 요소와 부수적 소재로 분해하라. 너의 마지막 시간을 생각하라. 다른 사람이 네게 저지른 잘못은 그것이 발생한 장소에 두라.

30 상대방이 하는 말에 네 주의를 집중하라. 일어나는 일과 그 원인에 네 정신을 집중하라.

31 소박함과 겸손함으로, 미덕도 악덕도 아닌 모든 것에 대한 무관심으로 너 자신을 빛내라. 인간을 사랑하고, 신을 섬기라. 시인의 말처럼, 모든 것은 법칙적이다! 설령 신은 없고 원소들만 있다 해도 만물은 지극히 사소한 경우를 제외하고 법칙적으로 움직인다.

32 죽음에 관하여. 그것이 분해, 즉 원자들로의 해체이든 소멸이든, 그것은 중단이거나 이행이다.

33 고통에 관하여. 참을 수 없는 고통이라면 죽음으로 데려갈 것이고, 지속되는 고통이라면 참을 수 있다. 사유하는 영혼은 자기 자신으로 침잠함으로써 평정을 유지하며, 우리 안에서 지배하는 이성은 아무런 해를 입지 않는다. 그러나 고통으로 해를 입는 육신의 부분이 있다면, 가능한 한 그에 관해 표현하라.

34 명성에 관하여. 명성을 추구하는 자들의 마음가짐은 어떠하며, 그들이 무엇을 피하고 무엇을 구하는지 관찰하라. 더 나아가, 새 모래가 밀려오면 먼저 있던 모래 언덕을 덮어 버리듯, 인생에서도 먼저 있던 것이 얼마 후면 새로운 것에 덮여 버림을 명심하라.

35 플라톤의 말.[128] 「언제든 그리고 어떤 존재와 관련해서든 탁월한 정신력과 통찰력을 발휘할 수 있는 사람에게 인생이 대단한 것으로 여겨지리라 생각하느냐?」「아니, 그럴 수야 없겠죠.」「그렇다면 그런 사람은 죽음 또한 무서운 것으로 여기지 않겠지.」「결코 그렇지 않겠죠.」

36 안티스테네스[129]의 말. 「일을 잘하고, 욕은 귀담아듣지 않는 것이 군왕답다.」

37 표정은 이성이 시키는 대로 가다듬고 꾸미면서 정작 이성 자체는 그 자신이 시키는 대로 가다듬고 통제하지 않는 것은 수치스러운 일이다.

38 바깥 세계의 사물들에 화를 내는 것은 어리석은 짓이다. 사물들은 내 분노 따위에는 아무 관심도 없다.[130]

39 불멸의 신들과 우리에게 기쁨을 다오!

---

128 플라톤, 『국가』, 486a-b.
129 Antisthenes(B.C. 5세기~B.C. 4세기경). 고대 그리스의 철학자이며 소크라테스의 제자이다.
130 38~40절은 모두 고대 그리스의 비극 시인인 에우리피데스의 작품에 나오는 말들이다.
131 출전 불명.
132 고대 그리스 최대의 희극 작가인 아리스토파네스의 작품에 나오는 말이다.

40 무르익은 곡식의 이삭처럼 인생은 거두어지니, 누군가는 성장하고 누군가는 시든다.

41 신들이 나와 내 자식을 버린다면, 거기에도 이유가 있다.[131]

42 선함과 의로움이 나와 함께한다.[132]

43 덩달아 통곡하지 말고, 덩달아 환호하지 말라.

44 플라톤의 말. 「그 사람에게 나는 대답할 자격이 있을 것이오. 이보시오, 조금이라도 가치 있는 사람이라면 사느냐 죽느냐의 위험을 고려해야 하지, 선한 행위인가 악한 행위인가, 선인의 행위인가 악인의 행위인가만을 따져야 한다고 생각한다면 당신의 판단은 틀린 것이오.」

45 아테네 사람들이여, 진실은 이렇소이다. 어떤 장소가 가장 좋은 자리라 생각해 스스로 선택했거나 지휘관에 의해 배치를 받았다면, 누구든 위험을 무릅쓰고 그 자리를 지켜야 하며 죽음을 비롯한 그 어떤 것도 수치심보다 중시해서는 안 된다고 나는 생각하오.

46 나의 친구여, 고귀하고 선한 것이란 남이나 나 자신의 생명을 지키는 것과는 별개의 것이 아닌지 잘 생각해 보시오.

진정한 남자라면 어떻게든 오래 살고 싶어 하거나 비겁하게 목숨에 집착하는 대신, 문제에 대한 결정을 신에게 맡긴 채 운명에서 벗어나지 못한다는 여인들[133]의 말을 믿을 것이오. 진정한 남자라면 자신에게 주어진 생명의 시간 동안 가급적 선하게 살려는 생각에만 몰두할 것이오.

47 네 삶도 함께 가듯 별들이 운행하는 것을 관찰하고, 원소들이 서로 전이한다는 점을 늘 생각하라. 그런 생각이 지상 생활의 더러움을 씻어 줄 것이다.

48 플라톤의 이 말은 훌륭하다. 「사람들에 관해 얘기할 때는 마치 높은 곳에서 내려다보듯 지상에서의 그들 상황도 살펴 봐야 한다. 집회, 전쟁, 농사, 결혼, 평화 조약, 탄생, 죽음, 법정의 소란, 황폐해진 장소, 다양한 이민족, 축제, 애도의 말, 장터, 이 모든 것의 혼합과 이질적 성분들의 결합을 봐야 한다.」

49 과거를, 무수한 제국의 흥망성쇠를 돌이켜 보라. 그러면 미래도 예견할 수 있을 것이다! 미래는 과거와 아주 비슷하고 현재의 원리에서도 벗어날 수 없기 때문이다. 그러므로 인간의 삶을 40년 관찰하든 1만 년 관찰하든 결과는 마찬가지이다. 새로운 무엇을 더 보게 되겠는가?

133 운명의 여신들을 지칭한다.
134 50~51절은 모두 에우리피데스의 작품의 나오는 말이다. 마르쿠스 아우렐리우스는 여러 철학자와 시인의 글을 읽고 발췌해서 적어 놓았다. 제3권 14절 참조.

50 흙에서 나온 것은 흙으로 돌아가고,
하늘나라에서 싹튼 것은 하늘로 돌아간다.[134]

달리 말해, 서로 얽힌 원자들이 해체되거나, 지각력 없는 원소들은 흩어진다.

51 먹을 것과 마실 것과 마술에 의해
우리는 운명을 바꾸고 죽음을 피하려 한다.
하지만 신들이 보낸 바람이 아무리 고통을 안긴다 해도
우리는 불평 없이 견뎌야만 한다.

52 누군가 싸움 기술에서는 너보다 월등할지 몰라도, 인간에 대한 사랑이나 겸손함, 온갖 상황에 대처하는 능력, 타인의 잘못에 대한 관대함에서는 너보다 훌륭하지 못하게 하라.

53 신들과 인간이 공유한 이성에 의해 일을 수행할 수 있는 곳에 위험이란 있을 수 없다. 우리의 자연적 소질에 따라 즐겁게 일하면서 이익을 얻을 수 있는 곳에서는 해를 입지 않기 때문이다.

54 현재의 상황을 경건히 받아들이고, 주변 사람들을 공정하게 대하며, 이해하지 못한 것이 부지중에 남지 않도록 네 지금의 생각들을 세심히 검토하는 것, 이런 것은 언제 어디서든 네가 할 수 있는 일이다.

55 다른 사람들의 지배적 원리가 무엇인지 두리번거리지 말고, 자연적 본성이 네게 가리키는 목표만을 똑바로 보라. 네게 일어나는 일을 통해 우주의 본성이 가리키는 목표와 네 의무를 통해 네 본성이 가리키는 목표만을 보라는 뜻이다. 각자는 자신의 자연적 소질에서 비롯된 것을 수행해야 한다. 그러나 여타의 존재들은 이성적 존재를 위해 창조되었으니, 이는 열등한 것은 우월한 것을 위해, 이성적 존재는 서로를 위해 창조된 이치와 같다. 인간의 소질 중 으뜸가는 것은 사회적 본성과 육체적 욕구에 굴복하지 않는 것이다. 이성적이고 지성적인 활동력의 특징은 자신에게 한계를 설정하고 감각과 충동의 요구에 굴하지 않는 데 있기 때문이다. 감각과 충동의 요구는 모두 동물적이다. 그러나 이성이란 우위를 차지하고자 하며 감각이나 충동에 의해 제압당하지 않으려 하는바, 이는 정당하다. 이성은 그 본성상 어디서든 감각이나 충동을 자기 목적에 이용하기 때문이다. 이성적 존재의 본성이 지닌 세 번째 장점은 맹목적으로 찬동을 표하거나 기만당하지 않는다는 것이다. 이성으로 하여금 이런 특성을 발휘하며 똑바로 나아가게 하라. 그러면 이성은 제 할 바를 해낼 것이다.

56 너는 네가 이미 죽어 마치 더 이상 살아 있지 않으며 지금의 시간은 덤으로 얻은 것인 양 살며, 자연과 조화를 이루며 살도록 하라.

57 네게 일어나고 주어지는 것들을 사랑하라. 다른 무엇이 그보다 네게 더 잘 어울리겠는가?

58 네게 무슨 일이 일어나면, 똑같은 일을 당하고서 불평과 불만과 한탄부터 뱉어 내던 자들을 눈앞에 떠올리라. 지금 그들은 어디 있는가? 어디에도 없다. 그런데도 너는 그들과 다름없이 굴려 하는가? 그런 생소한 감정들은 그런 감정적 방식으로 자신이나 남들을 자극하는 사람들에게 맡겨 두고, 너 자신은 어떻게 하면 닥친 일을 이롭게 쓸 수 있을지에 집중하지 않겠는가? 너는 닥친 일을 십분 활용할 수 있고, 그것은 네게 좋은 재료가 될 것이다. 다만 너는 정신을 바짝 차려야 하고, 네가 하는 모든 일에서 올바른 자가 되겠다는 의지를 가져야 한다. 이 두 가지를 명심하고, 선도 악도 아닌 것에는 관심을 갖지 말라.

59 너의 내면을 들여다보라. 그것은 선의 원천이며, 네가 늘 파낸다면 결코 마르지 않을 샘이다.

60 육신 역시 단단해야 하고 움직일 때나 멈춰 있을 때나 꼿꼿함을 잃어서는 안 된다. 내면의 영혼이 네 표정에서 드러나고 사려 깊음과 정직함이 거기서 표현되듯, 육신 전체에서도 비슷한 것이 나타나기 때문이다. 다만 이 모든 것은 꾸밈없이 이루어져야 한다.

61 삶의 기술은 무용술보다는 검술에 더 가깝다. 불의의 습격을 대비하고 꿋꿋이 서야 하기 때문이다.

62 네가 인정을 받고자 하는 사람들이 어떤 자들이며 그들의 지배적 원리가 어떤 것인지 늘 검토하라. 네가 그들의 견해와 욕구의 원천을 알게 되면, 그들의 본의 아닌 실수에도 화내지 않을 것이며 그들의 찬사도 갈구하지 않게 될 것이다.

63 플라톤이 말하듯, 영혼이 스스로 원해서 진리를 빼앗기는 경우란 없다. 정의와 절제와 호의와 그 밖에 다른 미덕도 모두 마찬가지이다. 이 점을 늘 명심한다면, 모든 사람에게 더 온화해질 수 있을 것이다.

64 고통을 당할 때면, 고통이란 부끄러운 것이 아니며 내면의 지배적 사고력을 더 열등하게 만드는 것도 아니라는 점을 생각하라. 지배적 사고력은 그 자체로 이성적인 것이거나 공동체와 결부되어 있는 한 파괴될 수 없기 때문이다. 더 나아가 고통을 느끼게 되는 대부분의 경우에 에피쿠로스[135]의 말, 즉 고통이란 네가 상상으로 과장하지 않는다면 그리고 한계

---

135 Epikuros(B.C. 4세기~B.C. 3세기경). 행복은 평정하고 자율적인 심신의 안정 상태, 즉 〈아타락시아〉이며, 이것이야말로 참된 쾌락이라 생각했던 쾌락주의자이다.
136 Telauges(B.C. 5세기경). 피타고라스의 아들이다.
137 소크라테스는 폭정을 부당하게 여겼고 무죄인 사람들을 잡아들이라는 명령에 반대했다.

가 있다는 점을 생각한다면 참을 수 없는 것도, 영원한 것도 아니라는 말을 상기하라. 또한 졸음이나 무더위나 식욕 부진 같은 여러 불쾌감도 사실은 고통과 같은 것인데 우리가 그 점을 잘 모른다는 점을 상기하라. 이런 하찮은 것들 때문에 짜증이 나면 네가 고통에 굴복하고 있는 것이라고 스스로에게 말하라.

65 사람 아닌 것이 사람을 대하는 것과 같은 태도로 사람 아닌 것을 대하지 않도록 주의하라.

66 텔라우게스[136]가 소크라테스보다 더 고귀한 인품의 소유자가 아니었음을 우리는 어떻게 아는가? 소크라테스가 더 영광스럽게 죽었고, 소피스트들과의 토론에서 더 명민했으며, 노천에서의 추운 밤을 더 꿋꿋이 견뎌 냈고, 살라미스의 레온을 데려오라는 명령에 더욱 격렬하게 저항했으며,[137] 사실이라 믿기는 어렵지만 거리를 당당히 활보했다는 사실만으로는 충분하지 않다. 오히려 우리는 다음과 같은 측면을 고려해야 할 것이다. 소크라테스는 어떤 영혼의 소유자였나? 그는 사람들을 공정하게 대하고 신들을 경건히 섬기는 것으로 만족했는가? 사람들의 사악함에 무턱대고 화를 내거나 그들의 무지함과 타협한 적은 없었는가? 우주에 의해 자신에게 주어진 운명을 불만스럽게 느끼거나 견딜 수 없는 굴레로 받아들인 적은 없었는가? 그의 이성이 가련한 육신의 고뇌와 결탁한 적은 없었는가?

67 자연은 네가 너 자신에게만 국한되어 자유로이 네 의무를 수행할 수 없을 정도로 물질들의 덩어리와 너를 뒤섞어 놓지는 않았다. 신적인 인간이 되고서도 아무에게도 인정받지 못하는 일은 얼마든지 가능하다. 항상 이 점을 명심하라. 또한 행복한 삶에는 아주 적은 것만이 필요하며, 논증학과 자연철학에서 일가를 이루겠다는 소망은 버려야 할지라도 그로 인해 자유롭고 겸손하며 공동체적이고 신에게 순종하는 사람이 되는 것을 포기해서는 안 된다는 점을 명심하라.

68 온 세상 사람들이 네게 목청껏 고함을 질러 댄다 해도, 야수들이 너를 두른 허약한 고깃덩이들을 갈가리 찢어 놓는다 해도, 너는 더없는 마음의 평화를 누리며 살아갈 수 있다. 너의 사유하는 영혼이 그 어떤 경우이든 마음의 완전한 평온을 유지하고 주변 상황을 올바로 판단하며 주어진 것들을 제대로 활용하는 것을 그 무엇이 막을 수 있겠는가? 네가 겉으로는 전혀 달라 보여도 네 본성은 사실 그러하며, 이용은 기회를 만나면 바로 너를 찾고 있었노라고 말한다. 현재는 언제나 네게 이성적이고 공동체적인 미덕을 발휘할 소재를 제공하며, 신과 인간에 대한 네 의무를 수행할 기연을 제공하기 때문이다. 네게 일어나는 모든 일은 신이나 인간과 내밀한 관계에 있는 것이니, 고로 생소하고 어려운 것이 아니라 오히

---

138 신들은 자신들의 자식인 인간으로 하여금 선과 악을 두루 걸치게 한다.
139 명예를 얻기 위해 선을 행해서는 안 된다는 뜻이다.

려 친숙하고 쉬운 것이다.

69 하루하루를 마치 마지막 날인 양 살아가고, 격노하거나 나태하거나 위선을 보이지 않는다면 그것은 도덕적으로 완전한 인품의 특징이다.

70 불멸의 존재인 신들은 그토록 오랜 세월 동안 그렇게 많은 악덕의 존재들을 참아 내면서도 불평 한마디 하지 않는다. 아니, 신들은 온갖 방식으로 인간들을 돌본다.[138] 그런데 너는 머지않아 삶을 끝마칠 텐데도 악한 자들을 참기 어려워한다. 하지만 너 자신도 그들 중의 하나가 아닌가?

71 자신의 악에서는 벗어날 수 있는데도 벗어나려 하지 않고, 남의 악에서는 벗어날 수 없는데도 벗어나려 하니, 참으로 우습구나.

72 이성적이고 공동체적인 덕성에 근거한 능력은 이성적이고 공동체적이지 않다고 생각되는 것들을 열등하다고 여기며, 이는 정당하다.

73 네가 선행을 베풀고 누군가 그것을 받았으면 그만이지, 어째서 너는 바보처럼 제3의 무엇, 즉 명성이나 보답을 바라는가?[139]

74 이익을 얻는 데 지치는 사람은 없다. 그런데 자연에 걸맞은 행동만이 우리에게 이익을 가져다준다. 그러니 다른 사람에게 이익을 줌으로써 즐거움이라는 네 이익을 얻는 데 지치지 말라.

75 우주의 본성은 세계를 창조하고자 하는 충동을 느꼈다. 따라서 지금 일어나는 모든 일은 우주의 충동적 계획이 낳은 결과이다. 만약 그렇지 않다면, 우주를 지배하는 이성이 추구하는 가장 중요한 일조차 무의미한 것이 되고 말 것이다. 이런 점을 생각하면 많은 경우 마음이 평온해질 것이다.

제8권

1 네가 평생 동안, 특히 청년이 된 후부터는 철학자로 살아가는 게 불가능해졌으며 많은 다른 사람처럼 너 또한 철학과는 거리가 먼 사람임이 분명해졌다는 사실 역시 너를 헛된 명예욕에서 지켜 줄 수 있다. 네 생각에는 무질서가 스며들었으며, 따라서 네가 철학자의 명성을 얻기란 더 이상 쉽지 않다. 게다가 네 사회적 지위 또한 그와는 모순된다. 본질적인 것이 어디 있는지를 네가 정말로 터득했다면, 모든 자만심은 떨쳐 버리고 네 여생을 자연의 뜻에 맞춰 사는 것에 만족하라. 그러니 자연이 무엇을 원하는지 성찰하고 그 밖의 다른 무엇에 의해서도 마음을 어지럽히지 말라. 너는 이미 온갖 것을 시도했고 많은 일에서 방황을 거듭했지만 인생의 행복은 찾지 못했다. 이성적 추론이든 부이든 명성이든 감각적 쾌락이든 그 어디서도. 그렇다면 인생의 행복은 어디 있는가? 그것은 인간의 본성이 요구하는 바를 행하는 데 있다. 그렇다면 어떻게 해야 하는가? 모든 추구와 행동의 원칙들을 갖고 있으면 된다. 어떠한 원칙들인가? 선과 악에 관한 원칙

들이다. 그 원칙들에 의하면, 인간을 정의롭고 신중하고 용감하고 자유롭게 만들지 못하는 것은 그 무엇도 인간에게 선이 아니며, 방금 말한 것의 반대를 야기하지 않는 것은 그 무엇도 악이 아니다.

2 모든 행동에 앞서 자신에게 이런 물음을 던지라. 이 행동이 나와 무슨 관계가 있는가? 이 행동을 하고 나면 후회하지 않을 것인가? 짧은 시간이 지나고 나면 나는 죽고 모든 것이 사라진다. 지금 나의 행동 방식이 이성적이고 공동체적이며 신과 동일한 법칙의 지배를 받는 존재의 행동 방식이라면, 내가 무엇을 더 바랄 수 있겠는가?

3 알렉산드로스와 가이우스와 폼페이우스. 이들은 디오게네스[140]와 헤라클레이토스와 소크라테스에 비하면 어떤가? 후자의 인물들은 사물들과 그 원인들과 성분들을 인식했고 항상 마음의 평정을 유지했다. 그러나 전자의 인물들은 얼마나 많은 것에 집착했고 얼마나 많은 것에 속박된 노예였던가?

4 네가 분노를 터뜨린다 할지라도 그들의 행동에는 변함이 없을 것이다.

---

140 Diogenes(B.C. 412?~B.C. 323?). 견유학파로, 자족과 무치(無恥)가 행복에 필요하다고 여기며, 반문화적이고 자유로운 생활을 실천하였다.
141 Augustus(B.C. 63~A.D. 14, 재위 B.C. 27~A.D. 14). 로마의 초대 황제이다.

5 무엇보다, 마음의 평정을 잃지 말라. 만물은 우주의 본성과 하나가 되어 움직이며, 하드리아누스나 아우구스투스[141]가 그랬듯 잠시 후면 너 또한 존재하지 않게 된다. 다음으로, 네 인생의 의무에서 결코 눈을 떼지 말고, 선한 인간이 되어야 한다는 사실을 명심하며, 인간의 본성이 요구하는 바는 지체 없이 행하고, 오로지 정당하게 여겨지는 것만을 말하되, 말할 때는 겸손하고 조용히 그리고 위선 없이 하라.

6 우주의 본성은 존재하는 사물들을 한 장소에서 다른 장소로 옮기고 그것들을 변화시키고 여기서 떼어 내 저기에 옮겨 심는 것이다. 만물은 변화하지만 동일한 법칙들에 속박되어 있다! 만물은 익숙한 것들이다! 그러니 익숙할 뿐인 그 무엇도 두려워하지 말라.

7 모든 자연 존재는 순조로이 지낼 수 있으면 만족한다. 그런데 이성적 존재는 자신의 상념으로 거짓되고 분명치 않은 것을 받아들이지 않고, 자신의 욕구와 반감을 오직 자신이 제어할 수 있는 것에 국한시키며, 우주적 자연이 자신에 부여한 운명을 흔쾌히 받아들일 때만 순조로이 지낼 수 있다. 이성적 존재란 잎이 식물의 일부이듯, 우주적 자연의 일부이기 때문이다. 다만 잎은 감각이 없고 이성도 없으며 여러 장애를 겪을 수 있는 자연의 일부인 반면, 인간이란 각자가 제 본성과 가치에 따라 지속과 소재와 힘과 활동과 경험을 부여받는 한에서 모든 장애를 뛰어넘는 이성적이고 공정한 자

연의 일부이다. 이 점을 인식하려면, 존재들의 개별적 특성을 비교하지 말고 한 종 전체를 다른 종 전체와 비교하도록 하라.

8 네게는 뭔가 읽고 공부할 여유가 없다. 하지만 네게는 교만함을 억제하고 쾌락과 고통을 제어하며 명예욕을 초월할 여유, 잔인하고 배은망덕한 자들에게 화내지 않고 오히려 선행을 베풀 여유가 있다.[142]

9 그 누구에게도 궁전 생활이나 너 자신의 삶에 관해 불평을 늘어놓지 말라.

10 후회는 뭔가 유익한 것을 놓친 것에 대한 일종의 자책이다. 그런데 선은 필연적으로 유익한 것이므로 선량하고 훌륭한 사람이라면 그것을 추구할 수밖에 없다. 그리고 선량하고 훌륭한 사람이라면 쾌락을 놓쳤다 해서 후회하지는 않을 것이다. 따라서 쾌락은 유익한 것도, 선한 것도 아니다.

11 여기 이 사물은 그 본성과 특성상 어떤 것인가? 그것을 이루는 소재는 어떤 것인가? 그것의 원인은 무엇인가? 그것이 우주에서 하는 역할을 어떤 것이며, 얼마나 오랫동안 그

142 제3권 14절 및 제5권 5절 참조.
143 스토아 철학자들은 철학을 자연학과 윤리학, 논리학의 세 분야로 나누었다. 자연학은 본질과 속성에 관한 탐구이고, 윤리학은 도덕적 가치에 관한 탐구이며, 논리학은 올바른 판단에 관한 탐구이다.

것은 존속하는가?

12 잠에서 깨어나기가 어려울 때면, 공동체의 이익을 위한 활동은 네 의무이며 인간 본성에도 걸맞은 것이지만, 잠은 이성 없는 동물들과 공유하는 것임을 기억하라. 각 존재의 본성에 맞는 것이 그 존재에게 더 친숙하고 더 적합하며 더 편한 것이다.

13 언제든, 그리고 어떤 상념이 떠오르든 자연학과 윤리학과 논리학의 원리들을 적용해 보라.[143]

14 누군가를 만나면 선과 악에 대한 그의 원리가 어떤 것인지 즉시 자문해 보라. 쾌락과 고통과 양자의 원인, 명예와 불명예, 죽음과 삶에 관해 그가 어떤 견해를 갖는가에 따라 그의 행동 방식이 달라진다는 것은 내게 전혀 놀랍거나 이상한 일이 될 수 없다. 오히려 나는 그가 그렇게 행동할 수밖에 없다는 점을 생각하게 될 것이다.

15 우주가 씨앗을 지닌 것만을 산출한다는 점에 놀라는 것은, 무화과나무에 무화과가 열린다고 놀라는 것만큼이나 어리석은 일임을 명심하라. 또한 환자에게 열이 있다고 의사가 놀라거나 역풍이 분다고 키잡이가 놀란다면 그것은 의사나 키잡이에게 어리석은 일이다.

16 네가 스스로 생각을 바꾸거나 네 생각을 바로잡아 주는 사람에게 응하는 것은 네 자유와 상충하는 것이 아님을 명심하라. 그런 경우에도 너는 네 의지와 판단은 물론 네 충동에 따라 행동하는 것이기 때문이다.

17 어떤 악이 네게서 비롯된 것이라면, 너는 왜 그렇게 하는가? 그러나 악이 다른 사람에게서 비롯된 것이라면, 너는 누구를 비난하겠는가? 원자들을? 아니면 신들을? 어느 쪽을 비난하든 미친 짓이다. 이 둘 중 어느 쪽도 비난할 것이 없다. 그러니 너는 가능하다면 장본인을 바로잡아 주고, 그럴 수 없다면 최소한 일 자체를 바로잡도록 하라. 그러나 그 무엇도 할 수 없다면 비난을 한들 네게 무슨 득이 있겠는가? 어떤 일이든 목적 없이 행해서는 안 되기 때문이다.

18 어떤 것이 죽는다 해서 우주 밖으로 떨어져 나가는 것은 아니다. 그것이 우주 안에 머문다면, 그것은 그 안에서 변화하여 우주와 너에게 공통적인 원소들로 분해된다. 이 원소들도 변화하는데, 그런다고 불평하지는 않는다.

19 모든 존재는, 예컨대 말이나 포도나무는 어떤 목적을 위해 존재한다. 이것이 놀랄 일인가? 태양 또한 자신이 어떤 일을 하기 위해 태어났다고 말할 것이며, 다른 신들도 마찬가

144 스토아 철학자들은 별들을 살아 있는 신적 존재로 생각했다.
145 삶과 죽음 또한 선악의 구별이 없는 것이다.

지이다.[144] 너는 어떤 목적을 위해 존재하는가? 감각적 쾌락을 위해서? 이성이 그런 주장을 용납할지 곰곰 생각해 보라.

20 자연은 개개의 모든 사물을 배려하며, 그 시작과 과정뿐 아니라 종말도 배려한다. 마치 공을 높이 던져 올린 후 지켜보는 사람처럼 말이다. 하지만 높이 올랐다 한들 공에게 무슨 득이 있고, 아래로 향하거나 땅에 닿은들 무슨 해가 있겠는가? 물거품이 부푼다고 무엇을 얻고 터진다고 무엇을 잃겠는가? 촛불도 마찬가지이다.[145]

21 옷을 뒤집듯 네 육신의 내면을 밖으로 뒤집어 내어 그것의 성질이 어떤지 늙거나 병들거나 죽으면 그것이 어떻게 되는지 살펴보라. 칭찬하는 자나 칭찬받는 자나, 기억하는 자나 기억되는 자나 잠깐 살기는 마찬가지이다. 게다가 지구의 작은 구석에서 그런 일은 일어나며, 여기에서조차 모두의 견해는 일치하지 않고 개개 인간은 자기 자신과도 하나가 되지 못한다. 그리고 전체 지구란 하나의 점에 불과하다.

22 어떤 문제가 생기더라도 항상 지금 생각하고, 행동하고, 말로 표현하고 있는 것에 주의를 기울이라. 네가 그런 고통을 당하는 것은 당연하다. 너는 오늘보다는 내일 선한 자가 되기를 바라기 때문이다.

23 내가 어떤 행동을 한다면, 나는 인간의 복리와 관련시키

면서 그 행동을 한다. 내가 어떤 일을 당한다면, 나는 모든 사건이 서로 얽혀서 흘러나오는 보편적 원천과 신들에 관련시키면서 그 일을 받아들인다.

24 목욕할 때 네게는 무엇이 보이는가? 기름과 땀, 더러운 물 등 모두 역겨운 것들이다. 인생의 모든 부분과 거기서 나타나는 모든 것이 다 마찬가지이다.

25 루킬라는 베루스[146]가 죽는 것을 보았고, 후일 루킬라도 죽었다. 세쿤다[147]는 막시무스가 죽는 것을 보았고, 후일 세쿤다도 그 뒤를 따랐다. 에피틴카노스는 디오티모스[148]가 죽는 것을 보았고, 곧 에피틴카노스도 뒤를 따랐다. 파우스티나[149]는 안토니누스보다 먼저 죽었으나, 안토니누스도 죽었다. 하드리아노스는 켈레르보다 먼저 죽었으나, 켈레르[150]도 죽었다. 만사가 그렇다. 저 명민한 자들과 저 예지자들 그리고 저 오만한 자들은 지금 어디에 있는가? 예컨대 카락스[151]

---

146 마르쿠스 아우렐리우스의 어머니와 아버지이다.
147 Secunda. 막시무스의 아내이다.
148 Epitynchanos. Diotimos. 이들에 대해서는 알려진 바가 없다.
149 Faustina. 안토니누스 피우스 황제의 아내이다.
150 Celer. 마르쿠스 아우렐리우스의 수사학 스승이다.
151 Charax. 철학자이다.
152 Demetrius(B.C. 4세기경). 아리스토텔레스의 제자로 아테네의 정치가이자 철학자이다.
153 Eudaimon. 이름난 천문학자이자 점성술사이다.
154 인간에게는 자기 자신에 대한 의무, 신에 대한 의무, 더불어 사는 사람들에 대한 의무가 있다.

와 플라톤 학파의 데메트리우스,[152] 에우다이몬[153] 같은 명민한 자들은 어디 있는가? 모두가 하루살이들이라 오래전에 죽었다. 어떤 사람들은 잠시 동안도 기억되지 않았고, 어떤 사람들은 옛이야기의 주인공이 되었으며, 또 어떤 사람들은 옛이야기에서조차 사라졌다. 그러니 네 육신의 조직도 해체되고, 네 정신도 소멸하거나 흩어지거나 어딘가 다른 곳에 옮겨질 것임을 명심하라.

26 인간은 참으로 인간답게 행동하는 데서 기쁨을 얻는다. 그런데 참된 인간다움이란 동족인 인간을 호의로 대하고, 감각의 작용을 무시하고, 기만적 상념과 우주의 본성과 그 작용을 구별하는 데 있다.

27 인간은 세 가지 관계 속에 있다. 첫째는 너를 둘러싼 껍질인 육신과의 관계이고, 둘째는 만물이 유래하는 신적 근원과의 관계이며, 셋째는 더불어 사는 사람들과의 관계이다.[154]

28 고통은 육신에게 악이거나 — 그런 경우에는 육신으로 하여금 불평하게 하라 — 영혼에게 악이다. 그러나 영혼에게는 자신의 평온과 안정을 유지하고 고통을 악으로 여기지 않을 능력이 있다. 판단과 충동과 욕구와 반감은 모두 깊은 내면에 있고 어떠한 악도 침투해 들어가지 못하기 때문이다.

29 헛된 상상을 다스리고 늘 자신에게 이렇게 말하라. 〈나는

내 영혼으로 어떠한 악이나 어떠한 욕망, 한마디로 일체의 정념이 들어오지 못하게 할 능력이 있다. 또한 나는 만물을 올바른 관점에서 살펴보며 각각의 사물을 그 가치에 따라 활용하려고 한다.〉 자연이 네게 선사한 이러한 능력을 기억하라.

30 원로원에서든 일상생활에서든 적절하고 꾸밈없이 말하라. 이성적으로 말하라.

31 아우구스투스의 궁전과 그의 아내, 그의 딸, 그의 손주들, 그의 사위들, 그의 누이들, 아그리파,[155] 그의 친척들, 그의 하인들, 그의 친구들, 아리우스[156]와 마이케나스,[157] 그의 의사들, 사제들, 간단히 말해서 그의 궁전 전체가 죽음의 먹이이다! 거기서 눈을 돌려 또 다른 죽음, 한 개인이 아니라 폼페이우스 가문처럼 전체 일가의 죽음을 보라. 실제로 적지 않은 묘비에는 〈그의 가문의 마지막 사람〉이란 말이 씌어 있다. 사람들이 후손을 얻으려 얼마나 부심했으며 그럼에도 누군가는 마지막 사람이 될 수밖에 없었다는 점을 생각해 보라. 여기서 더 나아가 인류 전체의 죽음을 생각해 보라!

32 너는 네 모든 인생과 하나하나의 행동에 질서를 부여해야 하며, 어떤 행동에서든 최선을 다했노라고 말할 수 있다면

---

155 Agrippa(B.C. 62~B.C. 12). 로마의 제국의 장군이며 정치가이다.
156 Arius. 아우구스투스 황제의 스승이었던 스토아 철학자이다.
157 Maecenas(B.C. 70~B.C. 8). 아우구스투스의 고문이며 베르길리우스와 호라티우스 같은 시인들을 돌봐 준 돈 많은 후원자이다.

그것으로 만족해야 한다. 네가 최선을 다하는 것을 막을 수 있는 사람은 없다. 〈하지만 외부로부터 방해가 있을 수도 있지 않은가?〉 정의롭고 현명하며 신중한 행동을 방해할 수 있는 사람은 없다. 〈하지만 그와는 또 다른 것이 나를 방해한다면?〉 그런 방해를 순순히 받아들이고 심사숙고하여 아직 가능한 다른 일로 옮겨 간다면, 즉시 새로운 활동의 대상, 우리가 말하는 삶에 질서에 적합한 대상이 생겨날 것이다.

33 받을 때는 겸허히 받고, 줄 때는 아쉬움 없이 주라.

34 손이나 발 혹은 머리가 잘려 몸통에서 분리된 것을 본 적이 있는가? 자신의 운명을 거역하고 남들과 함께하지 않거나 공동체에 해로운 행동을 하는 사람은 바로 그런 상태이다. 그런 경우 너는 어떤 의미에서 자연적 통일로부터 벗어나 떨어져 나온 것이다. 그럴 것이 너는 자연의 한 부분으로 편입되어 있었는데 지금은 스스로를 잘라 냈기 때문이다. 하지만 그런데도 네가 다시금 자연과 통일될 수 있다는 것은 얼마나 멋진 일인가! 신은 분리되고 절단되었다가 다시 전체와 결합하는 이러한 능력을 우주의 다른 부분들에는 부여하지 않았다. 신이 인간에게 베푸는 그러한 선의를 생각하라. 신은 인간에게 전체와의 분리를 애초에 피할 수 있고, 분리되었다 해도 다시 연결되어 새로이 통합되고 그 일부로서 제 역할을 맡을 수 있는 능력을 주었으니 말이다.

35 이성적 존재인 우리 각자는 우주적 자연에게서 많은 능력을 받았지만 개중에는 이런 능력도 있다. 즉 우주적 자연이 자신에게 맞서거나 반발하는 모든 것을 변형시켜 필연성의 연쇄 속에 편입시키고 자신의 일부로 만들어 버리듯, 이성적 존재 또한 모든 방해물을 자신의 활동을 위한 대상으로 삼고 자신이 추구하는 목적을 위해 이용한다.

36 네 인생 전체를 생각하면서 기가 꺾이는 일이 없도록 하라! 네가 겪을지 모를 온갖 어려움의 내용과 양을 한꺼번에 생각하지 말고, 그때그때 닥치는 일과 관련해서 〈이 일에서 참고 감당할 수 없는 점이 대체 무엇인가?〉라고 자문해 보라. 창피를 무릅쓰지 않고서는 그런 점이 있다고 말하기가 어려울 것이다. 더 나아가 너를 괴롭히는 것은 미래의 것도 아니고 과거의 것도 아닌, 현재의 것임을 명심하라. 그리고 현재의 짐이 얼마나 짧게 지속될 것인지를 생각하라. 또 하찮은 일조차 견디지 못하는 네 영혼의 허약함을 꾸짖고 나면, 그 짐이 분명 가벼워질 것이다.

37 지금도 판테이아나 페르가모스[158]가 베루스의 무덤가에 앉아 있을까? 혹은 카브리아스와 디오티모스[159]가 하드리아누스의 무덤가에 앉아 있을까? 그렇다면 우스운 일이리라.

---

158 Pantheia. Pergamos. 판테이아는 베루스의 애첩이고, 페르가모스는 해방 노예였던 것으로 추정된다.
159 Chabrias, Diotimos. 이들에 관해서는 알려진 것이 없다.

하지만 정말로 그들이 아직 앉아 있다 해도, 죽은 자들이 그것을 느낄 것인가? 그들이 느낀다 해도, 그것을 기뻐할 것인가? 그들이 기뻐한다 해도, 그들이 불멸의 존재가 되겠는가? 늙은이가 되었다가 죽는 것은 그들의 필연적 운명이 아니었던가? 한탄을 한들 죽음에서 벗어날 수 있는가? 육신이란 오물과 악취로 가득한 자루에 지나지 않는다.

38 네게 명민함이 있다면, 현명한 판단을 하여 그것을 입증하라.

39 이성적 존재에게서 나는 정의와 모순된 미덕은 보지 못하지만 쾌락에 반발하는 미덕은 볼 수 있으니, 그것은 바로 절제이다.

40 너를 괴롭히는 것에 대한 네 견해를 버리면, 너는 자신을 더없는 평온으로 데려가게 된다. 이 자신이란 누구인가? 이성이다. 〈하지만 내가 곧 이성은 아니지 않은가?〉 너는 이성이 되어야만 한다. 그리하여 이성이 너를 괴롭히는 일이 없도록 해야 한다. 하지만 너의 다른 부분이 고통을 겪는다면, 그 부분이 알아서 불평하게 두어라!

41 감성을 제약하는 것은 동물적 본성에게는 악이다. 충동을 제약하는 것도 그렇다. 또한 식물적 존재의 발전에도 방해가 되는 것이 있다. 마찬가지로 이성을 제약하는 것은 이성

적 존재에게 악이다. 이러한 모든 고찰을 너 자신에게 적용해 보라. 고통이나 쾌락이 네게 영향을 미치는가? 그런 것은 감성이 염려하게 하라. 네 충동의 전개를 방해하는 것이 있는가? 네가 충동에 무조건 따르려 한다면, 그것만으로도 이성적 존재인 네게는 악이다. 그러나 네가 충동에 대한 방해를 정상적인 일로 받아들인다면, 너는 아무런 해도 입지 않고 방해도 받지 않는다. 이성에 속하는 권역에는 실로 그 무엇도 개입하여 방해할 수 없으니, 불과 강철과 폭군과 중상모략도 힘을 쓰지 못한다. 어떤 것이 구체인 이상, 그것은 원형을 유지한다.

42 나는 나 자신을 괴롭힐 만한 마땅한 이유가 없다. 내가 타인을 의도적으로 괴롭힌 적이 없기 때문이다.

43 어떤 것은 이 사람을 기쁘게 하고, 또 어떤 것은 저 사람을 기쁘게 한다. 나를 기쁘게 하는 것은, 나를 지배하는 이성이 건전하여 그 누구도 그리고 그 누구에게 일어나는 일도 외면하지 않고 만사를 자애롭게 살피고 받아들이며 그 각각의 가치에 따라 활용하는 것이다.

44 현재의 시간을 활용하라. 사후 명성에 더 연연하는 자들은, 후세인들 역시 지금 그네들이 욕하는 자들과 똑같은 부류라는 점을 생각하지 못하는 것이다. 그 후세인들도 결국은 죽음을 맞을 것이다. 후세인들 가운데 이런저런 사람이 너에

관해 떠들고 이런저런 견해가 너에 관해 제시된다 한들 그게 너와 무슨 상관인가?

45 나를 집어서 네가 원하는 곳에 옮겨 놓아 보라. 어디로 가든 나는 호의적인 신성, 즉 자신의 고유한 본성에 맞게 처신하고 행동하는 것으로 만족하는 정신을 지닐 것이다. 어딘가로 옮겨지면, 그로 인해 내 영혼이 불행해지거나 비하되거나 위축되거나 그리움을 품거나 파괴되거나 당황함을 느끼게 된단 말인가? 그럴 만한 이유가 무엇이란 말인가?

46 인간에게는 인간 본성에 어울리지 않는 일들이 결코 일어날 수 없다. 마찬가지로 소에게는 소의 본성에 어울리지 않는 일이 일어나지 않고, 포도나무에는 포도나무의 본성에 어울리지 않는 일이 일어나지 않으며, 돌에게도 돌의 본성에 어울리지 않는 일이 일어나지 않는다. 만물 각자가 정상적이고 자연스러운 일을 겪는 것이라면, 네가 그로 인해 불만을 가져야 할 이유는 무엇인가? 우주적 자연은 네가 견딜 수 없는 일은 너로 하여금 겪게 하지 않는다.

47 바깥 세계의 사물이 네게 괴로움을 야기한다면, 네게 괴로움을 주는 것은 그 사물이 아니라 그에 관한 네 판단이다. 그 판단을 제거해 버리는 것은 네게 달려 있다. 네 괴로움의 원인이 네 영혼 상태에 있는 것이라면, 네가 견해를 수정하는 것을 그 누가 막겠는가? 네게 이성적이라 여겨지는 것을

네 행동에서 발견할 수 없다는 게 괴로움의 원인이라면, 그저 괴로워만 하는 대신 왜 그것을 행동에 옮기지 못하는가? 〈하지만 나보다 강한 것이 내 길을 막고 있다.〉 그렇다 해도 괴로워할 필요가 없다. 네가 행동하지 못하는 원인은 네게 있는 것이 아니기 때문이다. 〈하지만 그 일을 해내지 못한다면 내 인생은 더 이상 가치가 없다.〉 그렇다면 그 일을 완수한 사람처럼 담담히 삶과 결별하고, 너를 가로막았던 것들을 용서하라.

48 너를 지배하는 이성이 자신 안에 침잠하여 스스로 만족하고 간혹 이유가 불분명한 반항심에도 원치 않는 것을 행하지 않는다면 어떤 것도 그런 이성을 제압할 수 없다는 점을 명심하라. 그러니 이성이 어떤 사물에 관해 신중하고 근거 있게 판단한다면 어떻겠는가? 고로 정념에서 자유로운 이성, 즉 사유하는 영혼은 튼튼한 요새와 같다. 인간에게는 그보다 더 안전한 피난처가 없으니 그곳으로 피신하면 어떤 강제함도 더 이상 받지 않기 때문이다. 이를 알지 못하는 자는 무지한 것이며, 이를 알면서도 이성으로 피신하지 않는 자는 불행한 것이다.

49 감성적 지각이 네게 직접 전달할 때 이런저런 상상을 덧칠하지 말라. 이러저러한 사람이 너에 관해 악담을 하더라는 얘기를 전해 들었다고 하자. 너는 악담을 하더라는 이야기를 전해 들었을 뿐, 그로 인해 네가 해를 입은 것은 아니다. 내가

자식이 아픈 것을 보고 있다고 하자. 나는 자식이 아픈 것을 볼 뿐, 내 자식이 위험에 처한 것은 아니다. 그러니 첫인상만을 염두에 두고 네 마음속으로부터 무엇인가 덧붙이지 말라. 그러면 네게 아무 일도 일어나지 않을 것이다. 무엇인가 덧붙이고 싶다면, 우주 안의 일을 샅샅이 알고 있는 사람처럼 되어라.

50 이 오이는 맛이 쓰다. 그러면 오이를 버리라. 가는 길목에 가시덤불이 있다. 그러면 피해서 가라. 그것으로 충분하니, 〈세상에 왜 그런 것들이 있는가?〉라고 묻지 말라. 그러지 않으면 자연을 잘 아는 사람이 너를 비웃고 말 것이다. 목수나 구두장이의 일터에 대팻밥이나 가죽 조각이 눈에 띈다 해서 지적하면 목수나 구두장이의 비웃음을 사는 것이 당연하듯 말이다. 그런데 그들에게는 그런 것을 치울 장소가 있다. 하지만 우주는 자신의 외부에 아무것도 갖고 있지 않다. 바로 이런 점이 우주의 놀라운 정교함이니, 우주는 스스로 한계를 설정한 가운데 자신 안에서 부패하거나 노화하거나 쓸모없어지는 모든 것을 다시 자신의 소재로 변화시키고 그로부터 새로운 대상들을 만들어 낸다. 결국 우주에게는 자기 바깥의 소재도 필요 없고 쓰레기를 버릴 장소도 필요 없다. 우주는 자신의 공간과 자신의 소재와 자신의 정교함만으로 충분한 것이다.

51 나태한 행동을 금하고, 조리를 갖춰 말하며, 산만한 생각

을 버리라. 네 영혼이 협소해지거나 정념에 의해 부풀려져서는 안 되며, 너무 분주한 나머지 네 인생을 소홀히 해서도 안 된다. 사람들이 너를 죽여 갈가리 찢으려 하고 저주하며 쫓아다닌다고 하자. 그래서 어쨌다는 것인가? 네 사유하는 영혼은 여전히 순수함과 현명함과 신중함과 공정함을 유지할 수 있지 않은가? 맑고 달콤한 샘물가에 누군가 다가와 욕설을 퍼붓는다 해도, 샘물은 마실 물을 솟아 내는 일을 멈추지 않을 것이다. 누군가 오물을 던져 넣는다 해도, 샘물은 재빨리 그것을 분해하고 쓸어 낼 것이니 조금치도 오염되는 일이 없을 것이다. 그러면 너는 어떻게 하면 한갓 저수통이 아니라 결코 마르지 않는 샘물을 가질 수 있을 것인가? 남에 대한 호의와 소박함과 겸손함을 잃지 않고 부단히 정신의 자유를 추구하면 될 것이다.

52 우주가 무엇인지 알지 못하는 자는 자신이 어디에 사는지도 알지 못한다. 자신이 어떤 목적을 위해 사는지 알지 못하는 자는 자신이 누구인지도 모르고 우주가 무엇인지도 모른다. 이 두 가지 모두 알지 못하는 자는 자신이 어떤 목적을 위해 사는지도 말할 수 없다. 자신이 어디 있는지도 모르고 자신이 누구인지도 모르는 자들의 비난을 두려워하거나 그들의 갈채를 갈구하는 사람을 너라면 어떻게 보겠는가?

53 너는 매시간 세 번씩이나 스스로를 저주하는 사람에

160 신적 정신을 뜻한다.

게서 칭찬을 받고 싶은가? 너는 스스로를 마음에 들어 하지 않는 사람의 마음에 들고 싶은가? 자신의 거의 모든 행동을 후회하는 사람이 스스로를 마음에 들어 하겠는가?

54 너를 둘러싼 공기와 어울려 호흡만 하지 말고, 만물을 포괄하는 이성과 조화시키는 사고를 하라. 호흡할 수 있는 자에게 공기가 그러하듯, 이성의 힘[160]은 만물에 쏟아지고 그것을 당기려 하는 자에게 스며들기 때문이다.

55 악은 우주 전체에도 해를 입히지 못하고 개별 인간에게도 해를 입히지 못한다. 악이 누군가에게 해를 입힐 수는 있겠지만, 원한다면 그는 언제라도 거기서 벗어날 수도 있다.

56 다른 사람의 자유로운 의지는 그의 정신적이고 육체적인 모든 본성이 그렇듯 나의 자유로운 의지와는 무관하다. 우리는 무엇보다 서로를 위해 태어났지만, 우리 안에서 지배하는 힘들은 제각각 권한을 갖고 있기 때문이다. 그렇지 않다면 다른 사람의 사악함은 나 자신의 사악함이 될 수도 있다. 신은 그런 것은 원치 않았으니, 내 불행이 다른 사람의 뜻에 의해 좌우되는 것을 막기 위해서이다.

57 햇빛은 쏟아져 내리는 것처럼 보인다. 햇빛은 사방으로 쏟아져 내리는 듯 보이지만 쏟아져 없어지지는 않는다. 이런 쏟아짐은 확장일 뿐이기 때문이다. 햇살은 〈확장되는〉 것

이기에 이 말에 연원을 두고서 〈확장〉이라 불리기도 한다.[161] 좁은 틈을 통해 어두운 방에 스며드는 햇빛을 관찰해 보면 햇빛의 본성을 분명하게 알 수 있다. 햇빛은 직선으로 확장되며 공기가 투과할 수 없는 단단한 물체와 만나면 멈춰 선다. 하지만 그대로 멈춰 있을 뿐 아래로 흐르거나 미끄러지지 않는다. 우리의 정신도 그처럼 퍼져 나가야 한다. 하지만 쏟아져 없어지는 것이 아니라 오직 확장되어야만 하며, 장애물과 사납게 충돌하거나 흘러내리는 것이 아니라 멈춰 서서 자신의 빛을 허용하는 대상을 비춰야 한다. 그러나 빛을 통과시키지 않는 것은 스스로 빛을 앗아가는 것이기에 어둠 속에 머물 것이다.

58 죽음을 두려워하는 자는 일체의 감각이 없어짐을 두려워하거나 감각이 변화함을 두려워하는 것이다. 우리가 더 이상 아무것도 감각할 수 없다면, 더 이상 불행도 느낄 수 없을 것이다. 그러나 감각의 종류가 달라지는 것이라면 우리는 다른 존재가 되는 것이며, 따라서 우리의 삶도 중단되지 않을 것이다.

59 인간들은 서로를 위해 존재한다. 그러니 그들을 가르치거나, 그게 어렵다면 참아 내라.

---

161 그리스어에서 〈햇살〉이란 말은 〈확장되다〉의 파생어이다.
162 이성은 장애물을 만날 수 있지만 정신은 그렇지 않다는 뜻이다.

60 화살 가는 길이 따로 있고, 정신 가는 길이 따로 있다. 하지만 이성 또한 경계할 때든 탐구할 때든 목표를 향해 곧장 나아간다.[162]

61 다른 모든 인간의 내면으로 들어가려고 애쓰라. 또한 누구든 네 영혼으로 들어오는 것을 허용하라.

제9권

1 불의를 저지르는 자는 신을 모독하는 것이다. 우주적 자연은 이성적 존재들이 서로를 위하고 각각의 가치에 따라 다른 것에 이익을 주고 해는 끼치지 않도록 창조했다. 따라서 우주적 자연의 뜻을 거스르는 자는 영원한 신성에 죄를 범하는 것이다. 거짓말을 하는 자도 똑같이 영원한 신성에 죄를 짓는 것이다. 우주적 자연이란 존재자의 왕국이기 때문이다. 존재자는 현존하는 모든 것들과 긴밀한 관계를 맺고 있다. 더 나아가 존재자는 진리라고도 불리며 실제로 모든 참된 것들의 근원이다. 그러므로 고의로 거짓말을 하는 자는 기만으로 불의를 저지른다는 점에서 신을 모독하는 것이다. 그러나 본의 아니게 거짓말을 하는 자 또한 우주적 자연과 조화를 이루지 못하고 불화를 일으켜 그 질서를 교란시킨다는 점에서 마찬가지로 신을 모독하는 것이다. 그렇게 진리에 반하는 것들로 휩쓸리는 자는 자신의 본성에도 반하는 것이다. 그것은 자연이 자신에게 부여한 여러 소질을 사용하지 않고 오히려 소홀히 한 결과 더 이상 진리와 거짓을 구분할 수 없다는

뜻이다. 더 나아가, 감각적 쾌락을 선인 양 추구하고 고통을 악인 양 피하는 자도 신을 모독하는 것이다. 필연적으로 그런 자는 만물을 지배하는 자연이 악인과 선인들에게 몫을 공적에 따라 나눠 주지 않기라도 하는 듯 자연에 관해 불평을 늘어놓기 일쑤이다. 그래서 악인들은 쾌락을 누리며 살거나 그것을 획득하는 기회를 더 찾는 반면, 선인들은 고통 속에 살거나 고통을 유발하는 것에 빠져들곤 하는 것이다. 게다가 고통을 두려워하는 자는 두려움 없이는 미래도 보지 못하는 바, 이미 그 자체로 신을 모독하는 것이다. 그리고 쾌락을 추구하는 자는 부정한 짓도 마다하지 않는바, 이는 분명코 신을 모독하는 것이다. 그러나 우주적 자연이 선악의 구별 없이 대하는 것 — 자연이 쾌락과 고통을 동등하게 대하지 않는다면 이 둘은 만들어 내지도 않았을 것이다 — 에 대해서는 자연과 조화를 이루려는 사람들 또한 아무런 구별을 두지 않아야 한다. 고로 고통과 쾌락, 죽음과 삶, 명예와 치욕처럼 우주적 자연이 구별 없이 대하는 것에 대해 마찬가지로 구별 없는 태도를 갖지 않는 자들은 누구든지 신을 모독하는 것이다. 그러나 내 말하건대, 보편적 자연은 동등한 규칙에 따라 그런 것들을 다루니, 그러한 변화들은 자연법칙에 의해 지금 살아 있는 자들과 미래에 살게 될 자들에게 동등하게 일어날 것이며, 더욱이 섭리의 최초 소명이 바로 그러한 것이었다. 이 섭리의 소명에 따라 우주적 자연은 생성하는 사물들의 원소들을 합성하고 실체들과 그것들의 변화와 계승의 힘들을 결정하였으며, 그렇게 하여 태초부터 사물들의 모든 가능한 변화의 근본을 정해 놓았던 것이다.

2 거짓말과 위선과 사치와 오만에 물들지 않고 인간의 무리를 떠난다면 가장 완전한 사람이 될 것이다. 이런 모든 것을 혐오한 나머지 차라리 숨결을 놓고자 하는 사람은 그다음 지위를 차지할 것이다. 아니면 너는 악의 소굴에 머물기를 택하는 것이다. 네 경험조차 이 역병에서 도망치라고 가르치지 않는단 말인가? 네 정신의 타락은 우리를 둘러싼 대기의 오염이나 그 갑작스러운 변질보다 더 무서운 역병이다. 후자는 동물적 존재에게만 역병인 반면, 전자는 바로 인간으로서의 우리에게 역병이기 때문이다.

3 죽음을 경멸하지 말고 그것에 순응하라. 죽음은 자연의 뜻에 따라 일어나는 연쇄적 변화의 일부이기 때문이다. 젊고 늙고 성장하고 어른다워지며 이가 나고 수염이 나고 머리가 세며 생식하고 잉태하고 분만하는 것과 인생의 계절에 따라 나타나는 다른 많은 자연적 활동들은 모두가 해체라는 점에서 한가지이다. 그러므로 죽음에 대해 반항 혹은 거부의 태도나 오만한 태도를 취하지 않고 그것을 자연 작용의 하나로 받아들이는 것이야말로 이성을 가진 인간에게 어울린다. 네가 지금 아내에게서 아이가 태어날 순간을 기다리듯, 너는 네 영혼이 껍질에서 벗어날 시간을 기다려야 한다. 그러나 네가 마음을 위로받을 진부한 처방이 필요하다면, 네가 떠나게 될 사물들과 네 영혼이 더 이상 섞이지 않게 될 인간들을

보라. 그러면 너는 죽음과 완전히 화해하게 될 것이다. 너는 이들에게 가능한 한 반감을 갖지 말고 오히려 보살피며 담담히 견뎌 내야 하지만, 너와 같은 원칙을 가진 사람들과 헤어지는 것은 아니기 때문이다. 만약 우리에게 같은 원칙을 가진 사람들과 함께 사는 것이 허용된다면, 바로 이것만이 — 그런 것이 가능하다면 말이지만 — 우리를 끌어당겨 인생에 붙들어 둘 수 있을 것이다. 그러나 네가 두 눈으로 보고 있듯, 그들이 일으키는 불화에 너무나 괴로운 나머지 너는 이렇게 외치고 싶을 것이다. 오, 죽음이여, 어서 오라. 내가 나 자신조차 망각하기 전에!

4   잘못을 저지르는 사람은 자기 자신에게 잘못을 범하는 것이다. 불의를 저지르는 사람은 자신을 악하게 만듦으로써 자신에게 불의를 범하는 것이다.

5   아무 짓도 하지 않는 사람 또한 불의를 저지르는 것이다. 자신이 그럴 수 있는데도 불의를 금하지 않은 사람은 불의를 범한 것이나 다름없다.

6   그때그때의 판단이 명확하고, 그때그때의 행위가 공동체에 유익하며, 그때그때의 마음 상태가 자연적 원인에서 일어나는 모든 것에 만족한다면, 그것으로 충분하다.

7   상상을 억제하고 정염을 제어하며 욕망을 지우고 너 자

신을 다스릴 때면 주도적인 이성에 따르라.

8 이성 없는 존재들에게는 단 하나의 영혼이 분배되고, 이성적 존재들에게는 단 하나의 사고하는 영혼이 분배된다. 그것은 지상의 모든 피조물에게 단 하나의 대지가 있고, 시력과 생명을 지닌 우리 모두가 단 하나의 빛에 의해 사물을 보며 단 하나의 공기를 호흡하는 것과 마찬가지이다.

9 공통적인 무엇을 나눠 갖고 있는 것들은 모두가 동일한 종류의 것을 추구한다. 흙으로 이루어진 것들은 대지로 기울고, 물로 이루어진 것들은 함께 흐르며, 공기로 이루어진 것들도 마찬가지이다. 따라서 이런 것들을 서로 떼어 놓으려면 강제적인 힘이 필요하다. 불은 원소의 성질 때문에 위로 치솟는 경향이 있지만, 지상의 모든 불과도 함께 발화하는 경향이 있어서 건조하거나 발화에 저항하는 요소들이 적은 모든 소재를 쉽사리 불태워 버린다. 공통의 이성적 본성을 나눠 갖고 있는 모든 것들도 마찬가지로, 아니 더욱 강렬하게 동류의 것으로 향한다. 어떤 존재가 다른 존재들보다 우월할수록 그것은 동류의 것들과 섞이고 융합되기를 원하는 경향이 있기 때문이다. 이미 이성 없는 존재들의 단계에서도 무리를 짓고 떼를 이루며 새끼를 돌보는 경향과 심지어 사랑 같은 것이 발견된다. 이들에게는 이미 영혼이 존재하며, 공동체를 이루려는 충동 또한 식물이나 돌이나 나무의 경우보다 훨씬 더 강하게 나타난다. 이성적 존재들은 국가를 형성하고

우정을 맺으며 가족을 이루고 사회적으로 결속되며 전쟁 중에 동맹을 이루거나 휴전 협정을 맺곤 한다. 더욱 우월한 존재들은 심지어 별들처럼 서로 떨어져 있으면서도 조화를 이룬다. 이처럼 높은 단계로 올라갈수록 존재들은 서로 떨어져 있어도 공감을 산출할 수 있다. 그러나 지금의 상황을 살펴보라. 유독 이성적 존재들만이 서로 가까워지고 결합하는 경향을 망각하고 있으며, 오직 이들에게서만 함께 흐를 수 있는 특성이 나타나지 않는다. 하지만 이들은 아무리 도망치려 해도 서로 엮일 수밖에 없다. 지배권은 자연에 있기 때문이다. 주의 깊게 살펴보면 내 말이 사실임을 알게 될 것이다. 다른 인간과 전혀 유대가 없는 인간을 찾기보다는 다른 흙덩이와 무관한 흙덩이를 찾는 것이 더 쉬울 것이다.

10 모든 것이 각자의 열매를 맺는다. 인간은 물론 신과 세계도 각자 제때가 되면 열매를 맺는다. 통상적으로 이 말은 포도나무나 그와 비슷한 것들에만 적용되는 말이라 해도 상관없다. 보편적 이성 또한 전체를 위해, 그리고 자기 자신을 위해 열매를 맺는다. 그리고 이 열매로부터 이성과 유사한 종류의 다른 것들이 생겨난다.

11 네가 그럴 수 있다면, 잘못을 범한 자를 타이르라. 네가 그럴 수 없다면, 그런 경우를 위해 네게 관용이 주어졌음을 명심하라. 신들도 그런 자들에게 관용을 베풀며 심지어 건강과 부와 명예를 얻도록 도와주기까지 한다. 신들은 그토록

선하다! 이런 점에서 너 또한 신과 같아질 수 있으니, 그것을 막을 자가 누구인가?

12 비참한 마음으로 일하지 말며, 동정이나 찬탄을 얻기 위해 일하지도 말라. 오직 한 가지만 원할지니, 공동체가 원하는 대로 힘을 쏟고 힘을 거두라.

13 오늘 나는 모든 방해물에서 벗어났다. 혹은 그것들을 떨쳐 버렸다. 방해물은 내 바깥에 있는 것이 아니라, 내 안에, 내 편견 안에 있는 것이기 때문이다.

14 만물은 늘 똑같다. 만물은 경험에 비춰 볼 때 익숙한 것이고 시간을 고려할 때 무상한 것이며 소재를 고려할 때 하찮은 것이다. 현재의 모든 것은 우리가 묻어 준 자들이 살던 때의 것과 하나도 다르지 않다.

15 감각 세계의 사물들은 우리 바깥에, 이를테면 우리 문 밖에 그들끼리만 모여 있다. 그것들은 자기 자신에 관해 알지 못하며 자기 자신에 관해 판단하지 않는다. 그렇다면 그것들에 관해 판단하는 것은 무엇인가? 바로 우리의 이성이다.

16 이성적이고 공동체적인 존재의 선과 악은 당하는 데 있는

163 제8권 20절 참조.
164 제7권 29절 참조.

것이 아니라 행하는 데서 존재한다. 이는 그의 미덕과 악덕이 당하는 상태가 아니라 행하는 것에 근거하는 것과 마찬가지이다.

17 위로 던져진 돌에게는, 아래로 떨어지는 것이 악이 아니며 위로 오르는 것이 선이 아니다.[163]

18 인간 영혼의 내면으로 들어가 보라. 그러면 너는 네가 어떤 심판관을 두려워하며, 그들이 자신들에게 어떤 심판관인지 알게 될 것이다.

19 만물은 늘 변화한다. 너 자신도 부단히 변화 중에 있으며, 어떤 의미에서는 점차 해체되고 있다. 이것은 전체 우주도 마찬가지이다.

20 다른 사람이 저지른 잘못은 그것이 일어나는 자리에 남겨 두라.[164]

21 활동의 중단, 충동과 의견의 정지는 일종의 죽음일 뿐 악은 아니다. 이제 네 생애의 여러 단계를 회상해 보라. 너는 아이였다가 소년이 되고 어른이 되고 다시 노인이 되었으니, 이런 모든 변화도 일종의 죽음이다. 그것이 끔찍한가? 이제 네가 할아버지 슬하에서 보낸 시절과 어머니 곁에 있던 시절, 그리고 네 아버지 곁에서 보낸 시절을 회상해 볼 것이며, 네

가 겪은 그 모든 분리와 변화와 해체를 생각해 보고는 이렇게 자문하라. 그 모든 일에서 끔찍한 것은 무엇이었던가? 마찬가지로 네 전체 인생의 중단과 정지와 변화 또한 끔찍한 것이 아니다.

22 너 자신의 영혼과 전체 우주의 영혼 그리고 네 주변 사람들의 영혼을 주의 깊게 고찰해 보라. 너 자신의 영혼을 고찰하는 것은 그것에 정의감을 불어넣기 위함이며, 전체 우주의 영혼을 고찰하는 것은 네가 그것의 일부임을 상기하기 위함이고, 네 주변 사람들의 영혼을 탐구하는 것은 그들의 행동이 의도적인지 아닌지, 그들의 영혼이 네 영혼과 동류인지 아닌지를 알기 위함이다.

23 네가 인간 공동체의 한 구성 요소이듯, 공동체적 생활에서의 네 모든 행동 또한 그런 구성 요소가 되어야 한다. 네 이러저러한 행동이 공동체의 이익이라는 목표와 가깝든 멀든 상관없다면, 그런 행동은 네 삶을 혼란시키고 네 삶의 통일성을 파괴할 것이며, 마치 민중들 사이에서 홀로 분리됨으로써 전체적 조화를 깨뜨리는 사람처럼 반란적 성격을 갖게 될 것이다.

165 스토아 철학에 따르면 인간은 이미 지상에서 그림자이자 허상 같은 존재이므로 그림자의 나라, 즉 죽음의 세계로 갈 수밖에 없는 운명을 두려워할 필요가 없다.
166 고대인들은 병이 들면 꿈에서 신이 치료제를 알려 준다고 믿었다.

24 어린아이들의 다툼과 장난, 죽은 육신을 짊어지고 다니는 우리의 영혼들도 그처럼 하찮다. 그러니 장례식이 우리를 우울하게 할 이유가 무엇인가?[165]

25 개개 사물에서 원인적 힘들의 속성을 탐구하고, 모든 고찰에서 대상 자체를 소재와 분리시켜 생각할 것이며, 그 대상이 자신의 고유한 속성을 얼마나 오랫동안 유지할 수 있는지 헤아리라.

26 네가 수많은 고통을 겪어야 했던 것은, 네 이성이 그 본성에 따라 행동하는 것에 만족하지 못했기 때문이다. 이제 그 정도면 충분하니, 더 이상 네 이성을 오용하지 말라.

27 누군가 너를 탓하거나 미워하거나 어떤 이유에서 온갖 비방을 하고 다닌다면, 그들의 영혼 안으로 들어가서 어떤 종류의 영혼인지 살펴보라. 그러면 너에 관한 그런 사람들의 판단 때문에 네가 불안해할 필요가 없음을 알게 될 것이다. 그렇다 해도 너는 그들을 호의로써 대해야 한다. 그럴 것이 그들은 본성상 네 친구이며 이웃이기 때문이다. 신들 또한 갖가지 방식으로, 예컨대 꿈[166]이나 계시를 통하여 그들이 귀하게 여기는 것을 얻도록 도와준다.

28 우주 만물은 위로 아래로, 영원에서 영원으로 늘 똑같은 순환 운동을 한다. 우주의 이성은 일체의 변화에 늘 작용하

는 것이거나 — 만약 그렇다면 우주의 이성이 산출하는 것에 만족하라 — 아니면 우주는 단 한 번 창조성을 발휘했고 나머지는 필연적 연쇄 작용에 의해 서로를 근거로 두고 포함하는 것이거나, 아니면 우주란 그저 원자들과 불가분적 요소들이 섞여 있는 것에 불과하다. 요컨대 만약 하나의 신이 존재한다면 모든 것이 잘될 것이고, 만약 오로지 우연이 지배하는 것이라면 맹목적 우연에 지배받지 않도록 하라. 머지않아 흙이 우리 모두를 덮어 버릴 것이며, 흙 또한 우리를 덮고 나면 변할 것이니, 그런 변화는 무한히 계속된다. 이렇게 이어지는 변화와 변전의 물결과 그 물결의 빠른 속도를 생각하는 사람이라면, 소멸할 수밖에 없는 모든 것을 하찮게 여길 것이다.

29 우주의 근원적 힘은 급류와 같아서 모든 것을 휩쓸어 간다. 우주적 지혜의 원리에 따라 일을 처리한다고 호언하는 저 정치가들이란 얼마나 하찮은 자들인가! 그 허영이라니! 인간이여, 무엇을 바라는가? 바로 지금 자연이 네게 요구하는 것을 행하라. 네가 할 수 있는 한 활동하고, 누군가 보아 줄까 두리번거리지 말라. 플라톤의 이상 국가를 바라지 말고, 조금이라도 진척이 있으면 만족할 것이며, 사소한 진척이라도 하찮게 여기지 말라. 그 누가 사람들의 원칙을 바꿀

---

167 Philippos(B.C. 382~B.C. 336). 마케도니아의 왕으로 알렉산드로스 대왕의 아버지이다.
168 Demetrios(B.C. 345~B.C. ?). 아테나의 철학자이며 웅변가이자 정치가이다.

수 있겠는가? 그리고 원칙을 바꿀 수 없다면 탄식에 찬 봉사와 위장된 복종 외에 더 무엇을 기대하겠는가? 그러니 이제 알렉산드로스와 필리포스[167]와 팔레룸의 데메트리오스[168]에 관해 말해 달라. 그들이 우주의 뜻을 깨달았고 그 뜻에 따라 자신들을 훈육했다면, 그것으로 좋다. 하지만 그들이 연극을 한 것에 불과하다면, 그 누구도 내게 그들을 모방하라고 강요할 수 없다. 철학이 내게 가르친 것은 소박함과 겸손함이다. 그 누구도 나를 허세와 오만으로 미혹하지 말라.

30 무수한 사람들의 무리와 무수한 종교적 습속, 풍랑과 잔잔한 바다를 가리지 않는 온갖 항해, 생성 중인 존재와 우리와 함께 사는 존재와 사라져 가는 존재를 높은 곳에서 굽어보라. 그리고 과거에 지배적이었던 생활 방식과 네가 죽은 후에 존재할 생활 방식과 현재 야만족들 사이에 지배적인 생활 방식을 관찰해 보라. 더 나아가 얼마나 많은 사람들이 네 이름조차 알지 못하고, 얼마나 많은 사람들이 곧 네 이름을 잊을 것이며, 얼마나 많은 사람들이 지금은 너를 칭찬하지만 머지않아 비난할 것인지 생각해 보라. 그리고 사후의 명성이나 존경이나 거기 속하는 다른 모든 것이 얼마나 가치 없는 것인지 생각해 보라.

31 바깥의 원인으로 일어나는 일들에는 동요를 보이지 말고, 너 자신의 활동력이 야기하는 일들에는 정의롭게 대처하라. 다시 말해, 너의 추구와 활동은 공동체를 위한 최선의 것을

목표로 삼아야 한다. 그것이 네 본성에 맞기 때문이다.

32 네 정신을 어지럽히는 많은 불필요한 것들은 오직 네 그릇된 상념에 근거하는 것이다. 따라서 너는 그런 것들에서 벗어나 더 넓은 공간을 네게 열어 줄 수 있다. 네 정신으로 전체 우주를 껴안고, 영원한 시간을 생각하고 또 개별 사물들의 급속한 변화를 생각하라. 피조물의 생성과 소멸 사이의 시간은 얼마나 짧고, 생성에 앞서는 시간은 얼마나 무한하며, 해체 뒤에 올 시간 또한 얼마나 무한한가!

33 네가 보고 있는 모든 것은 곧 소멸할 것이고, 이런 소멸을 보고 있는 자들 또한 곧 사라질 것이다. 장수를 누리는 자들이 요절한 자들보다 더 나은 처지는 아니다.

34 사람들의 지배적 원칙이 어떤 것이고, 그들이 추구하는 대상은 어떤 것이며, 그들이 어떤 것을 애호하고 그것을 왜 높이 평가하는지 늘 관찰하라. 한마디로 말해서, 모든 껍질을 걷어 내고 그들의 적나라한 영혼을 인지하라. 만약 그들이 자신들의 비난으로 해를 입히고 칭찬으로 이익을 줄 수 있다고 믿는다면, 그 얼마나 가당치 않은 생각인가!

35 상실은 변화와 다른 것이 아니다. 우주적 자연은 변화를 좋아하니, 만사를 위대한 지혜로 처리하며, 태고부터 그래

---

169 남들을 섣불리 판단하지 말라는 뜻이다.

왔고 무한한 미래에도 그러할 것이다. 그런데 어떻게 네가 과거의 일이든 미래의 일이든 만사가 잘못되었으며, 수많은 신이 있음에도 불구하고 이런 상태를 개선할 권능은 절대 발견되지 않을 것이고, 오히려 우주는 저주받았으며 끝나지 않을 악에 속박되어 있다고 말할 수 있는가?

36 모든 사물의 기본 소재는 썩고 남는 것, 즉 물과 먼지와 뼈와 오물이다. 대리석은 흙이 굳은 것에 불과하고, 금과 은은 침전물일 뿐이며, 우리가 입는 옷은 동물의 털이고, 자줏빛 물감은 피에서 얻은 것이니, 다른 모든 것도 마찬가지이다. 생명의 기운 또한 같은 부류이니 그 또한 끊임없이 변화한다.

37 이 비참한 삶과 불평불만과 우스꽝스러운 짓거리에 신물이 난다. 네 마음이 흔들릴 이유는 무엇인가? 여기에 어떤 새로운 것이 있는가? 무엇이 너를 불안하게 하는가? 사물들의 근원적 힘인가? 그 힘을 잘 관찰해 보라! 아니면 소재인가? 그 소재를 잘 관찰해 보라! 이 두 가지 말고는 그 무엇도 없다. 그러니 이제는 신들에게 원망 아닌 호의를 품어라! 1백 년을 관찰하든 3년을 관찰하든 세계의 운행이란 마찬가지다.

38 누군가 어떤 잘못을 범했다면, 해를 입는 자는 그 자신이다. 하지만 그는 전혀 잘못을 저지르지 않았을지도 모른다.[169]

39 만약 하나의 이성적 존재가 전체 우주의 근원이고 만물이 흘러드는 하나의 실체라면, 전체의 이익을 위해 일어나는 일들에 부분이 불평을 해서는 안 된다. 그러나 만약 우주가 원자들의 모임, 원자들의 결합과 분리에 불과하다면, 네가 불안해할 이유가 무엇인가? 그때는 네 영혼에게 말하라. 너는 죽었고, 너는 썩어 가는 헛된 것이니, 짐승처럼 배고픔을 잠재우고 욕구를 충족시킬 생각만 하라.

40 신들에게는 아무 능력이 없거나 어떤 능력이 있거나 둘 중 하나이다. 신들에게 아무 능력이 없다면, 왜 너는 기도하는가? 그러나 신들에게 어떤 능력이 있다면, 왜 너는 이런저런 악을 물리치거나 이런저런 선을 달라고 기도하는 대신 그 무엇도 두려워하지 않거나 욕구하지 않으며 어떤 경우에도 슬퍼하지 않을 힘을 달라고 기도하지 않는가? 신들에게 인간을 도울 능력이 있다면, 그런 도움도 줄 수 있을 것이다. 하지만 어쩌면 너는 이렇게 응수할 것이다. 〈신은 그런 일을 내 능력에 맡겼다.〉 그렇다면 네 능력에 닿지 않는 것을 노예처럼 비굴하게 갈구하기보다 네 능력에 닿는 것을 자유로이 사용하는 게 더 낫지 않겠는가? 우리 능력에 의해 좌우되는 일에는 신들이 우리를 돕지 않는다고 누가 말하는가? 일단 그런 것을 청하는 기도를 시작만 해보라. 그러면 너는 알게 될 것이다. 만약 누군가 〈저 여인의 호감을 사려면 어떻게 해야 하나?〉라고 기도하면, 너는 〈그런 욕망에서 벗어나려면 어떻게 해야 하나?〉라고 기도하라. 만약 누군가 〈저 악에서

벗어나려면 어떻게 해야 하나?〉라고 기도하면, 너는 〈그런 악에서의 해방을 필요로 하지 않으려면 어떻게 해야 하나?〉라고 기도하라. 누군가 〈내 자식을 잃지 않으려면 어떻게 해야 하나?〉라고 기도하면, 너는 〈내 자식을 잃는 것조차 두려워하지 않으려면 어떻게 해야 하나?〉라고 기도하라. 요컨대, 그런 방향으로 기도를 올려 보고, 그 결과를 지켜보라.

41 에피쿠로스는 이렇게 말한다. 「병이 들었을 때 나는 내 육신의 고통에 관해서는 대화하지 않았고, 문병 온 사람들과도 그런 얘기는 나누지 않았다. 오히려 나는 일찍부터 관심을 가져 온 자연의 본질에 관해 대화를 나누었고 무엇보다 사유하는 영혼이 육신의 감각에 관여하면서도 어떻게 하면 동요하지 않고서 자신의 고유한 선을 견지할 수 있는가라는 문제에 초점을 맞추었다.」 그는 계속해서 이렇게 말한다. 「의사들에게도 나는 내 육신과 관련해서 대단한 일이라도 하는 양 우쭐거릴 기회를 주지 않았다. 오히려 그때도 나는 행복하고 평안한 삶을 살았다.」 너 또한 병이 들거나 어떤 상황에 처하든 에피쿠로스처럼 처신하라. 어떤 철학적 학파든 원칙은 공통적이니 어떤 상황에서도 철학을 버리지 말고, 자연의 본질을 알지 못하는 무지한 자들의 수다에 맞장구치지 말며, 오직 지금 해야 할 일과 그 수행에 필요한 도구에만 주의를 집중시키라.

42 누군가의 염치없는 짓 때문에 기분이 상하거든 〈세상에

염치없는 자들이 존재하지 않을 수 있는가?〉라고 즉시 자문해 보라. 그것은 불가능한 일이다. 그렇다면 불가능한 것을 요구하지 말라. 그 사람도 이 세상에 존재해야 하는 염치없는 자들 가운데 하나이다. 교활한 자나 신의 없는 자, 그 밖의 잘못을 범하는 모든 자에 대해서도 같은 물음을 떠올려 보라. 이런 부류의 인간들이 존재함은 막을 길이 없다는 것을 네가 상기하자마자 너는 그런 자들에게 더 관대해질 것이다. 그리고 자연이 인간들에게 이런 부덕함을 상쇄할 어떤 미덕을 부여했는지를 즉시 생각해 보는 것도 도움이 된다. 자연은 분별없는 사람에게는 일종의 해독제로서 온화함을 주는 등 여러 경우에 각각의 해독제를 부여했으며, 따라서 전체적으로 보면 길을 잃은 자에게 바른 길을 가르쳐 주는 것은 네 힘에 닿는 일이다. 잘못을 저지르는 자들이란 목표에서 빗나갔다는 점에서 길을 잃은 자들이다. 그리고 그로 인해 네가 어떤 해를 입었단 말인가? 너를 그토록 화나게 하는 자들은 그들의 악행으로 네 사유하는 영혼을 더 나쁘게 만들 수 없으며, 오히려 네가 당하는 악과 불행은 전적으로 네 영혼에 원인이 있음을 알게 될 것이다. 못 배운 사람이 못 배운 사람처럼 행동한다면 그것이 뭐 그리 잘못된 일이며 기이한 일인가? 오히려 이런 사람의 잘못을 예상하지 못한 너 자신을 나무라야 하는 것이 아닌지 생각해 보라. 너는 네 이성에서 그 사람이 잘못을 범할 가능성이 있음을 추측할 수 있는 능력을 부여받았다. 그런데 너는 이제 그것을 잊고 그가 잘못을 저질렀다고 놀라는 것이다. 무엇보다 누군가의 신의 없음이나 배은망덕이 불만스러울 때면 네 시선을 자신의 내면으로 돌려 보라. 네가 그런 심성의 사람이 약속을 지킬 것이라고 믿었다면, 혹은 네가 호의를 베풀면서 아무런 조건도 염두에 두지 않았거나 네 행동 자체로 이미 충분한 보상을 받은 것이라 생각하지 않았다면, 잘못은 명백히 네게 있는 것이다. 네가 어떤 사람에게 호의를 베풀었다면, 그 이상 무엇을 바랄 것인가? 네 본성에 맞는 어떤 행동을 한 것으로 만족하지 않고 그 대가를 바랄 것인가? 그것은 무엇인가 보았다 해서 눈이 대가를 요구하고, 걸음을 내디뎠다 해서 발이 대가를 요구하는 것이나 마찬가지이다! 눈이나 발이 자연적 소질에 맞춰 움직임으로써 목적을 완수하게끔 만들어졌듯이, 선행을 베풀도록 태어난 인간 또한 자주 선행을 베풀거나 공익을 위한 행동을 함으로써 제 직분을 다하는 것이며 또 그것으로 대가를 얻는 것이다.

제10권

1 오, 내 영혼이여! 이제는 선하고 순수한 너 자신과 조화를 이뤄 보지 않겠는가? 언제쯤 너는 자신을 둘러싼 육신보다 더 분명하게 드러날 것인가? 이제는 사랑과 헌신의 행복을 맛보지 않겠는가? 이제는 네 안에서도 충일한 만족을 얻어 더 이상 쾌락을 탐하지 않을 수 없겠는가? 생명 있는 것이든 없는 것이든 탐하지 않고, 더 오랜 시간 쾌락을 누리길 원하거나, 다른 대상을 원하거나, 다른 장소를 원하거나, 더 맑은 공기로 숨 쉬려 하거나, 더 마음이 맞는 사람들과 어울리려는 욕구를 품지 않을 수 없겠는가? 오히려 그때그때의 네 상황에 만족하고 현재가 주는 모든 것에서 기쁨을 느끼려 하지 않겠는가? 그리고 모든 것이 네 뜻에 달려 있고 모든 것이 너를 위한 것이며 모든 것이 신들에게서 유래하고 또한 앞으로도 신들의 마음에 드는 모든 것과 신들이 완전하고 선하며 정의롭고 아름다운 존재,[170] 즉 장차 같은 종류의 다른 존재를 낳기 위해 해체될 모든 것을 낳고 결합시키며 총괄하고

---

[170] 스토아 철학에서 신과 우주는 동일한 것이다.

포괄하는 그런 존재의 보존을 위해서만 부여할 모든 것이 네게도 최선이라는 확신을 품어 보지 않겠는가? 이제는 그런 존재의 속성에 따라 신들과 더불어, 그리고 인간들과 더불어 네가 그들을 비난하지 않고 그들에게서 비난받지도 않는 그런 관계를 맺어 보지 않겠는가?

2   자연법칙의 유일무이한 지배를 받는 범위에서 네 본성에 적합한 것이 무엇인지 유심히 살펴보라. 그다음에는 네 동물적 본성의 소질이 그로 인해 더 나빠지지 않는 한 그 요구를 받아들이고 실행하라. 이어서 네 동물적 본성이 요구하는 바가 무엇인지 살펴봐야 하며, 내 이성적 본성이 그로 인해 더 나빠지지 않는 한 그 요구를 모두 받아들여야 한다. 그런데 이성적인 것이란 공동체적인 것이기도 하다. 이런 규칙들을 따르고 그 외에는 무엇도 더 이상 근심하지 말라.

3   본성상 너는 네게 일어나는 모든 일을 견뎌 낼 수 있거나, 전혀 그럴 수 없거나 둘 중의 하나이다. 그러니 네가 견뎌 낼 수 있는 일을 당하면 불평하지 말고 그것을 견뎌 내라. 그러나 네 본성상 견뎌 낼 수 없는 일이 일어난다면, 그래도 불평하지 말라. 그 일은 너를 집어삼킨 다음 저절로 사라질 것이다. 그렇지만 어떤 행동이 네게 유익하거나 의무라고 믿음으로써 어떤 일을 참고 견딜 수 있는 것이 네 판단에 좌우되는 한, 너는 본성상 무엇이든 견뎌 낼 수 있다는 사실을 잊지 말라.

4 누가 실수하면 친절하게 가르쳐 주고 그가 무엇을 잘못했는지 지적해 주라. 그렇게 할 수 없다면 너 자신을 탓하거나 아니면 너 자신조차 탓하지 말라.

5 네게 어떤 일이 일어나든 그것은 아주 오랜 옛날부터 예정된 것이었으며, 태곳적부터 인과의 연쇄가 네 존재와 그 일을 엮어 놓은 것이다.

6 우주가 원자들의 혼잡이든 질서 정연한 전체이든 다음과 같은 사실만은 확실하다. 나는 자연에 의해 지배되는 전체의 일부이다. 동시에 나는 나와 동종인 모든 부분들과 필연적으로 밀접한 관계를 맺고 있다. 전체의 일부로서의 내게 할당되는 그 어떤 것에도 불만을 품지 않을 것이다. 전체에 유익한 것은 결코 부분에 해를 줄 수가 없다. 그도 그럴 것이 전체는 자신에게 유익하지 않은 것은 그 무엇도 포함하지 않기 때문이다. 우주 체계를 위해 종사하지 않는 것은 우주 체계 안에 존재하지 않는다. 바로 이 점이 모든 자연 존재들에게 공통된 사실이다. 더 나아가, 우주적 자연은 그 어떤 외적 요인에 의해서도 자신에게 해로운 무엇을 산출하도록 강요받지 않는다는 특징을 갖는다.[171] 따라서 내가 그런 전체의 일부라는 점을 명심한다면, 내게 일어나는 모든 일에 만족하게 될 것이다. 그리고 내가 동종의 다른 부분들과 밀접한 관계를 맺고 있는 한, 나는 공동체의 이익에 반하는 행동을 전혀

171 우주 밖에는 아무것도 없기 때문이다.

하지 않을 것이며, 오히려 늘 동족의 인간들을 배려하면서 오직 공동체를 위해 최선을 다할 것이고 그 반대의 것은 삼갈 것이다. 이런 원칙들을 준수할 경우 내 삶은, 동료 시민들에게 보탬이 되는 일을 끊임없이 수행하고 국가가 부여한 의무를 기꺼이 받아들이는 시민의 삶이 그러하듯 행복하게 흘러갈 것이다.

7 우주의 모든 부분, 다시 말해 우주가 내포하는 모든 것은 필연적으로 파괴되거나, 적절히 표현하자면 변화한다. 만약 이런 과정이 부분들에게 본성상 악이고, 더욱이 필연적인 악이라면, 부분들이 부단히 변화하고 지배적 규정에 따라 파괴될 수밖에 없는 한 우주는 순조롭게 유지되지 못할 것이다. 그렇다면 우주적 자연 자체가 부분들에게 해를 끼치도록, 즉 부분들이 해를 입을 뿐 아니라 필연적으로 그렇게 될 수밖에 없도록 구성된 것일까? 아니면 우주적 자연은 자체가 그렇게 구성되어 있음을 까맣게 모르고 있는 것일까? 두 가지 모두 믿기 어렵다. 그런데 누군가 우주적 자연은 배제한 채 그런 변화들을 사물들의 자연적 속성으로부터 도출하려 하면 우스꽝스럽게 된다. 그것은 전체의 부분이란 그 자연적 소실로 인해 변화할 수밖에 없다고 주장하는 동시에 자연에 어긋나게 발생한다면서 놀라거나 분개하는 결과에 이르기 때문이다. 사물들은 각각을 구성하는 부분들로 해체되는 것이니, 해체란 사물을 구성하는 원소들이 먼지처럼 흩어지거나 예컨대 견고한 것이 흙으로 변하거나 정신적인 것이 기체로 변

하는 것이며, 이렇게 변화된 것들도 우주가 주기적으로 불타 오르든 영원한 변화에 의해 늘 새로워지든 다시금 우주로 흡수되어 버린다. 그리고 너를 구성하는 견고한 부분들이나 정신적 부분들이 애초부터 네게 붙어 있는 것이라고 생각하지 말라. 그것들은 어제나 그제 네가 섭취한 음식물이나 호흡한 공기를 통해 네게 흘러든 것이다. 따라서 이런 방식으로 네 본성이 받아들인 것만이 변화할 뿐, 네 어머니가 너를 낳으면서 함께 준 본성이 변화하는 것은 아니다. 설령 네가 이렇게 변화하는 본성이 네 특출한 개성과 밀접한 관계가 있다 주장한다 하더라도, 그런 주장이 내가 말한 바와 모순된다고는 생각되지 않는다.

8 만일 네가 선하고 겸손하고 진실하며 지혜롭고 평온하고 고매하다는 이름을 갖고 있다면, 그와 반대되는 이름들을 얻지 않도록 주의하라. 그리고 만일 그런 이름들을 잃게 되면, 서둘러 다시 얻으려고 노력하라. 〈지혜롭다〉는 말은 매사를 세심하고 정밀하게 검토함을 뜻하고, 〈평온하다〉는 말은 우주적 자연이 네게 부여한 것을 기꺼이 받아들임을 뜻하며, 〈고매하다〉는 말은 미세하거나 거친 육신의 움직임, 헛된 명성 혹은 죽음 등등의 위로 네 사고를 높임을 뜻한다는 점을 명심하라. 네가 그런 이름들을 지키려 하되 남들이 그렇게

172 고대 신화에서 〈엘뤼시온 들판〉이라고도 불리는 곳으로, 덕 있는 삶을 살다 죽은 사람들의 영혼이 모이는 곳이다.
173 마르쿠스 아우렐리우스는 도덕적으로 타락하기보다는 죽는 편이 낫다고 생각했다.

불러 주기를 갈망하지는 않는다면, 너는 완전히 다른 사람이 되어 완전히 다른 삶을 시작할 것이다. 지금까지와 똑같은 상태로 남아 그런 삶에 찢기고 더럽혀진다는 것은 너무나 어리석게도 삶에 집착하는 사람의 태도이며, 그런 사람은 경기장에서 야수들에 물어 뜯겨 상처와 피투성이가 되자 내일까지만 살아 있게 해달라고 간청하지만 내일도 같은 발톱과 이빨 앞에 설 수밖에 없는 검투사와 다를 바 없다. 그러니 그런 몇 가지 이름을 얻기 위해 애쓸 것이며, 그런 이름들을 견지할 수 있다면, 축복받은 자들의 섬나라[172]로 이주한 사람인 양 그 이름들 곁에 머물도록 하라. 그러나 네가 그 이름들을 견지할 수 없어 잃는다면 네가 견지할 수 있는 구석으로 용기 있게 물러나거나 차라리 삶에 완전히 작별을 고하되,[173] 격정을 보이지 말고 조용히 자유롭고 평온한 마음으로 떠나도록 하라. 그러면 네 삶에서 적어도 그렇게 떠났다는 한 가지만은 이룩한 것이다. 하지만 그런 이름들을 항상 생생히 기억하기 위해서는 신들을 생각하는 것이 크나큰 도움이 될 것이되, 신들은 모든 이성적 존재들이 아첨하기를 원하는 것이 아니라 자신들과 닮아지기를 원하며, 무과화나무나 개나 꿀벌이 각자가 제 할 일을 하듯, 인간도 제 할 일을 하기를 원한다는 점을 명심해야 한다.

9   네가 자연의 본질을 탐구하지 않는다면, 익살극과 전쟁과 경악과 무기력과 비굴함이 저 성스러운 진리를 날마다 네게서 지워 버릴 것이며 네가 애써 습득한 관념들을 앗아 갈 것

이다. 우리는 모든 것을 고찰하고 수행하는 한편, 실천적 판단력을 단련시키고 이론적 이성을 작동시켜야 하며 포괄적인 통찰력에서 비롯되는 자신감, 잘 드러나지는 않지만 완전히 은폐되지는 않는 그 자신감을 유지시켜야 한다. 그렇게 하면 너는 순수함을, 그 다음에는 위엄을 누릴 것이며, 또한 개별 사물이 본질적으로 무엇이고 우주에서 어떤 위치에 있으며 본성상 얼마나 존속할 것이고 어떤 성분들로 구성되어 있으며 누구에게 속하고 누가 주고 빼앗을 수 있는지를 알게 될 것이다.

10 거미는 파리를 잡으면 자랑스러워한다. 어떤 자는 토끼를 잡으면 자랑스러워하고, 어떤 자는 그물로 물고기를 잡으면 자랑스러워하며, 또 어떤 자는 멧돼지나 곰을 잡으면 자랑스러워하고, 또 어떤 자는 사르마티아 사람[174]을 잡으면 자랑스러워한다. 그런데 이들의 원칙을 검토해 보면, 모두가 도둑 아닌가?

11 만물의 상호 전이와 변화에 관한 학문적 연구 방법을 습득할 것이며, 항상 거기 주의를 기울이고 그 분야에서 훈련을 쌓도록 하라. 영혼을 확장시키는 데는 이보다 나은 것이 없기 때문이다. 그런 사람은 이미 육신을 벗은 셈이며, 그가 오래지 않아 이 모든 것을 떠나고 인간 생활과 작별해야 한

---

174 당시 로마인들은 흑해 근방에 사는 사르마티아 사람들과 전쟁을 벌였다.

다는 것을 생각하게 된다면, 자신이 행하는 모든 일을 정의에 맡기고 자신이 겪는 모든 일은 우주적 자연에 맡길 것이다. 그런 사람은 누가 자신에 관해 어떤 말을 하고 어떤 판단을 내리고 어떤 행동을 하든 괘념치 않을 것이다. 그것은 그가 오직 두 가지, 즉 자신이 지금 해야 하는 일을 정의롭게 수행하고 자신에게 지금 부여된 것을 기꺼이 받아들이는 것에 만족하기 때문이다. 그리고 다른 모든 일과 욕심은 관심에서 떨쳐 버리고 오직 도덕의 길을 따라 목표로 매진하니, 마찬가지로 그 길로 목표에 이르는 신을 따르는 것이라 할 수 있다.

12 무엇 때문에 근심하는가? 지금 무엇을 해야 하는지 깨닫는 일과, 그것을 깨달았다면 만족하여 씩씩하게 그 길로 나아가는 일은 네게 달려 있다. 하지만 그것을 깨닫지 못하겠다면 멈춰 서서 가장 훌륭한 사람들의 조언을 들으라. 그러고도 또 다른 어려움이 생긴다면 생각을 깊이 하고 네가 정의라고 여기는 것을 굳게 믿으면서 주어진 수단에 의지해 앞으로 나아가라. 그렇게 하는 것이 네게 최선이며, 그렇게 하지 못한다면 유감스러운 일이 될 것이다. 조용하면서도 활동성을 잃지 않고, 명랑하면서도 침착성을 잃지 않는 것, 바로 그것이 매사에 이성을 따르는 사람의 특성이다.

13 잠에서 깨어나면 즉시 스스로에게 물어보라. 〈누군가 정의롭고 선한 일을 하면, 내게도 좋은 것인가?〉 결코 그렇지

않다.[175] 다른 사람을 칭찬하거나 비난하여 자신을 내세우는 자들은 침대에 누웠을 때나 식탁에 앉았을 때도 똑같이 처신한다는 점을 너는 잊은 것인가? 그들이 무엇을 행하고 무엇을 피하며 무엇을 추구하고 무엇을 훔치거나 빼앗는지 잊은 것이며, 또한 훔치거나 빼앗을 때 손과 발이 아니라 자기들 존재의 가장 소중한 부분, 원하기만 한다면 신뢰와 겸손, 진리, 정의, 선한 신성을 낳을 수도 있는 부분을 사용한다는 점을 잊은 것인가?

14 교양 있고 겸손한 사람은 모든 것을 주었다가 다시 거둬가는 자연에게 이렇게 말한다. 〈네가 원하는 것을 주고, 네가 원하는 것을 가져가라.〉 그런 사람은 반항적인 마음이 아니라 순종과 평정의 마음을 갖고 말한다.

15 네게 남은 생은 지극히 짧다. 산 위에서처럼 살라![176] 우주 어디서든 고향에서처럼 지낸다면 어디서 살든 매한가지이다. 사람들이 네게서 자연의 섭리에 따라 살아가는 진실한 인간을 보고 인식하게 하라. 그들이 그런 너를 참지 못하면 너를 죽이게 하라. 그들처럼 사느니 죽는 게 낫기 때문이다.

16 선한 사람의 필연적 속성이 어떤 것인지에 관해 허구한

---

175 스토아 철학자들에 따르면 다른 사람의 생각이란 내게 선악의 구별이 없는 무엇이다.
176 산 위에서는 넓은 전망을 가질 수 있다.
177 에우리피데스의 글에 나오는 구절이다.

날 논하는 것은 헛된 일이다. 그저 그런 사람이 되어야 한다!

17 영원한 시간과 우주 전체를 늘 염두에 둘 것이며, 개개의 존재란 우주 전체와 비교하면 무화과 씨앗에 불과하고 무한한 시간에 비교하면 송곳 나사 한 번 돌리는 순간에 불과하다는 점을 생각하라.

18 감각 세계의 존재를 고찰한다면 이미 해체되고 변화하고 있는 것으로, 말하자면 부패하여 흩어지고 있는 것으로 생각하라. 개개 사물은 죽기 위해 태어난 것임을 명심하라.

19 먹고 잠자고 교합하고 배설하는 등 동물적 기능만 하는 인간들이란 대체 어떤 자들인가? 그리고 군림하며 오만을 부리고 화를 내고 높은 자리에서 꾸짖어 대는 자들은 또 어떤 자들인가? 얼마 전만 해도 그들은 누구에게든 가리지 않고 굽실거렸으며 무엇이든 가리지 않고 보상을 얻으려 했다. 얼마 후면 그들은 또 어떤 자들이 될 것인가?

20 우주적 자연이 각자에게 주는 것은 그에게 유익하며, 보편적 자연이 주는 그 순간에 유익하다.

21 〈대지는 비를 좋아하고, 거룩한 대기도 비를 좋아한다.〉[177] 우주는 마땅히 일어날 일을 행하기를 좋아한다. 그래서 나는 대지에게 말한다. 〈나도 네가 좋아하는 것을 좋아한다.〉 이

는 〈그런 일은 잘 일어난다〉는 일상적 표현과 같은 뜻이 아닐까?

22 너는 여기서 계속 살아 그 삶에 익숙해지거나, 아니면 여기서 떠나거나 떠나기를 원하거나 죽게 되며, 그러면 네 의무를 다한 것이 된다. 그 외의 가능성은 없다. 그러니 용기를 가지라!

23 이 한 조각의 땅도 대지의 조각이며, 산꼭대기든 바닷가든 네가 원하는 곳의 사정도 이곳의 사정과 똑같다는 점을 언제나 명심하라. 너는 〈산속 양치기의 움막에 살든, 도시의 성벽 안에 살든 매한가지〉라는 플라톤의 말이 정확하다는 것을 알게 될 것이다.

24 내 안에서 지배하는 이성은 어떤 것인가? 나는 지금 그것에 근거해 무엇을 하고 있는가? 나는 지금 무엇을 위해 그것을 사용하고 있는가? 그 이성이 무분별하지는 않은가? 그것이 공동체에서 떨어져 나오지는 않았는가? 그것이 가련한 육신과 붙어 융합되고 자신의 모든 활동을 육신과 공유하고 있지는 않은가?

25 주인에게서 달아나는 자는 도망자다. 그런데 법 또한 주인이니, 법을 위반하는 자도 도망자다. 슬퍼하거나 자신의

178 Kroisos(B.C. ?~B.C. 546?). 리디아 왕국 최후의 왕이다.

운명에 만족하지 않거나 두려움에 떠는 자도 마찬가지다. 그는 우주의 지배자인 법칙이 정해 놓은 일들을 행하지 않거나 일어나지 않기를 바란 것이다. 우주의 지배자인 법칙은 각자에게 알맞은 것을 할당한다. 따라서 두려워하거나 슬퍼하거나 분노하는 자는 도망자다.

26 남자가 자궁에 씨를 남기고 가면 또 다른 힘이 그것을 맡아 가꾸어 아이를 만들어 낸다. 하찮은 시작에서 얼마나 놀라운 존재가 비롯되는가! 또한 어미가 목구멍으로 음식물을 삼키면, 다른 힘이 음식물을 받아 감각과 충동, 한마디로 생명과 힘과 그 밖에 다른 많은 것을 만들어 낸다! 이 얼마나 놀라운 자연의 작용인가! 그러니 은밀히 이루어지는 이 모든 것을 관찰하고, 육안으로 볼 수 없는 중력을 분명하게 인식하듯 그 과정에서 작용하는 힘을 숙지하라.

27 지금 있는 모든 것은 과거에도 있었고 앞으로도 영원히 있을 것임을 항상 명심하라. 네가 체험이나 역사를 통해 알고 있는 모든 비슷비슷한 연극과 무대들, 예컨대 하드리아누스의 궁전 전체와 안토니누스의 궁전 전체, 필리포스와 알렉산드로스와 크로이소스[178]의 궁전 전체를 떠올려 보라. 등장하는 배우만 다를 뿐 어디서나 연극은 똑같다.

28 무엇인가에 슬퍼하거나 불만을 품는 자는 도살대에 올라 비명을 질러 대는 돼지나 다름없다. 고요한 가운데 홀로 침

상에 누워 우리 인간의 운명을 한탄하는 자도 비슷하다. 일어나는 일에 무조건 순종하는 것은 모든 존재의 필연적 성격이지만, 그에 자발적으로 따르는 것은 이성적 존재에게만 부여된 능력임을 생각하라.

29 너와 관계된 개별 사물을 검토할 때면 이렇게 자문해 보라. 〈죽음이 두려운 것은 내게서 이 사물을 빼앗아 가기 때문인가?〉

30 다른 사람의 잘못으로 기분이 상하거든, 즉시 네 내면을 살피고 예컨대 돈이나 쾌락이나 헛된 명성 등을 선으로 여길 경우 너 또한 그와 비슷한 어떤 잘못을 범하게 될지 생각해 보라. 이런 생각을 하자마자 네 노여움은 가라앉을 것이다. 그 사람이 달리 어쩔 도리가 없어 그렇게 행동했다는 생각이 들면 더욱 그러할 것이다. 그 사람인들 어쩔 수 있겠는가? 그리고 네가 할 수만 있다면 그 사람을 그런 속박에서 풀어 주라.

31 소크라테스 학파의 사튀론을 보면 에우티케스나 휘멘을 떠올려 보고, 에우프라테스를 보면 에우티키오이나 실바누스[179] 그리고 알키프론과 트로파이오포로스도 떠올려 보며,

---

179 Euprates. Silvanus. 에우프라테스는 스토아 철학자이고, 실바누스에 대해서는 철학자라는 것 이외에 알려진 것이 없다.
180 Xenophon. Kriton. 크세노폰은 소크라테스의 제자이고, 크리톤은 소크라테스의 친구이다. 그 외의 인물에 관해서는 알려진 것이 없다.

크세노폰을 보면 크리톤[180]이나 세베루스를 떠올려 보라. 그리고 너 자신을 돌아볼 때면 누구든 다른 황제를 떠올려 보라. 어떤 경우이든 너는 비슷한 자를 발견할 수 있을 것이다. 그리고 동시에 이런 물음을 제기해 보라. 그들은 이제 어디 있는가? 어디에도 없거나 어디 있는지 아무도 모른다. 그러면 인간과 관련된 모든 것이 네게 연기로, 그야말로 무(無)로 보일 것이다. 한번 변한 것은 영원히 다시는 존재하지 못하리라는 점을 생각한다면 특히 그렇다. 네게는 얼마나 시간이 남아 있는가? 그런데도 너는 그 짧은 시간을 질서 있게 채우는 것에 왜 만족하지 못하는가? 어째서 너는 시간과 기회를 놓치고 있는 것인가? 너를 둘러싼 모든 것이란 인생의 모든 것을 자연 탐구자의 관점에서 철저히 고찰하는 이성을 위한 훈련 수단이 아니고 무엇이겠는가? 그러니 마치 튼튼한 위장이 모든 것을 소화하듯, 혹은 타오르는 불길이 우리가 던져 넣은 모든 것을 화염과 불빛으로 바꿔 버리듯, 네가 사물들을 완전히 익힐 때까지 그것들 곁에 머물라.

32 네가 순수하지 않고 선하지도 않다고 그 누구도 당당히는 말하지 못하게 하라. 오히려 너에 관해 그렇게 판단하려는 자들이 거짓말쟁이가 되게 하라. 그 모든 것은 네게 달려 있다. 네가 선하고 순수해지는 것을 그 누가 막을 수 있겠는가? 그런 사람이 되지 못한다면 더 이상 살지 않겠다고 결심하라. 이성도 네가 그렇게 되지 못한다면 더 이상 삶을 용납하지 않을 것이다.

33 주어진 상황에서 어떤 말과 행동이 최선의 것일까? 그것이 어떤 것이든, 그것을 행하거나 말하는 것은 네게 달려 있다. 그러니 방해를 받고 있다는 핑계일랑 대지 말라! 그때그때 주어진 조건에서 인간의 자연적 소질, 즉 본성에 맞게 행동하는 것이 네게는 방탕한 자가 사치를 탐하는 것과 매한가지라고 느끼게 되기 전까지는 네 탄식 소리가 그치지 않을 것이다. 너는 네가 본성에 맞게 행할 수 있는 모든 것을 향락으로 간주해야 하기 때문이다. 그리고 본성에 맞게 행동하는 것은 어디서든 네 힘에 닿는 일이다. 원통이라 해서 어느 방향으로든 제멋대로 움직일 수 있는 것은 아니며, 물 혹은 불처럼 자연법칙이나 비이성적 운동 원리[181]의 지배를 받는 다른 것들도 마찬가지이다. 방해하는 것이 수도 없이 많기 때문이다. 그러나 정신과 이성은 그 본성과 의지에 힘입어 모든 장애를 극복할 수 있다. 이성에게는 불이 위로 치솟고 돌이 아래로 떨어지고 원통이 경사진 곳을 구르는 것만큼이나 쉬운 일이라는 점을 염두에 두고, 다른 어떤 것도 생각하지 말라. 여타의 장애란 생명 없는 물질인 육신에 관계하지 않고 네 판단이나 이성이 굴복하지 않는 한 너를 약화시키고 해할 수가 없는 것들이기 때문이다. 그러지 않을 경우 그런 장애에 부딪히는 자는 곧장 그로 인해 약해질 것이다. 여타의 피조물들이 모두 그러한바, 그들 중 어떤 것이 재앙을 만나면 거기서 영향을 받는 부분은 나빠진다. 하지만 그와 달

181 본능을 뜻한다.
182 호메로스, 『일리아스』, 제4권 146~149행.

리 인간은 자신이 부딪힌 역경을 제대로만 이용하면 더 훌륭하고 더 칭찬받을 자가 된다고 말해야 할 것이다. 요컨대 국가에 해를 주지 않는 것은 거주하는 시민에게도 해를 주지 않으며, 법칙에 반하지 않는 것은 국가에도 해를 주지 않는다는 점을 명심하라. 이른바 불상사라는 것들 중에서 법칙에 해를 주는 것은 없다. 고로 그것은 법칙을 손상시키지 않는 만큼 국가와 시민에게도 해를 주지 않는다.

34 진리의 원칙들에 투철한 사람은 잘 알려진 짧은 경구만 들어도 위안을 얻고 두려움을 떨칠 수 있다.

> 바람 한 점에 나뭇잎 날려 떨어지니,
> 인간이란 종족도 같은 운명이다.[182]

네 자식들 또한 나뭇잎이다. 진지한 표정과 커다란 목소리로 다른 사람을 칭찬하거나 반대로 저주하거나 남몰래 욕하고 조롱하는 자들도 모두 나뭇잎이다. 사후에 네 명성을 전하는 자들도 마찬가지로 나뭇잎이다. 〈봄철에 생겨난 만물〉은 바람이 불면 땅에 떨어지고 나무는 그 자리에 다른 것들이 돋아나게 한다. 짧은 삶이란 만물에 공통된 것이다. 그런데도 너는 그 모든 것이 영원히 존속할 것처럼 회피하거나 추구하는구나. 조금만 시간이 흐르면 너도 눈을 감을 것이다. 그리고 너를 묘지로 날랐던 사람들을 위해서도 곧 다른 사람들이 통곡할 것이다.

35 건강한 눈이라면 보이는 모든 것을 봐야 하는데 예컨대 초록만을 보겠다고 말해서는 안 된다. 그것은 눈병의 징후이기 때문이다. 건강한 청각과 후각은 귀에 들리고 냄새가 나는 모든 것을 감지할 수 있어야 한다. 건강한 위장 역시 맷돌이 갈아 낼 수 있는 모든 것을 갈아 내듯 모든 음식물을 소화해야 한다. 그와 마찬가지로, 일어날 수 있는 모든 일을 대비하는 것은 건전한 이성의 의무이다. 만약 누군가 〈내 자식들만 살아남게 해주소서!〉 혹은 〈내가 무슨 행동을 하든 만인의 칭찬을 받게 해주소서!〉라고 말한다면, 그런 사람은 녹색만 보는 눈이나 무른 음식만 원하는 이와 다름없다.

36 어떤 사람의 임종을 지키고 있는 자들 가운데 그의 죽음이 임박했음을 기뻐하는 자가 단 한 명도 없다면, 그만큼 행복한 사람은 없을 것이다. 그가 아무리 훌륭하고 지혜로운 사람이었다 해도 결국에는 마음속으로 이렇게 말하는 자가 있을 것이다. 〈이 선생님에게서 벗어났으니 우리도 숨 좀 편히 쉴 수 있겠구나. 우리 중 아무도 엄하게 대한 적은 없었지만 선생님은 은근히 우리 모두를 경멸하는 것 같았어.〉 훌륭한 사람이 죽는 경우라면 이런 정도에 그칠 수 있다. 우리 같은 경우라면 얼마나 많은 이유로 여러 사람들이 우리에게서 벗어나고자 하겠는가? 네 임종의 시간이 다가오면 그런 생각을 하라! 그리고 다음과 같은 생각을 하면 더 수월하게 세상을 뜰 수 있을 것이다. 내가 그토록 애써 주고 기도하고 배

183 육신의 사지를 뜻한다.

려했던 내 동료들조차 내가 죽으면 좀 더 편안해지지 않을까, 또는 내가 떠나기를 바라는 그런 세상에서 나는 떠나는 것이다. 그렇다면 이런 곳에 조금이라도 더 머물려 애를 쓸 이유가 무엇인가? 하지만 그들에게 호의를 덜 보이며 떠나지는 말고, 네 본래의 심성에 따라 그들에게 친절과 자비와 온후함을 보여 주라. 그리고 억지로 그들에게서 떨어지듯 마지못해 이별을 고해서는 안 되며, 고요히 죽음을 맞는 자의 영혼이 부드럽게 육신에서 벗어나듯 뒤에 남을 사람들을 떠나야 한다. 언젠가 너와 그들을 엮었던 자연이 이제 묶었던 끈을 푸는 것이기 때문이다. 그러면 나는 조금도 저항하지 않고 아무런 강제도 느끼지 않으면서 마치 친족을 떠나듯 그들 곁을 떠날 것이다. 이 또한 자연의 본성을 따르는 것이기 때문이다.

37 사람들이 어떤 행동을 하던 간에 가능하다면 이렇게 자문하는 습관을 들이도록 하라. 〈이 사람은 어떤 목적으로 이런 행동을 한 것일까?〉 하지만 먼저 너 자신을 대상으로 시작하고 너 자신부터 찬찬히 검토하라.

38 너를 줄로 당겨 조종하는 무엇이 너 자신의 내면에 숨겨져 있음을 생각하라. 내면에는 설득의 목소리가 있고, 삶이 있고, 말하자면 인간 자체가 있다. 내면의 그것은 너를 담고 있는 그릇이나 그 주변에 형성된 도구들[183]과 다른 것이니 혼동하지 말라. 그런 것들은 일종의 부착물이며, 원래부터 붙어

있다는 점에서만 보통의 부착물과 차이가 있다. 육신의 부분들은 그것을 움직이거나 제어하는 힘이 없다면 직조공의 북이나 문필가의 펜, 마부의 채찍보다 더 유용할 것이 없다.

제11권

1 이성적 영혼의 속성들을 꼽아 보자면 다음과 같다. 이성적 영혼은 자신을 직시하고 자신을 분석하고 자신이 원하는 형태를 갖춘다. 이성적 영혼은 자신이 맺은 열매를 스스로 즐기는 반면, 여타의 것들은 식물의 열매나 동물이 주는 유익함을 향유한다. 삶이 어디서 끝나든 이성적 영혼은 자신에게 정해진 목표에 도달한다. 무용이나 연극 등에서는 도중에 어떤 방해가 생기면 전체 상황이 불완전하게 되는 반면, 이성적 영혼은 언제, 어디서 삶이 중단되더라도 자신의 과제를 완전하고 빈틈없이 수행하기에 〈나는 내 할 일을 다했다〉고 말할 수 있다. 게다가 이성적 영혼은 전체 우주와 그것들 둘러싼 빈 공간을 돌아다니면서 우주의 형태를 탐구하며, 무한한 시간으로 뻗어 나가 만물의 주기적 순환을 다방면에서 고찰한다. 이성적 영혼은 그렇게 하여 우리 후손들도 아무런 새로운 것을 보지 못할 것이고, 우리 선조들도 우리와 다른 것을 보지 못했으며, 나이 마흔 살의 남자라도 약간의 정신을 갖췄다면 동형성(同型性)의 법칙에 근거해서 과거와 미래

의 모든 것을 통찰할 수 있음을 알게 된다. 마지막으로, 이웃과 진리와 겸손을 사랑하고 그 무엇도 자신보다 소중히 하지 않는 것 또한 이성적 영혼의 특성인바, 이는 법칙의 본질적 속성이기도 하다. 즉, 사유하는 이성과 정의롭게 행동하는 이성 사이에는 아무런 차이도 없다.

2 네가 예컨대 조화로운 노래 전체를 개개의 요소로 분해하고 〈이런 것에 내가 마음을 빼앗길 수 있단 말인가?〉라고 자문한다면, 너는 노래나 무용 그리고 격투기의 매력을 하찮게 여기게 될 것이다. 그러면 너는 그런 것에 매료됨이 부끄러운 짓임을 인정하게 될 것이다. 네가 무용의 동작과 자세를 하나하나 분해하고, 격투기를 볼 때도 그렇게 한다면 결과는 마찬가지일 것이다. 요컨대 — 미덕과 거기서 유래한 것은 예외로 하고 — 모든 사물을 구성 요소로 분해하여 고찰하면 사물들 자체를 낮게 평가하게 될 것임을 명심하라. 똑같은 방법을 네 인생 전체에도 적용하라.

3 육신과 분리되어 소멸하거나 해체되든 아니면 존속하든, 그래야만 한다면 어느 순간에라도 그럴 각오가 되어 있는 영

184 당시 크리스트교도들 중에는 구원에 이르는 가장 확실한 길이라 여기면서 의도적으로 순교를 택하는 사람들이 많았다고 한다.
185 소포클레스, 『오이디푸스 왕』, 1,391행. 아버지를 죽이고 어머니와 결혼할 것이라는 신탁의 주인공 오이디푸스는 태어나자마자 키타이론 산에 버려진다. 그런데 오이디푸스는 살아남고 후일 모든 것은 신탁대로 되었다. 가혹한 운명의 주인공이 되었음을 깨달은 오이디푸스가 키타이론 산에서 죽지 못했음을 한탄하며 내뱉은 말이 〈아, 키타이론이여!〉이다.

혼이란 얼마나 훌륭한 것인가! 그런 각오는 자신의 확신에서 비롯되어야 하며, 크리스트교도들처럼 한갓 고집에 근거해서는 안 된다.[184] 그런 각오는 신중함과 위엄을 지녀야 하며, 남에게 그럴듯하게 보이려는 극적 허세여서는 안 된다.

4 나는 공동체의 이익을 위해 무엇인가 행한 적이 있는가? 그렇다면 거기서 이익을 얻은 것은 바로 나다. 항상 이런 생각을 하고 어떤 상황에서든 그에 따라 행동하는 것을 멈추지 말라.

5 네가 가진 재주는 어떤 것인가? 올바른 사람이 되는 것이다. 하지만 우주의 성질을 분명히 통찰하고, 동시에 인간의 고유한 속성을 명확히 이해하지 못한다면 그것이 이뤄지겠는가?

6 비극이 공연되기 시작한 것은, 어떤 일들은 자연적으로 발생하는 것인지라 그 밖에 달리는 일어날 수 없고, 무대에서 매력적으로 보이는 만큼 인생이라는 더 큰 무대에서 어떤 일들이 일어날지라도 반감을 갖지 말라는 점을 관객에게 일깨우기 위해서였다. 관객들은 모든 일이 필연적으로 일어날 수밖에 없으며 〈아, 키타이론이여!〉[185] 하고 부르짖었던 자들도 결국은 그런 일들을 견뎌 냈다는 것을 보게 되기 때문이다. 극작가들은 쓸모 있는 진리를 담고 있는 말도 많이 했는데, 개중에는 이런 것이 있다.

나와 내 자식들이 신들의 버림을 받았다면,
거기에도 이유가 있으리라.

그리고 또

세상의 일들에 화를 내서는 안 된다.

혹은

익은 곡식을 거두듯 삶을 거둬들이라.

그밖에도 많은 말을 발견할 수 있다.

비극 다음에는 초기 희극이 나타났는데, 초기 희극은 도덕적 설교자들마냥 거침이 없었고 직설적 표현에 의해 효과적으로 오만에 대한 경계를 가르쳤다. 그래서 디오게네스 같은 사람도 같은 목적으로 그런 표현법을 자주 사용했다. 초기 희극 다음에 나타난 것은 중기 희극인데, 그건 대체 뭐였나? 그리고 마침내 신(新)희극이 등장했는데, 이는 곧 모방적인 기교에 빠져들었다. 대체 이 신희극은 어떤 목적을 갖고 등장한 것이었을까? 그 점을 나는 정말로 알고 싶다! 여기서도 많은 쓸모 있는 진리가 발언되었다는 점은 부인할 수 없다. 하지만 이런 극적 시 문학이 전반적으로 추구하는 목적은 대체 무엇일까?

7 지혜를 연구하기에는 인생의 그 어떤 상황도 지금 네가 처한 상황만큼 적합하지 않다는 점이 네게는 너무도 명백하지 않은가?

8 한 나뭇가지가 이웃한 나뭇가지에서 잘리면 동시에 나무 전체에서 떨어져 나올 수밖에 없다. 마찬가지로 이웃한 사람과 분리된 사람은 인간 사회 전체로부터 떨어져 나온 것이다. 다만 나뭇가지는 외부의 손에 의해 잘리는 반면, 사람은 증오와 혐오에 의해 이웃과 분리되는 것이며 그렇게 하여 공동체 전체에서 분리된다는 점을 알지 못한다. 그러나 인간 공동체를 접합시키는 신의 선물이 있으니, 이것이 우리로 하여금 이웃한 가지와 함께 자라서 다시금 전체의 일부가 될 수 있게 해준다. 물론 그런 분리가 자주 반복될수록 재결합과 재생은 점점 더 어려워진다. 요컨대 처음부터 나무 전체에서 자라 나와 동일한 성장의 힘을 가진 나뭇가지와 일단 베어졌다 다시 접목된 나뭇가지에는 차이가 있다. 그럴 것이 정원사들도 분명히 말하듯, 후자의 나뭇가지는 다시 전체 나무와 함께 자라기는 하지만 더 이상 완전하게 하나가 되지는 않기 때문이다.

9 네가 건전한 이성의 길로 나아가는 것을 방해하는 자들도 의무에 따르는 행동 방식에서 너를 벗어나게 하지는 못한다. 하지만 너는 그들에 대해 너 자신이 갖는 호의마저 막아버리지는 말라. 오히려 너는 언제나 이 두 가지 원칙을 명심

하라. 첫째로 네 판단과 행동을 견지하고, 둘째로 너를 방해하거나 다른 식으로 화나게 하는 자들에게도 관대함을 잃지 말라. 그들에게 화를 내는 것은, 자신의 행동 방식을 지키지 않는 것이며 평정심을 잃어 그것을 포기하는 것이니 결국 허약함에 불과하다. 두려움 때문이든 거부감 때문이든 본성상의 친족과 친구에게 등을 돌리는 사람이란 모두가 대열에서 탈주하는 자들이다.

10 자연은 결코 기술에 뒤지지 않으며, 오히려 기술들이란 자연의 모방이다. 이것이 맞는다면, 다른 모든 것을 포괄하는 가장 완전한 자연은 그 어떤 기술적 숙련성과 재능에도 뒤지지 않을 것이다. 그런데 모든 기술은 완전한 것을 위하여 완전하지 못한 것을 만들어 내는바, 이 점에서는 자연도 마찬가지이다. 자연에서는 정의도 생겨나며, 이 정의에서 다른 모든 미덕이 생겨난다. 우리가 선악의 구별이 없는 사물들에 관심을 기울이거나, 속기 쉽고 성급하며 변덕스러운 인간으로 머물면 정의는 우리 눈에 보이지 않게 된다.

11 네가 두려움이나 소망을 품고서 추구하거나 기피하는 바깥세상의 사물들은 네게 다가오지 않는다. 어떤 점에서는 오

186 구체는 가장 완전한 형상으로 여겨졌으며, 그래서 흔히 완전성의 상징으로 언급되곤 했다.
187 Phocion(B.C. 402~B.C. 318). 아테네의 정치가였으며 후일 사형 선고를 받는다. 독배를 마시고 난 그는 아들에게 아무에게도 복수하지 말라는 말을 전했다고 한다.

히려 네가 그것들에 다가가는 것이다. 그러니 그것들에 대한 판단을 중지하라. 그러면 그것들도 조용히 제자리에 머물 것이며, 그 누구도 네가 그것들을 피하거나 추구하는 모습을 볼 수 없게 될 것이다.

12 영혼이란 어떤 점에서 구체(球體)와 같은 모습이다. 한 측면으로 뻗어 나가지도 않고 자신 안으로 오그라들지도 않으며, 분산되지도 않고 가라앉지도 않는 한, 영혼은 불빛처럼 밝아져서 만물의 진리는 물론 자신 안의 진리 또한 비추게 된다.[186]

13 누군가 나를 경멸하는가? 그것은 그가 알아서 할 일이다. 내가 할 일은 경멸받을 만한 행동과 말을 하지 않는 것이다. 그가 나를 미워한다면 그것 또한 그가 알아서 할 일이다. 내가 할 일은 모든 사람을 친절과 호의로 대하고, 나를 미워하는 사람에게는 오해를 인식하게 하되, 꾸짖거나 아량을 과시하지 말고 위대한 포키온[187]처럼 ― 그에 관한 얘기가 지어낸 것이 아니라면 ― 솔직하고 선량한 태도를 잃지 않아야 한다. 너의 내면은 그런 상태를 이루어서, 어떤 일에도 화내거나 불평하지 않는 인간의 모습을 신들에게 보여 주어야 한다. 네가 언제나 자발적으로 네 본성에 맞는 것을 행하고, 어떤 방식으로든 공동체의 이익을 증진시킬 사명이 있는 인간으로서 우주적 자연이 지금 유익하다 여기는 행동을 취한다면, 네게 무슨 해악이 생기겠는가?

14 서로 경멸하는 자들이 마주하여 아첨을 하며, 서로 능가하려는 자들이 마주하여 고개를 조아린다.

15 〈나는 너를 솔직하게 대하기로 결심했다.〉 이렇게 말하는 자는 얼마나 불순하고 기만적인가? 맙소사, 그런 말을 왜 하는가? 그런 말은 할 필요가 없는 것이다. 그런 것은 저절로 드러나고, 네 이마에 분명하게 적혀 있기 마련이다. 사랑하는 남녀가 서로의 시선에서 모든 것을 당장 읽어 낼 수 있듯, 그런 것은 네 눈빛에서 금세 드러난다. 요컨대 정직하고 선한 사람의 특성이란 악취를 풍기는 자의 특성과 똑같은 것일 수밖에 없다. 그에게 다가간 사람은 그가 원하든 원치 않든 즉시 그것을 알아차린다. 그에 반해 위장된 정직함은 품에 숨긴 칼과 같다. 늑대의 우정[188]보다 더 흉악한 것은 없다. 그런 우정은 가능한 한 빨리 피하라. 선하고 정직하며 호의적인 사람은 이미 눈빛에서 자기 자신을 명백하게 드러낸다.

16 행복한 삶을 영위할 수 있는 능력은 우리 영혼 안에 있다. 다만 선악을 구별할 수 없는 사물들에 대해 영혼은 실제로 선악을 구별하지 않고 무관심해야 한다. 영혼이 그런 것들을 부분적으로든 전체적으로든 고찰하고, 그런 것들 중 아무것도 그에 관한 판단을 강요하지 않으며, 우리에게 다가오지도 않는다는 점을 생각한다면 영혼은 그런 무관심의 상태

---

188 아이소포스(이솝)의 우화 참조. 늑대의 우정이란 사심을 품고 언제라도 배신할 가능성이 있는 우정을 뜻한다.

에 있게 될 것이다. 사실 그런 것들에 관해 이런저런 상념을 만들고 그 상념을 스스로에게 각인시키는 것은 바로 우리 자신이다. 우리는 그런 것들에 관해 상상하지 않을 수 있고 또 그런 상상이 이미 우리에게 스며들었다 해도 당장 지워 버릴 수 있는데 말이다. 그러나 우리가 이런 점에 주의해야 하는 것도 잠시뿐이다. 우리 인생은 곧 끝날 것이니 그런 것들에 대한 근심도 곧 종결되기 때문이다. 그렇다면 그처럼 올바른 태도를 유지하는 것이 뭐 그리 어려운 일이겠는가? 그런 태도가 자연에 맞는 것이라면, 그것을 즐기라. 그것은 전혀 어렵지 않을 것이다. 그런 태도가 자연에 어긋나는 것이라면, 네 본성에 맞는 것을 찾아 보고, 설령 네게 명성을 가져오지 않는다 해도 그것을 추구하라. 누구든 자신의 행복을 추구할 수 있다.

17 만물의 근원을 생각하라. 그 근원이 어떤 소재로 구성되고 어떤 형상으로 변하며 후에는 무엇이 되는지 생각하고, 근원은 그런 변화로 해를 입지 않는다는 점을 생각하라.

18 첫째로 탐구해야 할 것은 이런 것이다. 나는 사람들과 어떤 관계에 있는가? 우리는 모두 서로를 위해 존재하며, 또 다른 면에서 보면 숫양이 양 떼를 이끌고 황소가 소 떼를 이끌 듯, 나는 그들 위에 군림하고 있다. 하지만 이런 관계를 높은 관점에서 고찰하라. 모든 것이 원자들의 혼잡에 불과한 것이 아니라면, 우주를 다스리는 것은 자연이다. 만약 그렇다면,

열등한 것들은 우월한 것들을 위해 존재하고 우월한 것들은 서로를 위해 존재한다.

둘째, 식탁에 앉았거나 침상에 누웠거나 그 밖에 다른 생활 상황에 있는 자들은 어떤 인간들인가? 그리고 무엇보다도 그들이 어떤 원칙의 지배를 받고 있으며 그들은 자신들의 행하는 일에서 얼마나 오만한가?

셋째, 그들의 행위가 이성적이라면, 너는 불쾌히 여기지 말아야 한다. 그러나 그들의 행위가 이성적이지 못하다면, 그들은 분명 알지 못했거나 마지못해 그렇게 한 것이다. 모든 영혼이 진리를 포기함을 반기지 않듯 타인에 대한 예의도 마찬가지이기 때문이다. 그래서 인간들이 의롭지 못하다거나 배은망덕하다거나 이기적이라는 말, 즉 한마디로 주변 사람들에게 잘못을 저지른다는 말을 들으면 참지 못하는 것이다.

넷째, 너도 종종 잘못을 저지르므로 그들과 같은 부류이다. 설령 네가 어떤 과오를 피한다 할지라도, 두려움이나 명예욕이나 그 밖의 동기에서 그 과오를 범하는 충동에서 벗어난다 할지라도, 네게는 최소한 그럴 소질이 있는 것이다.

다섯째, 이런저런 사람들이 정말로 잘못을 저지른 것인지 너는 결코 정확히 알 수 없다. 많은 일들은 상황의 요구로 인해 일어나기 때문이다. 요컨대 어떤 사람의 행동에 대해 근거 있는 판단을 내릴 수 있으려면 먼저 여러 상황을 파악해야 한다.

여섯째, 네가 정말로 화가 나거나 원통하다면, 인생이란 아주 잠깐 동안이며 머지않아 우리 모두 묻히게 될 것임을 생각하라.

일곱째, 우리의 마음을 어지럽히는 것은 다른 사람들의 행동이 아니다. 그들의 행동은 그들을 지배하는 원칙에 근거하기 때문이다. 우리를 괴롭히는 것은 바로 우리 자신의 의견이다. 그러니 의견을 떨쳐 버리고, 그들의 행동이 끔찍한 것인 양 판단하려는 의지를 버리라. 그러면 네 노여움도 사라질 것이다. 그런데 어떻게 하면 의견을 떨칠 수 있을 것인가? 어떠한 비방도 네게 해를 입히지 못한다고 생각하면 된다. 오로지 해악을 입힐 수 있는 것만이 악덕이다. 만약 그렇지 않다면, 너는 남들에 의해 쉽게 범죄자든 강도든 될 수 있다는 결론이 나올 수밖에 없다.

여덟째, 우리를 화나게 하고 슬프게 하는 인간들의 행동보다는 거기서 느끼는 우리의 분노와 슬픔이 우리를 더 괴롭힌다.

아홉째, 네 호의가 가식이나 위선이 아니라 진정한 것이라면, 그것을 흔들 수 있는 것은 없다. 네가 누군가에게 변함없는 호의를 보이고 기회가 있으면 상냥하게 충고하고, 만약 그가 네게 해를 입히려는 바로 그 순간 〈그러지 말게, 친구여. 우리는 다른 일을 하기 위해 태어났네. 자네의 행동으로 나는 해를 입지 않겠지만 자네는 그로 인해 해를 입을 걸세〉라고 조용히 타이른다면 아무리 악한 사람이라도 네게 무슨 짓을 할 수 있겠는가? 그러고 나서는 그에게 다정하고 친절한 말투로 그런 것이 사실이며 꿀벌 등의 군서 동물도 그렇게 행동하지 않는다는 점을 알려 주라. 그러나 너는 비웃거나 오만한 태도를 보여서는 안 되고, 신랄함 없이 다감하게 말해야 하며, 훈계하는 어조여서도 안 되고 곁에 있는 제삼자의 찬탄을 얻으려 해서도 안 된다. 그리고 그런 것은 다른 사람 없이 단둘이 있을 때 말하라.

이 아홉 가지 원칙을 아홉 무사 여신들의 선물인 양 명심하라. 그리고 살날이 남아 있는 동안 인간이 되기 시작하라. 하지만 사람들에게 화내지도 말고 아첨하지도 말라. 이는 공동체의 원리와 조화를 이룰 수 없으며 공동체에 해악을 가져오기 때문이다. 무엇보다 분노가 치밀 때면, 남자다움이란 화를 내는 데 있는 것이 아니라 오히려 온화함과 상냥함에 있으며, 이런 것이야말로 더 인간적이고 남자다운 것이라는 생각을 떠올려라. 화를 내고 짜증을 내는 태도가 아니라 바로 이런 태도에 힘과 용기와 담력이 있는 것이다. 평정심에 가까워질수록 힘이 강해지며, 노여움은 슬픔과 마찬가지로 약한 자들의 속성이기 때문이다. 두 가지 경우에서 인간은 상처받으며 적수의 먹이가 된다. 네가 원한다면, 무사 여신 여신들의 인도자가 주는 열 번째 선물을 받도록 하라. 악한 자들이 죄를 범하지 않기를 바라는 것은 미친 짓이라는 원칙이 바로 그것이다. 그것은 불가능한 일을 바라는 것이다. 그리고 그런 자들이 다른 사람에게 악한 짓을 하는 것은 용납하면서 네게만은 그러지 않기를 바란다면, 그것은 공정치 못하고 폭군다운 태도이다.

189 이하의 내용에서 추정할 수 있듯, 네 가지 과오란 불필요한 상상, 공동체에 대한 해악, 생각과 말의 불일치(거짓, 위선) 그리고 자책감이다.

19 네 이성은 무엇보다 네 가지 과오[189]를 항상 경계해야 하며, 그것들을 감지하자마자 자신에게 다음과 같이 말하면서 피해야 한다. 첫 번째 경우에는 〈그것은 불필요한 상상이다〉라 말하고, 두 번째 경우에는 〈그런 것은 공동체의 해체를 가져올 수 있다〉라 말하며, 세 번째 경우에는 〈네가 지금 말하려 하는 것은 네 본심에서 우러나온 것이 아니며, 생각과 다르게 말하는 것은 올바르지 않다〉라고 말하라. 네 번째 과오는 네 자신을 책망하는 짓이다. 자책이란 네 존재의 신적인 부분이 덜 고귀한 네 본성에 대해 그리고 죽을 수밖에 없는 부분인 네 육신과 그것의 야비한 쾌락에 패배하고 굴복했을 때 내는 목소리이다.

20 네 본질에 섞여 있는 정신과 불의 성분들은 모두가 본성상 위로 오르는 경향이 있지만 우주의 질서에 순응하여 네 육신의 조직에 붙어 있다. 마찬가지로 네 안의 모든 흙과 물의 성분은 아래로 내려가는 경향이 있지만 높은 곳에 남아 자신들의 본성에 어울리지 않는 자리를 차지하고 있다. 원소들 또한 전체에 순응하여 일단 놓인 곳에 어쩔 수 없이 머물러 있으며, 다시 전체로부터 해체되라는 신호가 주어질 때야 거기를 떠난다. 그러니 네 본질의 이성적 부분만이 그것에 순응하지 않고 자신에게 할당된 위치에 불만을 품는다면 그릇된 것이 아니겠는가? 이성적 부분에는 그 어떤 것도 억지로 가해지지 않고 오직 제 본성에 맞는 것만이 주어진다. 그럼에도 이성적 부분은 그것을 못마땅해하여 반대 방향으로

나아가려 한다. 불의와 방종과 분노와 비애와 공포를 향한 움직임이란 자연에서의 이탈과 다른 것이 아니기 때문이다. 그러니 네 이성이 그 어떤 사건을 못마땅해할 때마다 전체에서 이탈하는 것이다. 영혼이란 정의 못지않게 평정심과 신에 대한 경외감을 위해서도 존재하는 것이기 때문이다. 그리고 이런 미덕들도 공동체 정신에 포함되는 것이며 심지어 정의로운 행동보다 선행하는 것이기 때문이다.

21 삶의 목표가 늘 같지 않은 사람은 인생 전체에서 일관성을 갖는 사람일 수 없다. 하지만 그 목표가 어떤 것이어야 하는가를 덧붙이지 않는다면 방금 말한 것으로는 충분하지 않다. 그것은 어떤 점에서 다수가 선이라 간주하는 대상들에 대해서는 모두의 견해가 같을 수 없지만 특정한 대상, 즉 보편적으로 선한 대상들에 대해서는 견해가 같을 수 있는 것처럼, 우리가 설정하는 목표는 모두가 선한 것이라 여기고 공동체에 유익한 것이어야만 하기 때문이다. 이런 목표를 위해 혼신의 노력을 기울이는 사람은 모든 행동에 일관성이 있을 것이고 그런 점에서 일관성 있는 사람이 될 것이다.

190 아이소포스(이솝)의 우화 참조. 도시 쥐의 집에 놀러 간 시골 쥐는 집 안에서 요란한 소리가 들리자 몹시 놀라지만 도시 쥐는 익숙한지라 전혀 놀라지 않는다. 시골 쥐는 화려하지만 소란스러운 도시 생활보다는 가난하지만 조용한 시골 생활이 더 낫다고 말하며 서둘러 시골로 떠난다.
191 Lakedaimon. 스파르타 도시 국가가 위치했던 펠로폰네소스 반도 남동부의 라코니아 지방을 가리키며, 스파르타의 다른 이름으로도 사용된다.
192 헤라클레이토스 학파의 철학자들이다. 에페소스Ephesos는 헤라클레이토스의 고향이다.

22 시골 쥐와 도시 쥐를 생각해 보고, 시골 쥐가 놀라서 허둥지둥 달아나던 장면을 떠올려 보라.[190]

23 소크라테스는 대중의 의견을 가리켜 아이들을 겁주는 도깨비와 같은 것이라 했다.

24 라케다이몬[191] 사람들은 구경거리 행사가 열리면 그늘진 장소에 이방인들의 자리를 마련해 주고 자신들은 그보다 못한 자리에 앉았다.

25 페르디카스가 식사 초대에 응하지 않은 소크라테스를 나무라자, 소크라테스는 이렇게 대답했다. 「나는 수치와 창피를 느끼며 죽고 싶지는 않네. 보답할 수 없는 신세는 지고 싶지 않다는 뜻일세.」

26 에페소스 사람들[192]의 글을 보면, 미덕을 실천한 선현들 중 한 사람을 귀감으로 삼아 늘 기억하라는 가르침이 나와 있다.

27 피타고라스학파의 가르침에 따르면, 우리는 새벽하늘의 별을 봐야 한다. 이는 아무런 변함없이 영원히 같은 방식으로 임무를 완수하는 저 존재뿐 아니라 그들의 질서와 순수함과 숨김없는 상태를 기억하기 위함이다. 별을 가리는 베일은 없기 때문이다.

28 너도 알다시피, 크산티페[193]가 소크라테스의 상의를 입고 외출하자 소크라테스는 양가죽을 두르고 나갔다. 이런 모습을 본 친구들이 창피해서 피하자 소크라테스가 얼마나 올바른 말[194]을 했던가!

29 쓰기와 읽기는 네가 먼저 배우기 전에는 남에게 가르칠 수 없다. 올바르게 사는 기술이란 더더욱 그렇다.

30 운명에게 말하라. 〈너는 노예에 불과하니, 대화라는 것은 네게 어울리지 않는다.〉

31   내 마음이 속으로 껄껄 웃었다![195]

32   그들은 심한 말로 미덕을 욕할 것이다.[196]

33 겨울에 무화과를 찾으면 미친 짓이다. 더 이상 가질 수 없는 나이에 아이를 바라는 것도 그렇다.

34 에픽테투스가 말한다. 「자식에게 입을 맞출 때면, 내일 그

---

193 Xanthippe. 소크라테스의 아내이다.
194 옷이 사람을 만드는 것은 아니라는 말을 했다고 한다.
195 호메로스, 『오디세이아』, 제9권 413행.
196 헤시오도스의 작품에 나오는 말이다.
197 스토아학파의 견해에 의하면, 모든 악덕이란 광기에 사로잡힌 것으로 이해될 수 있다.

아이가 죽을지도 모른다고 마음속으로 외치라!」 누군가 그에게 응수한다. 「그건 너무 불길한 말이다.」 그러자 에픽테투스가 말한다. 「자연의 작용을 가리키는 것이라면 그 무엇도 불길한 말이 아니다. 그렇지 않다면 〈곡식을 베어 거둔다〉라는 표현도 불길한 것이 될 것이다.」

35 지금은 설익은 포도, 곧 무르익은 포도, 그다음엔 말린 포도. 모든 것은 변한다. 그러나 무로 사라지는 것이 아니라 다른 존재로 변할 뿐이다.

36 「의지의 자유를 빼앗을 수 있는 자는 없다.」 에픽테투스의 말이다.

37 그는 또 이렇게 말한다. 「너는 찬동을 표명하는 요령을 터득해야 하고, 어떤 일을 추구할 때는 항상 조심해야 하며, 공동체의 이익에 유념해야 하고, 사물들의 가치에 부합하게 처신해야 한다. 그리고 욕망은 완전히 버려야 하며 우리 힘에 좌우되지 않는 일은 피해야 한다.」

38 그는 이렇게도 말한다. 「따져야 할 것은 일상의 문제가 아니라, 우리가 미쳤는가 아닌가라는 문제이다.」[197]

39 소크라테스가 이렇게 물었다. 「너희는 어떤 것을 원하는가? 이성적 영혼을 갖는 것인가, 비이성적 영혼을 갖는 것인

가?」「이성적 영혼이죠.」「어떤 이성적 영혼을 원하는가? 건전한 것인가, 혼란스러운 것인가?」「건전한 것이죠.」「그렇다면 왜 그것을 추구하지 않는가?」「이미 갖고 있으니까요.」「그렇다면 왜 다투고 반목하는가?」

제12권

1 얼마간 시간이 지나도 네가 자신에 대한 호의를 잃지만 않는다면 얻고자 소망하는 것을 지금이라도 가질 수 있다. 그리고 네가 모든 과거를 괘념치 않고 미래는 섭리에 맡기며 현재만을 경건한 믿음과 정의에 따라 가꾸어 나간다면, 그렇게 될 것이다. 경건한 믿음을 잃지 않아야만 너는 네게 주어진 몫에 만족할 것인바, 다름 아닌 자연이 네 몫을 네게, 너를 네 몫에 정해 놓은 것이기 때문이다. 그리고 정의에 따라야만 너는 솔직하고 단호하게 진리를 말하고 법칙과 사물들의 가치에 맞게 행동할 수 있을 것이며, 다른 사람의 사악함이나 너 자신의 편견, 다른 사람의 장광설이나 네 육신의 감각으로부터 방해받지 않을 것이다. 육신이 괴로워하거든 육신이 스스로를 돌보게 하라. 그런 다음 네가 생을 마감할 시간이 다가오면 다른 모든 것은 제쳐 두고 오직 네 안에서 지배하는 이성과 신적인 것만을 존중할 것이며, 언젠가 삶을 마쳐야 함을 두려워하지 말고 아직도 자연에 맞는 삶을 시작하지 못한 것을 두려워하라. 그러면 너는 너를 낳아 준 우주에

대해 부끄럽지 않은 인간이 될 것이며, 네 조국에서 이방인이 되기를 멈출 것이고, 날마다 일어나는 일에 대해 마치 예견하지 못한 양 놀라지 않을 것이며, 이런저런 것에 마음이 얽매이지 않게 될 것이다.

2 신은 모든 영혼을 볼 때 껍질과 외관과 불순물을 벗은 날것의 상태를 본다. 신은 오직 정신을 통해서만 자신에게서 넘쳐 나와 영혼들로 흘러든 것들과 접촉하기 때문이다. 너도 그렇게 처신하는 습관을 들인다면 수많은 근심에서 헤어나게 될 것이다. 자신을 둘러싼 육신조차 대수롭게 여기지 않는 사람이 옷과 집과 명예 등의 장식과 겉치레를 대수롭게 여기겠는가?

3 너는 육신과 호흡과 사고력의 세 부분으로 이루어져 있다. 앞의 두 가지는 네가 돌봐야 한다는 점에서만 네 것이다. 그러나 세 번째 것은 특출한 의미에서 네 것이다. 고로 남들이 행하거나 말하는 모든 것, 혹은 너 자신이 행하거나 말했던 모든 것, 혹은 너를 둘러싼 육신과 거기 심어진 호흡에 관련되고 따라서 네 자유로운 의지와 무관하며 너를 둘러싼 감각 세계의 영원한 소용돌이에서 넘쳐 나는 모든 것을 네 고유한 자아, 즉 네 사고력에서 멀리한다면, 또한 그리하여 네 안의 사고력이 운명의 영향에서 벗어나 홀로 속박 없이 순수하게 살아가며 올바른 것을 행하고 일어나는 사건을 받아들이고 진리만을 말한다면, 다시 말해 네가 정념의 충동에 의

해 달라붙어 있거나 미래와 과거에 속하는 모든 것을 네 지배적 이성과 분리시켜서 너 자신을 엠페도클레스가 말한 〈즐겁게 순환의 궤도를 도는 구체〉로서의 세계처럼 만든다면, 그리고 네가 살고 있는 시간인 현재만을 살려고 한다면, 너는 네 여생을 평온하고 품위 있게 그리고 네 수호신과 조화를 누리면서 보내게 될 것이다.

4 사람들은 그 누구보다 자신을 사랑하면서도 자신에 대한 자기 판단은 남들의 판단보다 소홀히 여기는데, 어째서 그런 것인지 나는 자주 의아해했다. 그러니 누군가에게 어떤 신이나 현명한 선생이 다가와 마음에 떠오르는 즉시 말로 표현하지 못할 생각이나 결심은 품지 말라고 명한다면, 그는 단 하루도 견뎌 내지 못할 것이다. 그렇기에 우리는 우리에 대한 남들의 판단을 우리 자신의 판단보다 더 중요하게 여기는 것이다.

5 신들은 만물을 인간에게 우호적으로 아름답게 꾸려 놓았으면서도 어떻게 그 한 가지를 간과할 수 있었을까? 그 한 가지란, 살아 있는 동안 신성과 더없이 긴밀히 교류했고 경건한 행위와 성스러운 봉사를 통해 신성의 믿음을 획득했던 소수의 탁월한 인간들조차 죽고 나면 다시 태어나지 못하고 완전하게 소멸해 버린다는 점이다. 그러나 그것이 사실이라면, 신들도 그와 달라야 했을 경우 다르게 만들어 놓았을 것이라고 확신하라. 만약 다르게 하는 것이 옳았다면, 그렇게 되는

것도 가능했을 것이고, 그렇게 되는 것이 자연에 맞았다면, 자연도 그것이 가능하게 했을 것이기 때문이다. 그러니 현실이 그렇지 않다면, 그래서는 안 되었던 것이라고 확신해야만 한다. 너도 알다시피, 그런 질문을 하면 신에게 따지는 꼴이 된다. 그러나 신들이 더없이 선하고 공정한 존재가 아니라면, 우리는 신에게 따질 수도 없을 것이다. 그러나 신들이 더없이 선하고 공정한 존재라면, 우주를 만들 때 부당하고 불합리한 것은 방치하거나 간과하지 않았을 것이다.

6 도저히 해낼 수 없을 것 같은 일들도 연습해 보라. 왼손은 자주 쓰지 않아 힘이 약하지만 고삐는 오른손보다 단단히 붙든다. 왼손은 늘 고삐를 쥐는 데 사용되었기 때문이다.

7 죽음이 닥쳤을 때 네 육신과 영혼이 어떤 상태에 있을지 생각하라. 그리고 인생의 짧음과 네 앞과 뒤의 무한한 시간과 모든 물질의 허약함을 생각하라.

8 사물의 근본 성질과 행위의 목적을 고찰할 때는 모든 꺼풀을 벗겨 내라. 고통이 무엇이고, 쾌락이 무엇이며, 죽음이 무엇이고, 명성이 무엇인지, 자신의 불안은 어디에 근거하는지 생각하라. 그리고 어느 누구도 다른 사람에 의해 방해받을 수 없으며, 모든 것은 우리 상념에 달린 문제라는 점을 생각하라.

198 인간은 타고나는 이성을 잘 활용해야 한다는 뜻이다.

9 네 원칙들을 적용할 때는 검투사가 아니라 격투사와 비슷해야 한다. 검투사는 칼을 놓치면 찔려 죽지만, 격투사는 항상 주먹이 있으니 제대로 사용만 하면 되기 때문이다.[198]

10 세상 사물들의 속성을 검토하고, 그것들에서 소재와 원인과 목적을 구분해 내라.

11 인간에게는 얼마나 큰 힘이 있는가! 신의 명령을 따르고 신이 부여한 모든 것을 받아들이니 말이다.

12 자연적 운행의 결과인 것을 두고서 신들을 비난해서는 안 되며 그것은 인간들에게도 마찬가지다. 신들은 의도적이든 의도적이지 않든 실수를 범하지 않으며, 인간들도 의도적으로는 잘못을 범하지 않기 때문이다. 그러므로 그 누구도 비난해서는 안 된다.

13 인생에서 일어나는 어떤 일에 놀라다니 이 얼마나 한심하고 이상한 사람인가!

14 피할 수 없는 필연적 운명, 사물들의 불가침한 질서 그리고 자비로운 섭리가 지배하는 것이 아니라면 혼란스럽고 맹목적인 우연만이 존재할 뿐이다. 만약 불변의 필연성이 지배하는 것이라면, 너는 왜 그에 저항하겠는가? 자비로운 섭리가 지배하는 것이라면, 신의 도움을 받을 만한 자격을 갖

추라. 마지막으로 맹목적인 우연이 지배하는 것이라면, 거센 파도 한가운데서도 네 안의 이성이 방향을 잡아 주리라는 생각에 기뻐하라. 파도가 너를 삼킨다 해도 가련한 육신과 호흡과 그밖에 다른 것을 휩쓸고 갈 뿐 네 이성만은 앗아 가지 못한다.

15 등불은 꺼지는 순간까지 빛을 발하며, 그 전까지는 빛을 잃지 않는다. 그런데 진리와 정의와 신중함에 대한 네 안의 사랑이 때 이르게 꺼져야 하겠는가?

16 누군가 잘못을 저질렀다는 생각이 들면 이렇게 자문하라. 〈그것을 정말로 잘못이라고 확신할 수 있는가?〉 만약 그가 정말로 잘못을 저질렀다면, 그 자체로 자신에게 벌을 준 것이며 이를테면 자신의 얼굴에 상처를 낸 것이 아닐까? 요컨대 악한 자가 잘못을 저지르지 않기를 바라는 사람은, 무화과나무 열매 안에 즙이 생기지 않기를 바라거나, 어린아이가 울지 않기를 바라거나, 말이 울부짖지 않기를 바라는 등 자연의 필연적 현상이 일어나지 않기를 바라는 것과 같다. 이미 그런 소질을 가진 자가 어떻게 달리 행동할 수 있겠는가? 네게 그럴 능력이 있다고 느끼거든 그의 그런 소질을 제거해 주라.

17 옳은 것이 아니면 행하지 말고, 진실한 것이 아니면 말하지 말라. 네 의지의 방향은 전적으로 네게 좌우되기 때문이다.

18 네 안에 상념을 낳는 것에 대한 탐구를 중단하지 말되, 원인과 소재와 목적 그리고 그것에 할당된 시간으로 그것을 분해하여 무엇인지 밝혀내야 한다.

19 정념을 자극하고 너를 꼭두각시처럼 조종하는 무엇보다 더 선하고 더 신적인 것이 네 안에 있음을 느껴 보라. 네 영혼이란 무엇인가? 그것이 두려움이나 의심이나 욕망 같은 것들로 이루어져 있는가?

20 첫째로 목적 없이 되는대로 행동하지 말며, 둘째로 공동체에 유익한 것 외에는 아무것도 의도하지 말라.

21 오래지 않아 너는 더 이상 존재하지 않을 것이며, 네가 지금 보고 있는 사물들의 일부와 지금 살아 있는 사람들도 마찬가지다. 만물은 본성상 차례차례 변하고 바뀌고 소멸할 수밖에 없기 때문이다.

22 모든 것은 의견에 불과하며, 의견은 전적으로 네게 좌우된다. 그러니 네가 원한다면 의견을 떨쳐 내라. 그러면 곶을 돌아 항해한 선원처럼 잔잔한 바다를 지나 안전한 항구에 들어서게 될 것이다.

23 일정한 시점이면 종결되는 모든 행동은 종결되었다 하여 해를 입지는 않는다. 마찬가지로 그 행동의 행위자 또한 그

것이 종결되었다 하여 해를 입지는 않는다. 따라서 우리가 인생이라 부르는 모든 외적 행동의 총체 또한 그러한 종결로 인해 해를 입지 않으며, 이런 일련의 과정을 제때 끝마치는 자도 그로 인해 좋지 않은 상태에 처하지는 않는다. 그 알맞은 때와 생의 한계는 자연이 결정하며, 때로는 나이를 먹는 현상처럼 인간의 고유한 본성이 함께 결정하는 것도 있지만, 결정권은 언제나 우주적 자연에 있다. 전체 우주는 부분들의 변화를 통해 언제까지나 젊음과 전성기를 유지하기 때문이다. 그런데 전체에 유익한 것은 언제나 아름답고 시의적절하다. 고로 삶의 종결은 그 누구에게도 해로운 것이 아니며, 특히 그것은 우리의 의지와 무관하고 공동체에 해롭지 않은 것이므로 그 누구에게도 해를 입히지 않는다. 오히려 삶의 종결은 이러한 방식으로 늘 새로워지는 전체 우주에 유익한 것이니만큼 선한 것이기도 하다. 신에 의해 인도되는 자, 즉 신의 길을 따르고 신과 하나가 되어 신의 목표를 추구하는 자도 마찬가지로 선하다.

24 다음 세 가지 원칙을 항상 명심하라. 첫째, 제멋대로 행하지 말고 정의가 취하는 방식과 다르게 행하지 말 것이며, 바깥 세계의 모든 일은 우연 아니면 섭리에 좌우되는바, 우연을 탓하거나 섭리를 비난해서는 안 된다는 점을 기억하라. 둘째, 개개의 존재가 최초에 수태되었다가 영혼을 얻기까지, 그리고 영혼을 얻었다가 영혼을 돌려주기까지 어떤 성질을 가지며, 어떤 성분으로 구성되고, 다시 어떤 것으로 해체되는

지 주의 깊게 관찰하라. 셋째, 네가 갑자기 땅 위로 올려져 인간 세상과 그 변화무쌍함을 내려다보고 동시에 대기와 하늘에 사는 모든 존재를 내려다볼 수 있게 된다 한들, 모든 것이 다를 바 전혀 없고 무상한 것임을 확인하게 될 것이며, 네가 아무리 높게 올라간다 한들 늘 똑같은 것을 보게 될 것임을 명심하라. 그런데도 너는 이런 하찮은 것들을 자랑스러워하는가?

25 편견에서 벗어나라. 그러면 구원받을 것이다. 네가 편견에서 벗어나는 것을 누가 막을 수 있는가?

26 어떤 일이 불만스럽게 여겨진다면, 모든 일은 우주적 자연에 맞게 일어난다는 것과 다른 사람의 잘못은 너를 괴롭힐 수 없다는 사실을 네가 잊은 것이다. 더 나아가, 일어나는 모든 일은 늘 그렇게 일어났고, 지금도 도처에서 그렇게 일어나고 있음을 네가 잊은 것이다. 또한 개개 인간과 전체 인류는 밀접한 관계를 맺고 있음을 네가 잊은 것이니, 인류는 피와 씨의 공동체일 뿐 아니라 무엇보다 유일한 정신을 나눠 갖고 있기 때문이다. 그리고 개개 인간의 사고하는 정신은 이를테면 하나의 신이며 신에게서 유출된 것임을 네가 잊은 것이다. 더불어 너는 그 누구에게도 자신만의 고유한 것은 없으며 그의 자식과 그의 육신과 심지어 그의 영혼조차 모든 것의 근원인 신으로부터 받은 것임을 잊은 것이다. 마지막으로 네가 잊은 것은, 각자가 현재의 순간만을 사는 것이며 따

라서 잃는 것은 이 순간뿐이라는 사실이다.

27 어떤 일로 인해, 예컨대 어떤 재앙 또는 증오심으로 인해 마음을 어지럽혀졌던 자들이나 비할 바 없는 명성 또는 행운으로 세인의 주목을 끌었던 자들을 항상 기억하라. 그리고 이렇게 자문해 보라. 〈그 모든 것은 지금 어디 있는가?〉 이제는 연기이고 재이며, 옛이야기거나 옛이야기조차 되지 못한다. 그러고는 예컨대 파비우스 카툴리누스가 시골에서, 루시우스 루푸스가 자신에서 정원에서, 스테르티니우스가 바이아이에서, 티베리우스가 카프레아이에서, 루푸스가 벨리우스에 벌인 짓들이 어떤 것이었는지 떠올려 보라.[199] 요컨대 모두가 정념에 사로잡혔던 자들이다. 그들이 추구한 것이 얼마나 하찮은 것들이었으며, 주어진 여건에서 공정하고 신중하게 처신하고 신들을 따르고 허세를 버리는 것이 얼마나 더 지혜로운 것인지 생각해 보라. 오만함 중에서도 겸손한 척하는 오만함이야말로 가장 참기 어려운 것이기 때문이다.

28 누군가 네게 〈네가 그토록 공경하는 신들을 너는 어디서 보았으며 그들이 존재하는지 어떻게 알았는가?〉라고 물으면, 이렇게 대답하라. 첫째로, 신들은 육안에도 보인다. 둘째로, 나는 아직 내 영혼도 본 적이 없지만 내 영혼을 존중한다. 신들의 경우도 마찬가지다. 모든 측면에서 내게 암시되

---

199 여기서 언급되는 사람들은 모두가 사치스러운 생활을 했던 것으로 추정된다.

는 신들의 힘에서 나는 그들의 존재를 추론하고 그들을 공경한다.

29 개개의 사물을 볼 때 그것이 전체적으로 어떠하며 소재는 무엇이고 그 원인은 어떤 것인지 고찰하라. 그리고 온 영혼을 바쳐 정의로운 것을 행하고 진실한 것을 말하라. 인생의 행복이 바로 거기에 있다. 작은 틈새 하나 남기지 않고 선행에 선행을 이어 간다면, 인생의 즐거움밖에 또 무엇이 남겠는가?

30 햇빛은 벽과 산과 그 밖에 무한히 많은 것들에 의해 막힐 수 있지만 단 하나뿐이다. 마찬가지로 공통의 근본 존재는 수천 가지 독특한 개체로 나뉘기는 하지만 오직 하나뿐이다. 즉 영혼은 특유의 한계를 가진 무수한 자연 존재로 갈라지지만 오직 하나뿐이며, 사고하는 정신은 분열되는 것처럼 보여도 오직 하나뿐인 것이다. 그리고 앞서 말한 사물들의 몇 가지 부분들, 이를테면 생명력인 호흡과 그에 부속된 신체 등은 서로 지각하지 못하고 서로 유대도 없지만, 이성적 우주 정신과 중력의 법칙이 그것들을 결합한다. 오직 사고하는 인간 영혼만이 동족에게 끌리는 특성을 갖고서 동족과 결합하며 이런 결합의 충동은 제지되지 않는다.

31 네가 바라는 것은 무엇인가? 오래 사는 것인가? 다시 말해, 감각하는 것인가? 움직이는 것인가? 성장하는 것인가? 그러다 다시 멈추고 싶은가? 목소리를 내는 것인가? 생각하

는 것인가? 이런 것 중 무엇이 가장 소망할 가치가 있어 보이는가? 만약 그것들이 하나같이 하찮은 것이라면 궁극적 목표, 다시 말해 이성과 신에 대한 순종으로 향하라. 그러나 죽음이 앞서 말한 것들을 빼앗아 간다는 생각에서 헤어나지 못한다면, 그런 생각은 궁극적 목표와 모순된다.

32 우리 각자에게 할당된 것은 헤아릴 수 없는 시간의 얼마나 작은 조각인가? 그리고 그 조각은 얼마나 순식간에 다시 영원에 의해 삼켜지는가? 우주 전체와 비교하면 인간이란 얼마나 작은 부분이며, 전체 우주 영혼의 얼마나 사소한 부분인가? 더욱이 네가 기어다니는 그 지구란 얼마나 작은 흙덩이인가? 이 모든 것을 명심하고, 네 본성이 인도하는 대로 행동하고, 우주적 자연이 가져다주는 것을 감수하는 것 외에는 그 무엇도 위대하게 여기지 말라.

33 지배하는 이성은 자기 자신을 어떻게 사용하는가? 모든 것은 여기 달려 있다. 그 밖에 것들은 네 뜻에 좌우되건 아니건 간에 모두 먼지와 연기에 불과하다.

34 쾌락을 선이라 여기고 고통을 악이라 여겼던 자들조차 그 모든 것을 경멸했다는 사실만큼 우리를 죽음에 대한 경멸로 가까이 이끄는 것은 없다.

35 제때에 맞춰 일어나는 일만을 선이라 여기는 사람, 이성

에 따르기만 하면 행동이 많든 적든 마찬가지라고 여기는 사람, 세상을 보는 시간이 길든 짧든 차이를 두지 않는 사람은 죽음을 두려움 없이 바라본다.

36 오, 인간이여! 너는 이 거대한 나라의 시민이었다. 5년이었든 30년이었든 그게 뭐가 대수인가? 법칙에 따라 살았다는 것, 그것이 중요한 것이다! 네가 폭군이나 부당한 판관이 아니라 이 나라에 데려온 자연에 의해 다시 내보내지는 것이라면, 거기서 끔찍한 점이 무엇인가? 한 배우가 그를 무대에 세웠던 집정관에 의해 다시 무대 밖으로 내보내지는 것과 다름없는 일이다. 〈하지만 나는 5막이 아니라 그저 3막을 연기했을 뿐이오.〉 그럴듯한 말이지만, 인생이라는 작품은 3막으로도 완성된다. 종결 시점은 연극을 주최한 자가 결정하는 것이며, 그가 오늘 그것을 끝낼 수 있다. 그 무엇도 네가 좌우할 수 있는 것은 없다. 그러니 호의를 품고서 여기서 떠나라. 너를 내보내는 자도 호의를 품고 있나니!

역자 해설
황제 좌에 앉은 철학자

1. 생애

후세에 〈황제 철학자〉로 불리게 될 마르쿠스 아우렐리우스Marcus Aurelius Antoninus가 태어난 해는 서기 121년이다. 당시 9백 년에 가까운 역사를 자랑하는 로마 제국을 다스리던 황제는 하드리아누스Publius Aelius Hadrianus였다. 그는 광포하면서도 지혜롭고 교양 있는 인물, 다시 말해 변덕스럽고 모순적인 성격의 인물로 알려져 있지만, 다른 한편 광대한 로마 제국을 통합하고 공고하게 만든 위인으로도 평가받는다. 그리고 마르쿠스 아우렐리우스의 인생 역정에 커다란 영향을 미친 인물이기도 하다.

마르쿠스의 가문은 그의 증조부 이래로 엄청난 부와 권력을 누렸던 로마의 최고 명문가 중 하나였다. 증조부는 로마 제국의 스페인 지역에서 출생하여 수도 로마로 이주한 인물이었으며, 후일 올리브 장사로 큰돈을 벌어 최고 계급인 원로원까지 올랐다. 그리고 그의 아들, 즉 마르쿠스의 할아버지는 황제에 의해 귀족으로 인정을 받고 세 차례나 집정관(콘술)을 역임한 인물이었다. 당시 집정관은 황제가 임명하는 최고의 행정 관료였다. 그리고 마르쿠스의 할머니는 황제와 인척 간이었다. 마르쿠스의 어머니 역시 갑부 집안의 딸이었고, 아버지 또한 로마 제국의 고위직에 올랐다.

마르쿠스는 세 살 때 아버지를 여의었고 그 후로 할아버지에 의해 양육되었다. 할아버지는 손자의 교육에 많은 관심을 기울였다고 한다. 그리고 황제인 하드리아누스는 어떤 이유에서인지 먼 친척인 마르쿠스를 총애했고 이 어린 소년에게 온갖 영예를 베풀어 주었다. 마르쿠스는 7~8세 때부터 학문에 정진했으며, 할아버지의 배려 아래 여러 교사들로부터 훈육을 받았다. 유년기에 그는 그리스어와 라틴어, 음악, 희곡, 문학, 지리 등을 배웠으며 다양한 운동도 즐겼다고 한다. 특히 그는 12세의 나이에 스토아 철학의 모든 학설을 터득한 것으로 알려져 있다.

138년 황제 하드리아누스는 마르쿠스 아우렐리우스의 고모부를 자신의 후계자로 지명했다. 이때 황제는 고모부(후일의 안토니누스 피우스Antoninus Pius)에게 마르쿠스 및 또 다른 소년(후일의 루키우스 베루스Lucius Verus)을 양자로 삼으라는 조건을 내걸었고, 고모부는 이를 받아들였다. 황제는 당시 51세였던 안토니누스 피우스가 얼마 살지 못하리라 예상했으며 피우스의 양자 중 하나 혹은 둘 모두가 곧 황제로 즉위하기를 바랐던 것 같다. 그러나 138년 하드리아누스가 죽은 후 황제에 오른 안토니누스 피우스는 당시의 평균 수명을 훨씬 뛰어넘어 23년을 더 살았다.

아주 이른 시기부터 황제 계승의 내정자였다고 할 수 있을 마르쿠스는 인내의 세월을 보내야 했지만 양아버지인 고모부 및 양동생과는 좋은 관계를 유지했다. 이 시기에 마르쿠스는 여러 학문을 섭렵했으며, 특히 철학에서 정신의 자양분을 얻었다. 마르쿠스는 여러 공직을 맡았고 140년, 145년, 161년에 집정관을 역임했다. 그리고 스물네 살 때인 145년 황제의 딸인 안니아 갈레리아 파우스티나Annia Galeria Faustina를 아내로 맞았다.

161년 양부 안토니누스 피우스가 사망하자 마르쿠스 아우렐리우스는 황제에 즉위했으며 양동생도 — 원로원의 반대를 무릅쓰고 — 공동 황제로 임명됐다. 루키우스 베루스는 정치에는 관심이 없는 한량이었으나, 두 황제는 별다른 마찰 없이 국사를 분담했다. 마르쿠스는 법령과 제도 정비에 혼신을 기울였지만 개혁보다는 기존 질서의 안정화에 치중한 것으로 평가된다. 그러나 계급적 차별의 완화를 시도하고 인간의 권리 보호에 관심을 기울였던 것은 분명해 보인다.

마르쿠스 아우렐리우스는 재위 기간 동안 크리스트교도를 박해했다는 이유로 후세인들의 비난을 받곤 한다. 그러나 그가 크리스트교도들을 좋아하지는 않았지만 조직적 박해를 가한 적은 없었다. 크리스트교도들의 법률상 지위 또한 트라야누스Marcus Ulpius Traianus나 하드리아누스 때와 달라진 것이 없었다. 크리스트교도들은 법적으로 언제라도 처벌을 받을 수 있었지만 공공연하게 핍박을 받는 경우는 드

물었다. 그러나 특정 지역에서 크리스트교도와 관련된 소요가 일어나면 행정관들은 법률을 집행할 수밖에 없었다. 마르쿠스의 재위 기간에는 유독 이런 일이 많았고, 그 결과 크리스트교도가 그 전보다 더 많은 피를 흘린 것은 사실이다. 하지만 그 자신이 이런 박해를 주도한 적은 없었다는 것이 오늘날의 유력한 역사적 평가이다.

마르쿠스는 161년의 재위부터 임종에 이를 때까지 바람 잘 날이 없는 세월을 보냈다. 162~166년에는 동방의 거대 세력인 파르티아 왕국의 침공에 맞서야 했다. 물론 이 원정은 루키우스 베루스가 이끌었으며, 마르쿠스는 로마에 남아 내정을 관리했다. 파르티아 왕국은 격퇴되었으나, 전쟁에서 돌아온 로마 군대에 의해 전파된 전염병이 수년 동안 로마 제국 전역을 휩쓸었다. 게다가 167년 게르만의 강력한 부족인 마르코마니와 콰디족이 도나우 지역의 국경을 침략했다. 마르쿠스는 직접 군대를 이끌고 원정에 나섰으며, 후일 『자성록Ta eis heauton』이라 불리게 되는 일기는 이때부터 집필한 듯하다. 169년 공동 황제인 루키우스 베루스가 사망했고, 원정이 거의 성공적으로 종결될 즈음인 175년 동방 속주를 다스리던 카시우스Cassius 장군이 반란을 일으켰으나 곧 진압되었다.

마르쿠스는 동방 지역을 평정하고 시찰할 목적으로 여행길에 올랐다. 그러나 동방 시찰이 시작되고 얼마 되지 않아 황비인 파우스티나가 병에 걸려 죽었다. 황제는 안티오크와 알렉산드리아, 아테네를 돌아보고는 176년 로마로 돌아왔다.

건강에 불안을 느낀 그는 이듬해 아들 콤모두스Commodus를 공동 황제로 임명했다. 한동안 그는 내치에 힘쓸 시간을 가질 수 있었지만, 178년 도나우 국경의 게르만 부족이 재차 침입해 왔다. 마르쿠스 아우렐리우스는 아들과 함께 다시금 원정을 떠났으나 180년 천연두에 걸려 쓰러졌다. 그는 제국의 안정을 위해 정벌을 완수하라는 유언을 아들에게 남겼지만 콤모두스는 아버지의 유언을 저버리고 게르만족과의 전쟁을 중단했다. 콤모두스는 12년간의 폭정으로 로마 제국을 피폐하게 만들다가 부하들에 의해 살해당했다.

2. 사상

『자성록』은 마르쿠스 아우렐리우스가 전쟁을 수행하고 통치하는 동안 떠오른 상념들을 기록한 작품이다. 애초에 이 작품은 사적인 기록에 불과했고 공중에 보여 줄 목적으로 집필한 것은 아니었다. 그러나 이 기록이 남아서 후일『자성록』이란 제목을 갖게 되었고 권과 절로 나뉘어 편집되었다.『자성록』에는 논증적인 글들과 잠언 내지 경구와 유사한 글들이 번갈아 등장하며 내용은 근본적으로 스토아 철학에 바탕을 두고 있다. 따라서『자성록』의 내용을 제대로 음미하려면 스토아 사상을 어느 정도 이해할 필요가 있다.

스토아 철학은 키프로스의 키티온 출신인 제논Zenon of Citium이 창시한 철학으로, 이 명칭은 그가 강의를 했던 아테네의 공공건물 〈스토아 포이킬레(주랑 회관)〉에서 유래했다. 기원전 4~3세기에 살았던 제논은 클레안테스Kleanthes 및 크리시포스Chrysippos와 더불어 초기 스토아 철학을 대표한다. 초기 스토아 철학자들의 문헌은 오늘날 토막글의 형태로만 남아 있다. 중기의 스토아 철학은 기원전 2세기에서 기원후 1세기 초에 번성했는데, 이 시기를 대표하는 인물은 그리스 로도스 출신의 파나에티우스Panaetius와 그의 제자 포시도니우스Posidonius이다. 파나에티우스는 로마로 건너가 스토아학파를 세웠으며, 이로부터 후기 스토아 철학이 발전하게 되었다. 이 시기를 대표하는 사상가로는 세네카Seneca와 에픽테투스Epictetus 그리고 마르쿠스 아우렐리우스가 있다.

초기에서 후기에 이르기까지 스토아 철학은 사상적 핵심에서 대체로 동일성을 유지한다. 다만 후기로 갈수록 스토아 철학은 대중화되며 〈삶의 기술〉로서의 실용적 경향을 강하게 띠었다. 아래에서는 『자성록』을 이해하는 데 도움이 될 만한 (후기) 스토아 철학의 몇 가지 핵심적 내용을 간단히 짚어 보도록 하겠다.

첫째, 스토아학파는 자연 내지 우주의 운행과 질서를 결정론적으로 해석한다. 즉 자연 내지 우주의 삼라만상은 우연한 현상이 아니라 그 어떤 필연적 법칙에 따라 생성되고 존재하며 소멸한다는 것이다. 그런데 우주가 필연적 법칙에 따른다면 이런 법칙을 존립시키는 무엇, 즉 우주의 운행과 질서를 좌우하는 무엇이 먼저 존재해야 할 것이다. 철학에서는 그런 무엇을 흔히 〈실체〉라 부르는데, 마르쿠스 아우렐리우스를 비롯한 스토아 철학자들은 이 실체를 〈이성〉 혹은 〈신〉이라고 칭한다.

둘째, 스토아 철학에 따르면 이러한 이성 내지 신은 우주의 삼라만상과 동떨어진 어딘가, 이른바 피안에 존재하는 것이 아니라 자연 만물과 역사에 내재한다. 다시 말해, 세계 안의 만물은 어떤 의미에서 신 내지 이성의 표현체이며, 모든 것이 실체적 요소를 나눠 갖고 있는 셈이다. 그리고 자연 존재 중에서 인간은 그가 가진 〈이성적 능력〉으로 인해 가장 탁월한 존재이다. 신이 이성과 동일한 것이라면, 인간은 모든 피조물 중에서 신의 특징을 가장 잘 담아내는 표현체인 것이다(인간의 육신은 〈이성〉을 담고 있는 물질적 옷 내지 그릇에 불과하다).

셋째, 자연의 운행이 신의 이성적 법칙에 따르는 것이라면, 자연의 운행에 거역하는 태도나 행위는 무모한 것이며 고통을 가져올 뿐이다. 우리는 우리가 속해 있는 우주의 운행 법칙을 받아들여야 한다. 그리고 신은 이 세계를 가장 좋은 방식으로 설계했고 늘 올바른 결정을 내린다고 판단해야 한다. 세계 안의 모든 사건은 신에 의해 궁극적으로 선을 향하도록 결정되어 있다. 이성적 신의 선한 의도에 의해 결정된 세계 및 역사의 흐름을 〈섭리〉라 하며, 이런 섭리가 개인의 인생사로 구현된 것을 〈운명〉이라 한다. 이런 관점에서 생각한다면 인간이 삶에서 겪는 그 어떤 사건도 근본적으로는 악의 성격을 갖지 않는다.

넷째, 이런 관점에서 마르쿠스를 비롯한 스토아 철학자들은 인생을 연극에 비유하곤 한다. 연극의 무대는 우주 전체이며, 무수한 〈나〉들은 등장인물이다. 그리고 무수한 개인들이 겪는 사건, 즉 인생 역정은 신의 각본에 의해 이미 결정되어 있다. 따라서 누군가 비극이라 불릴 만한 사건을 겪는다 해도 괴로워하거나 불평할 이유가 없다. 그런다 해도 각본은 결코 달라지지 않기 때문이다. 조연이나 단역의 역할밖에 맡지 못한 경우에도 마찬가지이다. 훌륭한 배우는 자신이 어떤 역할을 맡든 그 역할을 충실하게 소화해 내는 사람이다. 그런 사람에게는 어쩌면 삶의 의미나 보람이 따를 수도 있을 것이다. 요컨대 신적 이성에 의해 주어진 인생 역할을 겸허히 받아들이고 수행하는 것이야말로 현명한 태도이며, 또 그럴 때에야 만족을 얻을 수 있다는 것이 스토아 철학의 가르침이다.

다섯째, 이런 삶을 스토아 철학자들은 〈본성 혹은 자연에 순응하는 삶〉이라고 칭한다. 스토아 사상가에게서 〈자연〉이 때때로 이성 혹은 신과 동의어로 사용된다면, 인간의 본성 내지 자연이란 결국 인간이 우주적 이성과 공유하는 것, 다시 말해 그가 지닌 이성적 능력을 가리킨다. 이런 능력을 마르쿠스는 인간 내의 〈지배하는 이성〉이라 부르기도 한다. 인간은 자신의 이성적 능력을 발휘하여 우주의 운행 법칙을 깨닫고 섭리와 운명에 순응하며 살 때야 행복을 얻는다. 그리고 스토아 사상가들은 그런 〈자연스러운〉 삶을 가리켜 〈덕〉이 있는 삶이라 일컫기도 한다. 이렇게 볼 때 스토아 철학에서 이성적 삶과 덕 그리고 행복은 모두가 동의어다. 스토아 철학자들에게는 덕을 갖추지 못한 채 사는 것, 즉 비이성적으로 사는 것이 유일한 〈악〉이다. 그 밖의 모든 것, 즉 사람들이 중시하는 생명이나 건강, 소유, 명예와 사람들이 혐오하는 노령과 질병, 죽음, 가난, 예속, 불명예 등은 선한 것도 악한 것도 아닌 〈관심 밖의 대상〉, 이른바 〈중간물〉에 불과하다.

여섯째, 결정론 내지 섭리론의 관점에 따른다면 세상에 불행은 존재할 수 없다. 모든 것이 결정되어 있는 상황에서는 행과 불행의 구별이 존재하지 않기 때문이다. 그런 구별은 우리의 그릇된 생각과 판단에서만 존재한다. 그렇다면 우리 인간으로 하여금 그처럼 그릇된 생각을 품게 하는 원인은 어디에 있는가? 그것은 충동이나 열정, 욕망 등의 정념이다. 정념은 이성을 현혹하고 우리로 하여금 그릇되게 행과 불행을 구분하게 만든다. 그러므로 인간의 과제는 이런 정념과 지속적으로 투쟁하는 데 있다. 인간은 정념을 완전히 극복한 후에야, 다시 말해 영혼을 열정에서 해방시킨 후에야 덕이라는 목표에 도달할 수 있기 때문이다. 이런 평정의 상태를 스토아 사상가들은 〈아파테이아*apatheia*(*without passion*)〉라 부른다.

일곱째, 눈치 빠른 독자들은 이미 감지했겠지만, 이상에서 소개된 스토아 사상에는 논리적 모순이 존재한다. 결정론 내지 섭리론의 입장을 충실히 따른다면, 세상에 선과 악, 덕과 부덕, 행과 불행은 존재할 수 없다. 모든 것이 신적 이성에 의해 미리 결정되어 있다면, 인간에게는 무엇인가를 선택할 자유가 없으며 따라서 자신의 행동에 책임질 필요도 없게 된다. 요컨대 인간의 행동과 그 결과를 두고서 선과 악, 덕과 부덕, 행복과 불행을 결코 말할 수가 없게 되는 것이다. 결정론 내지 섭리론은 인간의 마음을 안정시키는 면이 있지만, 다른 한편으로 윤리의 존립을 불가능하게 만드는 요소도 포함하는 것이다. 따라서 마르쿠스 아우렐리우스를 비롯한 스토아 철학자들은 결정론을 주장함에도 불구하고 — 논리적으로가 아니라 선언적으로 — 인간의 자유를 얼마간 용인하려 한다. 즉 인간에게는 우주의 섭리를 이해하려 노력하고 그에 순응하여 살려 하거나 그 반대쪽을 택할 자유가 있다. 물론 그 반대쪽을 택하는 경우에도 우주의 섭리에서 벗어날 수 없기는 마찬가지다. 그리고 이때 — 전적으로 인간의 책임 아래 — 선과 악, 덕과 부덕, 행과 불행의 구별이 생긴다.

여덟째, 범신론의 입장에 따르면 우주 사물에는 모두 신성이 깃들어 있다. 특히 인간들은 — 비록 현실적으로 계급과 인종, 민족 등의 구분이 존재하지만 — 근본적으로는 이 세계의 동등한 구성 성분들이다. 이런 생각을 사회생활에 적용하면 자연히 우정과 인간애, 사해동포주의와 같은 관념들이 생겨난다. 우주 전체가 하나의 유기적 사회라고 주장한 스토아 사상은 인간과 신이 함께 살아가는 공동체로서의 우주라는 관념을 낳았다. 더 나아가, 마르쿠스 아우렐리우스의 사상에서는 〈동정심〉이나 〈용서〉와 같은 관념 또한 등장한다. 사실 이는 엄격한 스토아주의에는 반하는 관념이다.

엄격한 스토아주의는 동정심이나 용서조차 비합리적 정념으로 규정짓고 철저히 심정의 부동성을 추구했기 때문이다.

마지막으로, 후기 스토아 철학에 따르면 철학의 기능은 의학적 치료 수단에 비유될 수 있다. 실제로 마르쿠스 아우렐리우스도 『자성록』 제3권 13절에서 그런 말을 하고 있다. 철학은 영혼의 치료 기술이다. 다시 말해, 철학은 올바른 판단과 생각을 방해하는 마음의 동요나 혼란, 탐닉, 욕망, 증오, 시기, 질투, 공포, 슬픔, 절망, 요컨대 정념으로부터 영혼을 치료해 주고 이성으로 하여금 제 역할을 충실히 해내도록 돕는 기능을 한다. 후기 스토아 철학은 우주의 질서 등을 설명하는 것보다는 인간이 이 세계에서 어떻게 하면 만족스럽게 살 수 있는가라는 문제에 관심을 기울였다. 달리 말해, 후기 스토아 철학은 실용적인 〈삶의 기술〉이라는 성격을 강하게 가졌다. 『자성록』을 읽다 보면 〈아침마다 너 자신에게 이런 말을 하라……〉, 〈매순간 명심하여……〉 혹은 〈잠에서 깨어나면 즉시 스스로에게 물어보라……〉와 같은 말들을 발견하게 된다. 이런 표현들은 『자성록』의 집필을 통해 황제 철학자가 추구한 것이 무엇인지를 감지하게 해준다. 그는 올바르고 의미 있는 삶을 영위하기 위해 행동의 규칙을 정하고 자신을 엄격하게 훈육하려 했던 것이다. 그리고 이 과정에서 철학은 그에게 가장 중요한 수단이었다. 〈그렇다면 우리를 확실하게 인도할 수 있는 것은 무엇인가?〉 그는 답한다. 〈그것은 오로지 철학뿐이다.〉 물론 이때 철학은 스토아 철학에만 한정되지는 않는다. 『자성록』에서는 스토아 철학의 영향이 가장 크게 나타나지만 플라톤과 아리스토텔레스 사상의 흔적도 발견되기 때문이다.

　주지하듯, 스토아 철학은 크리스트교의 확산과 교리 수립에도 적지 않은 영향을 미쳤다. 사실 금욕적 도덕을 엄수하고 외적 재물을 경시하라는 주장이나 세계 전체가 하나의 지고한 존재에 의해 지배된다는 생각 그리고 민족과 계층의 구별을 넘어서는 보편적 인간애의 사상 등에서 스토아 철학과 크리스트교는 중요한 접점을 갖고 있다. 그리고 비록 마르쿠스 아우렐리우스에게는 이따금 크리스트교도 박해자라는 비난이 가해지기도 하지만, 그의 『자성록』은 크리스트교 영성 문학의 효시인 토마스 아 켐피스Thomas a Kempis의 『그리스도를 따라서*De imitatione Christi*』에 막대한 영향을 주었다. 그리고 파스칼Blaise Pascal의 『팡세*Pensées*』 또한 철인 황제의 일기에서 영향을 받았다는 점은 잘 알려진 사실이다.

　마르쿠스 아우렐리우스의 『자성록』이 오늘날까지 불후의 고전으로 읽히는 이유를 딱히 몇 마디로 규정할 수는 없을 것이다. 혹독한 전투를 뒤로한 저녁 그가 어두운 막사에 불을 밝히고 글을 썼다는 전설, 세상사의 덧없음을 분명하게 깨닫고 있음에도 일상의 직분만은 묵묵히 수행했던 침울한 영웅의 이미지, 제국의 황제라는 화려함이 짙을수록 더욱 분명하게 도드라지는 고독과 무상성의 분위기 등도 어쩌면 『자성록』의 신화를 만드는 데 일조했을지 모른다. 그러나 신화란 쉽게 고갈되지 않는 내실을 갖출 때만 신화로서 지속된다. 그렇다면 『자성록』의 내실은 무엇일까? 그것은 삶이 제기하는 〈답 없는 물음〉에 부단히 답하고자 했던 고투의 흔적, 논리적으로는 무의미성에서 헤어날 수 없음에도 불구하고 윤리적으로는 의미를 찾고자 했던 실존적 노력의 짙은 자취라 할 수 있을 듯하다. 그리고 그 내실이 고갈되지 않는 것은, 그런 고투의 흔적 내지 자취가 — 결코 변치 않는 근본 조건 속의 — 인간들에게 언제라도 순정한 거울로 기능할 수 있기 때문일 것이다.

박민수

마르쿠스 아우렐리우스 연보

121년 출생 하드리아누스 황제Publius Aelius Hadrianus의 통치 아래 있던 로마 제국의 수도 로마에서 출생. 할아버지는 시 의원을 지내고 세 차례나 집정관을 역임한 인물이었으며, 할머니는 집정관 가문의 딸이었고 황비와는 (아버지는 다르지만) 자매지간. 아버지 아니우스 베루스Marcus Annius Verus는 갑부 집안의 딸인 도미티아 루킬라Domitia Lucilla와 결혼하여 부유해짐. 123년 여동생인 안나 코르니피키아 파우스티나Annia Cornificia Faustina 출생.

124년 3세 집정관 아래의 직위인 법무관에 올랐던 아버지 아니우스 베루스가 젊은 나이에 사망.

127년 6세 황제 하드리아누스의 총애를 받고 어린 나이에 기사 계급에 오름.

128년 7세 할아버지의 관리 아래 수많은 가정 교사들에 의해 다양한 학문을 접함. 건강한 체질은 아니었으나 권투나 레슬링, 달리기, 승마, 각종 구기, 새 사냥 등을 익히고 즐김.

138년 17세 1월 1일 하드리아누스 황제의 후계자인 아일리우스 카이사르Lucius Aelius Caesar 사망. 1월 24일 황제는 원로원 의원이자 마르쿠스의 고모부였던 아우렐리우스 안토니누스Aurelius Antoninus를 새로운 후계자로 지명. 이때 황제는 안토니누스가 아일리우스의 아들

(미래의 루키우스 베루스Lucius Verus, 당시 8세)과 마르쿠스를 양자로 삼을 것을 조건으로 내걺. 7월 10일에 하드리아누스 황제 62세로 사망. 아우렐리우스 안토니누스가 안토니누스 피우스Aurelius Antoninus Pius란 이름으로 황제 즉위.

140년 19세 집정관에 임명됨. 이후 여러 차례 집정관을 역임. 황제 안토니누스 피우스는 두 양자의 교육에 많은 관심을 기울였고, 마르쿠스는 섹스투스Sextus, 프론토Fronto, 아폴로니우스Apollonius 등 여러 훌륭한 스승과 만나게 됨.

145년 24세 황제 안토니누스 피우스의 딸이자 사촌 누이인 안니아 갈레리아 파우스티나Annia Galeria Faustina(당시 14세)와 결혼. 두 사람 사이에서 13명의 자식이 태어났으나 대부분은 이른 나이에 죽음을 맞음.

160년 39세 죽음이 멀지 않았음을 직감한 황제 안토니누스 피우스는 마르쿠스와 루키우스 베루스를 이듬해의 공동 집정관으로 임명.

161년 40세 3월 7일에 황제 안토니누스 사망. 마르쿠스가 로마 제국의 16대 황제에 즉위. 마르쿠스는 원로원에 반대에도 불구하고 양동생 루키우스 베루스를 공동 황제로 임명. 로마 제국 역사상 최초로 공식적으로 동등한 법률상의 지위와 권력을 갖는 공동 황제가 탄생함. 마르쿠스가 루키우스를 공동 통치자로 지명한 것은, 양동생이 속한 케이오니우스 가문이 제위 과정에서 권리를 무시당했다 생각하여 쿠데타를 일으킬 가능성이 있었기에 이를 미연에 방지하려 했던 것이라는 해석이 흔히 제기됨. 재위 기간 동안 중요한 국사는 대부분 마르쿠스가 처리했기 때문에 무절제한 쾌락주의자이며 통치에는 큰 관심이 없었던 루키우스 베루스의 업적은 미미함.

162~166년 41~45세 161년 오늘날의 이란 북동부에 위치한 파르티아 왕국이 로마 제국에 속한 시리아 지역을 침략. 로마 제국의 군대는 162년 원정을 떠나 166년까지 파르티아 왕국과 전쟁을 치름. 명목상 황제 루키우스의 지휘 아래 원정이 수행되었지만, 실제로는 가이우스 아비디우

스 카시우스Gaius Avidius Cassius 장군의 공로 덕분에 승리로 끝남. 이 시기 마르쿠스는 법령과 제도 정비에 관심을 기울임.

167년 46세 마르코마니족, 콰디족 등 강력한 게르만 부족의 침략 시작. 마르쿠스는 직접 군단들을 지휘하며 도나우 강변의 전선으로 향함(제1차 게르만 원정). 진영에서 후일 『자성록』이라 불리게 될 글을 쓰기 시작.

169년 48세 루키우스 베루스 사망.

170년 49세 게르만 부족들과 협상 시작. 산발적 전투로 점철된 불안정한 평화가 172년부터 173년 겨울까지 지속됨.

174년 53세 로마군의 적극적 공세로 175년 중반에 이르러 북쪽 국경선에는 대체적으로 평화가 찾아옴.

175년 54세 마르쿠스가 도나우 국경 지역의 게르만 부족을 완전히 평정하기 직전, 일찍이 루키우스 휘하에서 당시 로마의 동방 지역과 이집트까지 사실상 통치하고 있던 가이우스 아비디우스 카시우스 장군이 반란을 도모함. 마르쿠스는 북부 지역의 미정복 부족들과 평화 조약을 맺고 반란군을 진압할 준비를 시작. 반란은 애초부터 성공의 가능성이 적었으며, 결국 카시우스는 부하들에 의해 죽임을 당해 그의 꿈은 3개월 6일 만에 실패. 마르쿠스는 반란에 가담한 자들 대부분에게 자비를 베풂. 마르쿠스는 이 기회에 동방 지역을 평정하고 시찰하기로 해 안티오크, 알렉산드리아, 아테네를 돌아봄. 동방 시찰이 시작되고 얼마 되지 않아 아내인 파우스티나가 병에 걸려 사망.

176년 55세 마르쿠스는 로마로 돌아와 곧바로 아들 콤모두스Commodus(당시 14세)를 공동 황제로 만드는 과정에 착수함.

177년 56세 아들 콤모두스를 집정관으로 임명. 법과 행정의 문제에만 주의를 기울임.

178년 57세 게르만 부족인 콰디족과 마르코마니족이 도나우 국경 지대를 다시 침입하기 시작. 8월 3일 마르쿠스와 아들 콤모두스가 로마를 떠나 도나우 국경으로 향함(2차 게르만 원정).

180년 59세 　마르쿠스가 천연두에 걸려 쓰러짐. 임종을 직감한 마르쿠스는 아들 콤모두스를 불러 게르만 원정을 성공적으로 종결지으라고 당부함. 마르쿠스는 음식과 물을 삼감으로써 불가피한 죽음의 과정을 단축시키기로 결심. 금식 7일째에 세상을 떠남. 아버지가 죽고 나자 콤모두스는 아버지의 유언을 저버리고 전쟁을 종결지음. 콤모두스는 무능하고 광포한 황제였으나 운 좋게도 12년을 더 살아남았고, 로마 제국은 쇠락의 기운이 여실히 나타나기 시작함.

열린책들 세계문학 196 자성록

옮긴이 박민수 1964년 서울에서 태어났다. 연세대학교 독어독문학과를 졸업하고 동대학원 석사 과정을 마쳤다. 독일 베를린 자유대학에서 독문학 박사 학위를 받았다. 현재는 한국해양대학교 국제해양문제연구소에서 인문한국 연구 교수로 일하고 있다. 옮긴 책으로는 『폭우』, 『나 이뻐?』, 『아그네스』, 『희미한 풍경』, 『책벌레』, 『세계 철학사』, 『데리다 – 니체, 니체 – 데리다』, 『우리의 포스트모던적 모던』, 『신의 독약』 등이 있다.

지은이 마르쿠스 아우렐리우스 **옮긴이** 박민수 **발행인** 홍예빈·홍유진
발행처 주식회사 열린책들 **주소** 경기도 파주시 문발로 253 파주출판도시
전화 031-955-4000 **팩스** 031-955-4004 **홈페이지** www.openbooks.co.kr
Copyright (C) 주식회사 열린책들, 2011, *Printed in Korea*.
ISBN 978-89-329-1196-0 04890 **ISBN** 978-89-329-1499-2 (세트)
발행일 2011년 12월 25일 세계문학판 1쇄 2022년 5월 20일 세계문학판 4쇄

이 도서의 국립중앙도서관 출판예정도서목록(CIP)은 서지정보유통지원시스템 홈페이지(http://seoji.nl.go.kr)와 국가자료공동목록시스템(http://www.nl.go.kr/kolisnet)에서 이용하실 수 있습니다.(CIP제어번호:CIP2011005655)

열린책들 세계문학
Open Books World Literature

001 **죄와 벌** 표도르 도스또예프스끼 장편소설 | 홍대화 옮김 | 전2권 | 각 408, 512면

003 **최초의 인간** 알베르 카뮈 장편소설 | 김화영 옮김 | 392면

004 **소설** 제임스 미치너 장편소설 | 윤희기 옮김 | 전2권 | 각 280, 368면

006 **개를 데리고 다니는 부인** 안똔 체호프 소설선집 | 오종우 옮김 | 368면

007 **우주 만화** 이탈로 칼비노 단편집 | 김운찬 옮김 | 416면

008 **댈러웨이 부인** 버지니아 울프 장편소설 | 최애리 옮김 | 296면

009 **어머니** 막심 고리끼 장편소설 | 최윤락 옮김 | 544면

010 **변신** 프란츠 카프카 중단편집 | 홍성광 옮김 | 464면

011 **전도서에 바치는 장미** 로저 젤라즈니 중단편집 | 김상훈 옮김 | 432면

012 **대위의 딸** 알렉산드르 뿌쉬낀 장편소설 | 석영중 옮김 | 240면

013 **바다의 침묵** 베르코르 소설선집 | 이상해 옮김 | 256면

014 **원수들, 사랑 이야기** 아이작 싱어 장편소설 | 김진준 옮김 | 320면

015 **백치** 표도르 도스또예프스끼 장편소설 | 김근식 옮김 | 전2권 | 각 504, 528면

017 **1984년** 조지 오웰 장편소설 | 박경서 옮김 | 392면

019 **이상한 나라의 앨리스** 루이스 캐럴 환상동화 | 머빈 피크 그림 | 최용준 옮김 | 336면

020 **베네치아에서의 죽음** 토마스 만 중단편집 | 홍성광 옮김 | 432면

021 **그리스인 조르바** 니코스 카잔차키스 장편소설 | 이윤기 옮김 | 488면

022 **벚꽃 동산** 안똔 체호프 희곡선집 | 오종우 옮김 | 336면

023 **연애 소설 읽는 노인** 루이스 세풀베다 장편소설 | 정창 옮김 | 192면

024 **젊은 사자들** 어윈 쇼 장편소설 | 정영문 옮김 | 전2권 | 각 416, 408면

026 **젊은 베르테르의 슬픔** 요한 볼프강 폰 괴테 장편소설 | 김인순 옮김 | 240면

027 **시라노** 에드몽 로스탕 희곡 | 이상해 옮김 | 256면

028 **전망 좋은 방** E. M. 포스터 장편소설 | 고정아 옮김 | 352면

029 **까라마조프 씨네 형제들** 표도르 도스또예프스끼 장편소설 | 이대우 옮김 | 전3권 | 각 496, 496, 460면

032 **프랑스 중위의 여자** 존 파울즈 장편소설 | 김석희 옮김 | 전2권 | 각 344면

034 **소립자** 미셸 우엘벡 장편소설 | 이세욱 옮김 | 448면

035 **영혼의 자서전** 니코스 카잔차키스 자서전 | 안정효 옮김 | 전2권 | 각 352, 408면

037 **우리들** 예브게니 자먀찐 장편소설 | 석영중 옮김 | 320면
038 **뉴욕 3부작** 폴 오스터 장편소설 | 황보석 옮김 | 480면
039 **닥터 지바고** 보리스 파스테르나크 장편소설 | 홍대화 옮김 | 전2권 | 각 480, 592면
041 **고리오 영감** 오노레 드 발자크 장편소설 | 임희근 옮김 | 456면
042 **뿌리** 알렉스 헤일리 장편소설 | 안정효 옮김 | 전2권 | 각 400, 448면
044 **백년보다 긴 하루** 친기즈 아이뜨마또프 장편소설 | 황보석 옮김 | 560면
045 **최후의 세계** 크리스토프 란스마이어 장편소설 | 장희권 옮김 | 264면
046 **추운 나라에서 돌아온 스파이** 존 르카레 장편소설 | 김석희 옮김 | 368면
047 **산도칸 — 몸프라쳄의 호랑이** 에밀리오 살가리 장편소설 | 유향란 옮김 | 428면
048 **기적의 시대** 보리슬라프 페키치 장편소설 | 이윤기 옮김 | 560면
049 **그리고 죽음** 짐 크레이스 장편소설 | 김석희 옮김 | 224면
050 **세설** 다니자키 준이치로 장편소설 | 송태욱 옮김 | 전2권 | 각 480면
052 **세상이 끝날 때까지 아직 10억 년** 스뜨루가츠끼 형제 장편소설 | 석영중 옮김 | 224면
053 **동물 농장** 조지 오웰 장편소설 | 박경서 옮김 | 208면
054 **캉디드 혹은 낙관주의** 볼테르 장편소설 | 이봉지 옮김 | 232면
055 **도적 떼** 프리드리히 폰 실러 희곡 | 김인순 옮김 | 264면
056 **플로베르의 앵무새** 줄리언 반스 장편소설 | 신재실 옮김 | 320면
057 **악령** 표도르 도스또예프스끼 장편소설 | 박혜경 옮김 | 전3권 | 각 328, 408, 528면
060 **의심스러운 싸움** 존 스타인벡 장편소설 | 윤희기 옮김 | 340면
061 **몽유병자들** 헤르만 브로흐 장편소설 | 김경연 옮김 | 전2권 | 각 568, 544면
063 **몰타의 매** 대실 해밋 장편소설 | 고정아 옮김 | 304면
064 **마야꼬프스끼 선집** 블라지미르 마야꼬프스끼 선집 | 석영중 옮김 | 384면
065 **드라큘라** 브램 스토커 장편소설 | 이세욱 옮김 | 전2권 | 각 340, 344면
067 **서부 전선 이상 없다** 에리히 마리아 레마르크 장편소설 | 홍성광 옮김 | 336면
068 **적과 흑** 스탕달 장편소설 | 임미경 옮김 | 전2권 | 각 432, 368면
070 **지상에서 영원으로** 제임스 존스 장편소설 | 이종인 옮김 | 전3권 | 각 396, 380, 496면
073 **파우스트** 요한 볼프강 폰 괴테 희곡 | 김인순 옮김 | 568면
074 **쾌걸 조로** 존스턴 매컬리 장편소설 | 김훈 옮김 | 316면
075 **거장과 마르가리따** 미하일 불가꼬프 장편소설 | 홍대화 옮김 | 전2권 | 각 364, 328면
077 **순수의 시대** 이디스 워튼 장편소설 | 고정아 옮김 | 448면
078 **검의 대가** 아르투로 페레스 레베르테 장편소설 | 김수진 옮김 | 384면

079 **예브게니 오네긴** 알렉산드르 뿌쉬낀 운문소설 ǀ 석영중 옮김 ǀ 328면

080 **장미의 이름** 움베르토 에코 장편소설 ǀ 이윤기 옮김 ǀ 전2권 ǀ 각 440, 448면

082 **향수** 파트리크 쥐스킨트 장편소설 ǀ 강명순 옮김 ǀ 384면

083 **여자를 안다는 것** 아모스 오즈 장편소설 ǀ 최창모 옮김 ǀ 280면

084 **나는 고양이로소이다** 나쓰메 소세키 장편소설 ǀ 김난주 옮김 ǀ 544면

085 **웃는 남자** 빅토르 위고 장편소설 ǀ 이형식 옮김 ǀ 전2권 ǀ 각 472, 496면

087 **아웃 오브 아프리카** 카렌 블릭센 장편소설 ǀ 민승남 옮김 ǀ 480면

088 **무엇을 할 것인가** 니꼴라이 체르니셰프스끼 장편소설 ǀ 서정록 옮김 ǀ 전2권 ǀ 각 360, 404면

090 **도나 플로르와 그녀의 두 남편** 조르지 아마두 장편소설 ǀ 오숙은 옮김 ǀ 전2권 ǀ 각 408, 308면

092 **미사고의 숲** 로버트 홀드스톡 장편소설 ǀ 김상훈 옮김 ǀ 424면

093 **신곡** 단테 알리기에리 장편서사시 ǀ 김운찬 옮김 ǀ 전3권 ǀ 각 292, 296, 328면

096 **교수** 샬럿 브론테 장편소설 ǀ 배미영 옮김 ǀ 368면

097 **노름꾼** 표도르 도스또예프스끼 장편소설 ǀ 이재필 옮김 ǀ 320면

098 **하워즈 엔드** E. M. 포스터 장편소설 ǀ 고정아 옮김 ǀ 512면

099 **최후의 유혹** 니코스 카잔차키스 장편소설 ǀ 안정효 옮김 ǀ 전2권 ǀ 각 408면

101 **키리냐가** 마이크 레스닉 장편소설 ǀ 최용준 옮김 ǀ 464면

102 **바스커빌가의 개** 아서 코넌 도일 장편소설 ǀ 조영학 옮김 ǀ 264면

103 **버마 시절** 조지 오웰 장편소설 ǀ 박경서 옮김 ǀ 408면

104 **10 1/2장으로 쓴 세계 역사** 줄리언 반스 장편소설 ǀ 신재실 옮김 ǀ 464면

105 **죽음의 집의 기록** 표도르 도스또예프스끼 장편소설 ǀ 이덕형 옮김 ǀ 528면

106 **소유** 앤토니어 수전 바이어트 장편소설 ǀ 윤희기 옮김 ǀ 전2권 ǀ 각 440, 488면

108 **미성년** 표도르 도스또예프스끼 장편소설 ǀ 이상룡 옮김 ǀ 전2권 ǀ 각 512, 544면

110 **성 앙투안느의 유혹** 귀스타브 플로베르 희곡소설 ǀ 김용은 옮김 ǀ 584면

111 **밤으로의 긴 여로** 유진 오닐 희곡 ǀ 강유나 옮김 ǀ 240면

112 **마법사** 존 파울즈 장편소설 ǀ 정영문 옮김 ǀ 전2권 ǀ 각 512, 552면

114 **스쩨빤치꼬보 마을 사람들** 표도르 도스또예프스끼 장편소설 ǀ 변현태 옮김 ǀ 416면

115 **플랑드르 거장의 그림** 아르투로 페레스 레베르테 장편소설 ǀ 정창 옮김 ǀ 512면

116 **분신** 표도르 도스또예프스끼 장편소설 ǀ 석영중 옮김 ǀ 288면

117 **가난한 사람들** 표도르 도스또예프스끼 장편소설 ǀ 석영중 옮김 ǀ 256면

118 **인형의 집** 헨리크 입센 희곡 ǀ 김창화 옮김 ǀ 272면

119 **영원한 남편** 표도르 도스또예프스끼 장편소설 ǀ 정명자 외 옮김 ǀ 448면

120 **알코올** 기욤 아폴리네르 시집 | 황현산 옮김 | 352면

121 **지하로부터의 수기** 표도르 도스또예프스끼 장편소설 | 계동준 옮김 | 256면

122 **어느 작가의 오후** 페터 한트케 중편소설 | 홍성광 옮김 | 160면

123 **아저씨의 꿈** 표도르 도스또예프스끼 장편소설 | 박종소 옮김 | 312면

124 **네또츠까 네즈바노바** 표도르 도스또예프스끼 장편소설 | 박재만 옮김 | 316면

125 **곤두박질** 마이클 프레인 장편소설 | 최용준 옮김 | 528면

126 **백야 외** 표도르 도스또예프스끼 소설선집 | 석영중 외 옮김 | 408면

127 **살라미나의 병사들** 하비에르 세르카스 장편소설 | 김창민 옮김 | 304면

128 **뻬쩨르부르그 연대기 외** 표도르 도스또예프스끼 소설선집 | 이항재 옮김 | 296면

129 **상처받은 사람들** 표도르 도스또예프스끼 장편소설 | 윤우섭 옮김 | 전2권 | 각 296, 392면

131 **악어 외** 표도르 도스또예프스끼 소설선집 | 박혜경 외 옮김 | 312면

132 **허클베리 핀의 모험** 마크 트웨인 장편소설 | 윤교찬 옮김 | 416면

133 **부활** 레프 똘스또이 장편소설 | 이대우 옮김 | 전2권 | 각 308, 416면

135 **보물섬** 로버트 루이스 스티븐슨 장편소설 | 머빈 피크 그림 | 최용준 옮김 | 360면

136 **천일야화** 앙투안 갈랑 엮음 | 임호경 옮김 | 전6권 | 각 336, 328, 372, 392, 344, 320면

142 **아버지와 아들** 이반 뚜르게네프 장편소설 | 이상원 옮김 | 328면

143 **오만과 편견** 제인 오스틴 장편소설 | 원유경 옮김 | 480면

144 **천로 역정** 존 버니언 우화소설 | 이동일 옮김 | 432면

145 **대주교에게 죽음이 오다** 윌라 캐더 장편소설 | 윤명옥 옮김 | 352면

146 **권력과 영광** 그레이엄 그린 장편소설 | 김연수 옮김 | 384면

147 **80일간의 세계 일주** 쥘 베른 장편소설 | 고정아 옮김 | 352면

148 **바람과 함께 사라지다** 마거릿 미첼 장편소설 | 안정효 옮김 | 전3권 | 각 616, 640, 640면

151 **기탄잘리** 라빈드라나트 타고르 시집 | 장경렬 옮김 | 224면

152 **도리언 그레이의 초상** 오스카 와일드 장편소설 | 윤희기 옮김 | 384면

153 **레우코와의 대화** 체사레 파베세 희곡소설 | 김운찬 옮김 | 280면

154 **햄릿** 윌리엄 셰익스피어 희곡 | 박우수 옮김 | 256면

155 **맥베스** 윌리엄 셰익스피어 희곡 | 권오숙 옮김 | 176면

156 **아들과 연인** 데이비드 허버트 로런스 장편소설 | 최희섭 옮김 | 전2권 | 각 464, 432면

158 **그리고 아무 말도 하지 않았다** 하인리히 뵐 장편소설 | 홍성광 옮김 | 272면

159 **미덕의 불운** 싸드 장편소설 | 이형식 옮김 | 248면

160 **프랑켄슈타인** 메리 W. 셸리 장편소설 | 오숙은 옮김 | 320면

161 **위대한 개츠비** 프랜시스 스콧 피츠제럴드 장편소설 | 한애경 옮김 | 280면

162 **아Q정전** 루쉰 중단편집 | 김태성 옮김 | 320면

163 **로빈슨 크루소** 대니얼 디포 장편소설 | 류경희 옮김 | 456면

164 **타임머신** 허버트 조지 웰스 소설선집 | 김석희 옮김 | 304면

165 **제인 에어** 샬럿 브론테 장편소설 | 이미선 옮김 | 전2권 | 각 392, 384면

167 **풀잎** 월트 휘트먼 시집 | 허현숙 옮김 | 280면

168 **표류자들의 집** 기예르모 로살레스 장편소설 | 최유정 옮김 | 216면

169 **배빗** 싱클레어 루이스 장편소설 | 이종인 옮김 | 520면

170 **이토록 긴 편지** 마리아마 바 장편소설 | 백선희 옮김 | 192면

171 **느릅나무 아래 욕망** 유진 오닐 희곡 | 손동호 옮김 | 168면

172 **이방인** 알베르 카뮈 장편소설 | 김예령 옮김 | 208면

173 **미라마르** 나기브 마푸즈 장편소설 | 허진 옮김 | 288면

174 **지킬 박사와 하이드 씨** 로버트 루이스 스티븐슨 소설선집 | 조영학 옮김 | 320면

175 **루진** 이반 뚜르게네프 장편소설 | 이항재 옮김 | 264면

176 **피그말리온** 조지 버나드 쇼 희곡 | 김소임 옮김 | 256면

177 **목로주점** 에밀 졸라 장편소설 | 유기환 옮김 | 전2권 | 각 336면

179 **엠마** 제인 오스틴 장편소설 | 이미애 옮김 | 전2권 | 각 336, 360면

181 **비숍 살인 사건** S. S. 밴 다인 장편소설 | 최인자 옮김 | 464면

182 **우신예찬** 에라스무스 풍자문 | 김남우 옮김 | 296면

183 **하자르 사전** 밀로라드 파비치 장편소설 | 신현철 옮김 | 488면

184 **테스** 토머스 하디 장편소설 | 김문숙 옮김 | 전2권 | 각 392, 336면

186 **투명 인간** 허버트 조지 웰스 장편소설 | 김석희 옮김 | 288면

187 **93년** 빅토르 위고 장편소설 | 이형식 옮김 | 전2권 | 각 288, 360면

189 **젊은 예술가의 초상** 제임스 조이스 장편소설 | 성은애 옮김 | 384면

190 **소네트집** 윌리엄 셰익스피어 연작시집 | 박우수 옮김 | 200면

191 **메뚜기의 날** 너새니얼 웨스트 장편소설 | 김진준 옮김 | 280면

192 **나사의 회전** 헨리 제임스 중편소설 | 이승은 옮김 | 256면

193 **오셀로** 윌리엄 셰익스피어 희곡 | 권오숙 옮김 | 216면

194 **소송** 프란츠 카프카 장편소설 | 김재혁 옮김 | 376면

195 **나의 안토니아** 윌라 캐더 장편소설 | 전경자 옮김 | 368면

196 **자성록** 마르쿠스 아우렐리우스 명상록 | 박민수 옮김 | 240면

197 **오레스테이아** 아이스킬로스 비극 | 두행숙 옮김 | 336면
198 **노인과 바다** 어니스트 헤밍웨이 소설선집 | 이종인 옮김 | 320면
199 **무기여 잘 있거라** 어니스트 헤밍웨이 장편소설 | 이종인 옮김 | 464면
200 **서푼짜리 오페라** 베르톨트 브레히트 희곡선집 | 이은희 옮김 | 320면
201 **리어 왕** 윌리엄 셰익스피어 희곡 | 박우수 옮김 | 224면
202 **주홍 글자** 너새니얼 호손 장편소설 | 곽영미 옮김 | 360면
203 **모히칸족의 최후** 제임스 페니모어 쿠퍼 장편소설 | 이나경 옮김 | 512면
204 **곤충 극장** 카렐 차페크 희곡선집 | 김선형 옮김 | 360면
205 **누구를 위하여 좋은 울리나** 어니스트 헤밍웨이 장편소설 | 이종인 옮김 | 전2권 | 각 416, 400면
207 **타르튀프** 몰리에르 희곡선집 | 신은영 옮김 | 416면
208 **유토피아** 토머스 모어 소설 | 전경자 옮김 | 288면
209 **인간과 초인** 조지 버나드 쇼 희곡 | 이후지 옮김 | 320면
210 **페드르와 이폴리트** 장 라신 희곡 | 신정아 옮김 | 200면
211 **말테의 수기** 라이너 마리아 릴케 장편소설 | 안문영 옮김 | 320면
212 **등대로** 버지니아 울프 장편소설 | 최애리 옮김 | 328면
213 **개의 심장** 미하일 불가꼬프 중편소설집 | 정연호 옮김 | 352면
214 **모비 딕** 허먼 멜빌 장편소설 | 강수정 옮김 | 전2권 | 각 464, 488면
216 **더블린 사람들** 제임스 조이스 단편소설집 | 이강훈 옮김 | 336면
217 **마의 산** 토마스 만 장편소설 | 윤순식 옮김 | 전3권 | 각 496, 488, 512면
220 **비극의 탄생** 프리드리히 니체 | 김남우 옮김 | 320면
221 **위대한 유산** 찰스 디킨스 장편소설 | 류경희 옮김 | 전2권 | 각 432, 448면
223 **사람은 무엇으로 사는가** 레프 똘스또이 소설선집 | 윤새라 옮김 | 464면
224 **자살 클럽** 로버트 루이스 스티븐슨 소설선집 | 임종기 옮김 | 272면
225 **채털리 부인의 연인** 데이비드 허버트 로런스 장편소설 | 이미선 옮김 | 전2권 | 각 336, 328면
227 **데미안** 헤르만 헤세 장편소설 | 김인순 옮김 | 264면
228 **두이노의 비가** 라이너 마리아 릴케 시 선집 | 손재준 옮김 | 504면
229 **페스트** 알베르 카뮈 장편소설 | 최윤주 옮김 | 432면
230 **여인의 초상** 헨리 제임스 장편소설 | 정상준 옮김 | 전2권 | 각 520, 544면
232 **성** 프란츠 카프카 장편소설 | 이재황 옮김 | 560면
233 **차라투스트라는 이렇게 말했다** 프리드리히 니체 산문시 | 김인순 옮김 | 464면
234 **노래의 책** 하인리히 하이네 시집 | 이재영 옮김 | 384면

235 **변신 이야기** 오비디우스 서사시 | 이종인 옮김 | 632면

236 **안나 까레니나** 레프 똘스또이 장편소설 | 이명현 옮김 | 전2권 | 각 800, 736면

238 **이반 일리치의 죽음·광인의 수기** 레프 똘스또이 중단편집 | 석영중·정지원 옮김 | 232면

239 **수레바퀴 아래서** 헤르만 헤세 장편소설 | 강명순 옮김 | 272면

240 **피터 팬** J. M. 배리 장편소설 | 최용준 옮김 | 272면

241 **정글 북** 러디어드 키플링 중단편집 | 오숙은 옮김 | 272면

242 **한여름 밤의 꿈** 윌리엄 셰익스피어 희곡 | 박우수 옮김 | 160면

243 **좁은 문** 앙드레 지드 장편소설 | 김화영 옮김 | 264면

244 **모리스** E. M. 포스터 장편소설 | 고정아 옮김 | 408면

245 **브라운 신부의 순진** 길버트 키스 체스터턴 단편집 | 이상원 옮김 | 336면

246 **각성** 케이트 쇼팽 장편소설 | 한애경 옮김 | 272면

247 **뷔히너 전집** 게오르크 뷔히너 지음 | 박종대 옮김 | 400면

248 **디미트리오스의 가면** 에릭 앰블러 장편소설 | 최용준 옮김 | 424면

249 **베르가모의 페스트 외** 옌스 페테르 야콥센 중단편 전집 | 박종대 옮김 | 208면

250 **폭풍우** 윌리엄 셰익스피어 희곡 | 박우수 옮김 | 176면

251 **어센든, 영국 정보부 요원** 서머싯 몸 연작 소설집 | 이민아 옮김 | 416면

252 **기나긴 이별** 레이먼드 챈들러 장편소설 | 김진준 옮김 | 600면

253 **인도로 가는 길** E. M. 포스터 장편소설 | 민승남 옮김 | 552면

254 **올랜도** 버지니아 울프 장편소설 | 이미애 옮김 | 376면

255 **시지프 신화** 알베르 카뮈 지음 | 박언주 옮김 | 264면

256 **조지 오웰 산문선** 조지 오웰 지음 | 허진 옮김 | 424면

257 **로미오와 줄리엣** 윌리엄 셰익스피어 희곡 | 도해자 옮김 | 200면

258 **수용소군도** 알렉산드르 솔제니찐 기록문학 | 김학수 옮김 | 전6권 | 각 460면 내외

264 **스웨덴 기사** 레오 페루츠 장편소설 | 강명순 옮김 | 336면

265 **유리 열쇠** 대실 해밋 장편소설 | 홍성영 옮김 | 328면

266 **로드 짐** 조지프 콘래드 장편소설 | 최용준 옮김 | 608면

267 **푸코의 진자** 움베르토 에코 장편소설 | 이윤기 옮김 | 전3권 | 각 392, 384, 416면

270 **공포로의 여행** 에릭 앰블러 장편소설 | 최용준 옮김 | 376면

271 **심판의 날의 거장** 레오 페루츠 장편소설 | 신동화 옮김 | 264면

272 **에드거 앨런 포 단편선** 에드거 앨런 포 지음 | 김석희 옮김 | 392면

273 **수전노 외** 몰리에르 희곡선집 | 신정아 옮김 | 424면

274 **모파상 단편선** 기 드 모파상 지음 | 임미경 옮김 | 400면
275 **평범한 인생** 카렐 차페크 장편소설 | 송순섭 옮김 | 280면
276 **마음** 나쓰메 소세키 장편소설 | 양윤옥 옮김 | 344면

각 권 8,800~15,800원